Charles BOT

LA COLÈRE DES RUSQUIERS

ROMAN

ÉDITIONS DU MOT PASSANT

Du même auteur

Toulon 40, chronique d'une ville sous l'Occupation, Editions de la Nerthe, 2004
Alice l'Italienne, Editions de la Courtine, 2006
Les Grandes Affaires Criminelles du Var, Editions de Borée, 2007
Corde raide et sac de nœuds, Editions Transbordeurs, 2008
Les Grandes Affaires Criminelles des Bouches-du-Rhône, Editions Dc Borée, 2008
Les Nouvelles Affaires Criminelles des Bouches-du-Rhône, Editions De Borée, 2008
Les Nouvelles Affaires Criminelles du Var, Editions de Borée, 2009
Incroyables Affaires Criminelles des Bouches-du-Rhône, Editions De Borée, 2010
Les Mystères du Var, Editions de Borée, 2011

83 rue Magenta 69 100 Villeurbanne
Tél - Fax : 04 37 43 02 69
internet : www.motpassant.fr
e-mail : info@motpassant.fr

Imprimé en France en Août 2011
I.S.B.N : 978 2 35792 017 0

Le vent se lève !.... Il faut tenter de vivre !

Paul Valéry, Le cimetière marin

1

Trois heures. Déjà trois heures de marche dans les jambes. Quand il était parti à l'aube, le soleil montant commençait à peine à nimber la crête des Maures dans le lointain. Peu à peu la montagne fière et sauvage semblait se rapprocher de lui. Le balluchon devenait de plus en plus lourd. Un peu de linge que sa mère avait soigneusement repassé, quelques objets personnels, des victuailles pour les premiers jours où il se retrouverait seul. Et un sachet contenant plus qu'il n'en fallait pour soutenir sa marche de ce matin : un morceau de pain, des amandes, des olives et des figues sèches. Il s'arrêtait quelques minutes de temps à autre pour grignoter et reprendre des forces. Ce balluchon pendu au bout d'une branche qui commençait à lui scier l'épaule, c'était désormais sa seule richesse, un peu comme un morceau de sa maison qu'il emportait avec lui. Il n'avait jamais pensé qu'à seize ans à peine révolus il devrait quitter sa mère pour aller se placer. La mort du père, emporté par une fièvre qui, de jour en jour le rendait plus maigre et lui brûlait les yeux, avait changé le cours de sa vie. L'injustice de cette disparition lui avait été douloureuse et l'avait désorienté durant quelques jours. Puis il avait découvert tout à coup que, dans cette famille désormais réduite à deux, il devenait le chef et qu'il lui incombait alors de trouver un travail. Il lui fallait faire l'apprentissage de la responsabilité. Son maître d'école en avait été désolé : des garçons comme celui-ci devaient pouvoir aller le plus loin possible dans les études. Mais pour lui, depuis peu, la limite du possible avait été atteinte.

Par bonheur, Armand Gautier était de la famille. Ce lointain cousin, qu'il connaissait à peine, lui avait trouvé une place de *rusquier*[1] dans l'exploitation où il travaillait lui-même. On n'avait même pas eu besoin de le solliciter. Dès qu'il avait su que Frédéric était dans l'obligation de trouver un travail, Armand en avait parlé au chef du groupe des rusquiers qui s'était laissé convaincre par cet ouvrier sérieux et efficace. Armand n'avait pas l'habitude de parler à tort et à travers, ni de s'engager pour des causes indéfendables.

En ce début d'avril 1851 le soleil était déjà chaud à huit heures du matin. Sous l'effet de la chaleur, l'odeur grisante des romarins, et celle plus discrète des arbousiers qui bordaient le sentier, montaient en vagues comme portées par le petit vent qui venait de se lever. La draille sinueuse à travers la végétation se faisait plus étroite et plus escarpée. Des pierres roulaient sous les pas de Frédéric, et leur bruit parfois faisait s'envoler une perdrix. Il posa son sac au pied d'un châtaignier contre lequel il s'adossa. Il extirpa quelques amandes qu'il cassa au moyen d'un caillou. À quelques mètres devant lui, il vit apparaître un lapin qui s'arrêta net et le regarda en remuant une oreille. Il pensa à son père qui l'an dernier lui avait appris à poser des collets. L'animal bondit dans le fourré quand le garçon fit un mouvement pour sortir de son balluchon la gourde d'eau fraîche. Il l'avait emplie au ruisseau de la Fontête. Le filet bienfaisant apaisa sa gorge.

Il devait lui rester à peu près une heure de marche pour atteindre la ferme des Robion, peu avant Ginestière. C'est chez ce paysan qu'Armand lui avait trouvé à se loger. Le mas se trouvait à proximité de la forêt de chênes-lièges où il allait travailler. Il appartenait, tout comme les bois environnants, au marquis de Vitalis, un homme qu'on disait très riche, et qui passait pour faire de la politique en soutenant les idées de Louis Napoléon Bonaparte. Peu lui importait. D'ailleurs, il était probable qu'il n'aurait jamais à rencontrer le marquis. Ces gens-là vivent de leur côté, et ont des contremaîtres pour transmettre les ordres. Ils s'abaissent rarement à parler à leurs ouvriers. Et puis le marquis pouvait bien faire ce qu'il voulait, de la politique ou de la chasse à courre, voire du bilboquet si cela l'amusait, l'essentiel pour Frédéric était de trouver le moyen de gagner sa vie. La politique, il n'y entendait pas grand-chose, et cela ne pouvait être qu'une occupation d'adulte. Et d'adulte suffisamment aisé pour pouvoir penser à autre chose qu'à gagner sa vie. Le maître d'école avait bien expliqué le changement intervenu en 1848, alors qu'il avait treize ans. Il se souvenait qu'on avait renoncé à la monarchie incarnée par Louis-Philippe, pour adopter la république, deuxième du nom, et qui était présidée par Louis-Napoléon Bonaparte. Il n'en avait pas éprouvé de modification notable dans sa vie. Il s'était seulement étonné qu'un homme portant un nom d'empereur soit à la tête de la république.

Avant de reprendre sa marche, il dénoua son mouchoir de cou que sa mère avait tenu à lui voir porter, et que la chaleur rendait insupportable. Il faudrait qu'il pense à le renouer juste avant d'arriver au mas des Robion pour faire meilleure figure. Sa mère lui répétait souvent que les pauvres doivent s'habiller correctement pour inspirer confiance. « *Les riches peuvent se laisser aller, l'argent suffit pour leur ouvrir le monde. Nous, nous devons nous faire respecter en nous respectant nous-mêmes* ».

Il reprit sa marche et son regard rencontra vite le piton sur lequel se perchait le village de Ginestière. Un gros bourg aux rues ombragées qui s'enroulaient autour de la colline et par lesquelles on arrivait au point culminant, l'église. Dans la plaine, quelques hameaux semblaient monter la garde. L'ensemble comptait un peu plus de deux mille habitants vivant de la terre, des châtaigniers et des chênes-lièges. Il avait eu l'occasion d'y venir quelquefois accompagnant son père. Celui-ci était un journalier qui louait la force de ses bras là où le travail se présentait. Il se revit avec lui, portant ses outils, ouvrant une rigole pour orienter l'eau d'arrosage, aménageant une butte au pied d'un arbre fruitier.

Le sentier s'élargissait pour devenir un vrai chemin. Au sortir du tournant, il aperçut le mas des Robion, dont l'entrée se remarquait facilement avec deux énormes mûriers semblant jeter leurs immenses bras au-dessus du chemin pour abriter le passant. Il pensa à renouer son mouchoir, et à secouer les brins d'herbe qui s'étaient collés à son pantalon lors de ses haltes.

Au début de l'allée, un grand bassin de pierre dans lequel s'écoulait une fontaine rappelait qu'on se trouvait ici à flanc de colline d'où ruisselaient les eaux de pluie. Il s'y pencha pour se rafraîchir le visage. Il découvrit en s'en amusant que des poissons rouges s'y ébattaient. Il traversa la cour pavée et s'apprêtait à frapper au carreau quand la porte s'ouvrit sur une femme à la carrure un peu forte, mais encore assez jeune, qui affichait un sourire accueillant.

— C'est toi, Frédéric ? Je t'ai vu arriver de loin. Tu dois être fatigué par toute cette marche. Viens d'abord manger une assiette de soupe pour te remettre. Ensuite, je te montrerai ta couche, puis tu iras voir Armand qui t'expliquera tout.

Le jeune homme n'avait pas vraiment envie de manger mais il ne se sentait pas capable de dire non à cette femme qui paraissait disposée à le traiter le plus aimablement possible. Et de plus, une odeur agréable montait du poêlon de soupe. Il s'assit. Tout en disposant la vaisselle, Amélie Robion parlait à un rythme accéléré d'un peu tout à la fois. Elle lui demanda des nouvelles de sa mère « frappée trop tôt par le malheur ». Puis elle évoqua son mari parti travailler dans les champs, ses enfants qui un jour reprendraient la ferme. « Deux garçons qui ne reculent pas devant le travail, et une fille. Elle est un peu jeunette pour savoir ce qu'elle fera plus tard. Elle a bien travaillé à l'école. Maintenant, elle nous aide, mais elle parle d'aller à la ville dans quelques années, pour trouver un mari et apprendre un métier, peut-être la couture. Une fille, ce n'est pas fait pour la campagne, je sais de quoi je parle. Ce n'est pas l'avenir que je lui souhaite ». Elle lui demanda deux fois s'il n'avait pas mal aux pieds. Frédéric peu à peu se laissait bercer par la musique apaisante de tous ces mots déversés et commençait à se sentir un peu chez lui. Puis il pensa à sa mère, restée seule au village et se dit qu'il lui enverrait sa première paye dès que possible.

— Le soir tu mangeras avec nous. À midi tu feras comme les autres, tu emporteras une musette. C'est moi qui la prépare, une bouche de plus ce n'est pas une affaire.

Frédéric demanda combien lui coûterait la pension.

— Ne t'inquiète pas. Nous reparlerons de ça quand tu auras eu ta paye. Je sais faire manger mes hommes pour pas cher. Comme ils ne se plaignent pas, c'est qu'ils sont contents. Et pour coucher, ce sera gratuit. Tu as un coin préparé dans l'étable, on ne va pas te faire payer ça. Et puis tu es de la famille d'Armand, c'est notre ami. C'est la première fois que nous hébergeons quelqu'un. Quand nous avons demandé la permission au marquis, il a d'abord refusé. Il disait qu'il ne voulait pas d'étranger sur sa propriété mais nous lui avons dit que c'était pour quelqu'un qui allait travailler dans ses bois, alors il a accepté. « C'est qu'il n'est pas toujours facile, le marquis, mais quand on lui explique, il peut comprendre. Il n'est pas si méchant que ça ».

Tout en écoutant, Frédéric découvrait la salle commune. Au fond trônait une immense cheminée dans laquelle un chaudron de cuivre noirci posé sur un trépied au-dessus des braises maintenait une réserve d'eau chaude. Sur une paroi, assez éloignée de l'âtre, une tige métallique supportait toute une collection de louches, écumoires, fourchettes à manche long. Avisant une grande bassine de cuivre, et pour dire quelque chose, Frédéric lui demanda si elle faisait des confitures, et lui parla de celles de sa mère. Contre le mur de droite un grand pétrin sur lequel était rangée une miche entamée, attestait que la maîtresse de maison faisait elle-même le pain familial. En face, un long buffet bas à gradins avec au-dessus, en retrait, des éléments à portillons. Plusieurs niches aménagées dans les murs abritaient la vaisselle en terre cuite, des *dourgo*, ces cruches à deux anses, des tians. Frédéric pensa qu'on devait ici accorder une certaine importance à la cuisine. La table devant laquelle il était assis pouvait accueillir jusqu'à douze personnes. Elle était bordée sur ses deux longueurs par des bancs fraîchement cirés. Ici et là sur chaque mur se trouvait un *caleù*, cette lampe à huile à la pauvre lumière mais dont le nombre était sans doute destiné à compenser le faible pouvoir éclairant.

— Si tu as fini, je t'emmène à l'étable, tu pourras déposer ton balluchon, et après je te dirai comment retrouver Armand.

En entrant à droite, un coin avait été aménagé pour y dormir. Le lit, s'il avait depuis longtemps perdu son vernis, paraissait solide et ses hauts bords devaient protéger du froid. Sur le sol en terre battue, des planches avaient été déposées. Ce parquet sommaire pouvait éviter l'humidité. Les murs, dans ce coin de l'étable, avaient été passés à la chaux. Amélie fit remarquer que la paillasse était toute neuve et devrait être confortable.

— Tu as là une grande caisse où tu pourras mettre tes affaires. Dedans, il y a plusieurs couvertures, tu verras celles qui te conviennent le mieux.

Sur un côté, une caisse plus petite supportait une cuvette et un broc de faïence. L'ensemble était ceinturé par un rideau de toile épaisse qu'on pouvait faire coulisser sur une tringle.

— Quand il fera froid, tu auras peut-être intérêt à ne pas fermer complètement, pour profiter de la chaleur des bêtes.

À quelques mètres de là, quatre vaches débonnaires qui attendaient qu'on veuille bien les sortir, suivaient l'installation de ce nouveau voisin.

— Arrange tes affaires comme tu l'entends, ensuite tu me rejoins, je t'expliquerai par où passer pour rejoindre Armand.

Quand elle fut sortie, Frédéric ne résista pas à l'envie d'essayer la paillasse. Les quinze kilomètres qu'il venait de parcourir l'aidèrent à la trouver aussi confortable que celle de sa maison. Il lutta contre l'envie de somnoler. Il venait d'apprendre que cette modeste chambre ne lui coûterait rien et se réjouissait de pouvoir envoyer ainsi un peu plus d'argent à sa mère.

Il suivait le sentier à flanc de colline qu'Amélie lui avait désigné. Il devait marcher jusqu'à ce qu'il dépasse le bois de châtaigniers, et là, il trouverait sûrement des rusquiers ou des charbonniers qui pourraient lui indiquer où rencontrer Armand.

Dans une clairière, il vit un homme affairé à jeter de grandes pelletées de terre sur un tas de bois incandescent. De loin, il avait remarqué son geste régulier et puissant. L'homme le regarda venir et paraissait informé puisque c'est lui qui parla d'abord, avec un fort accent italien.

— Si tu cherches Armand, tu n'as qu'à prendre ce chemin et tu tomberas sur lui, *è vicino* (il n'est pas loin).

Le voyant arriver, le rusquier laissa tomber à terre la hache qu'il tenait et s'avança vers Frédéric pour lui serrer énergiquement la main.

— Alors, te voilà, petit cousin, la dernière fois que je t'ai vu tu avais quelques centimètres en moins, mais tu as bien poussé, je crois que tu as les muscles pour faire un ouvrier du liège bien costaud. Je vais d'abord te présenter au chef, ensuite je te ferai faire le tour du propriétaire. Mais c'est une façon de parler, car il n'y a qu'un propriétaire, ici, c'est le marquis de Vitalis. Et si jamais on l'oubliait, il ne tarderait pas à nous le faire savoir.

Chemin faisant, Frédéric se voyait exposer les premiers rudiments de l'organisation.

— Marcel, on l'appelle « le chef » parce que c'est le plus âgé d'entre nous et qu'on peut profiter de ses conseils, mais surtout c'est lui qui a trouvé ce travail à toute l'équipe en allant discuter avec le propriétaire. Il n'y a pas vraiment de chef, chacun fait ce qu'il peut en essayant de le faire du mieux possible. Il y a trois ans que nous travaillons ici. On ne pense pas à chercher ailleurs. Ce n'est pas que ce soit mieux sur cette propriété, mais nous savons que c'est à peu près la même chose partout. Tu te rendras vite compte que le rôle des patrons, c'est de produire le plus possible en payant le moins possible. Alors, ici ou ailleurs…

En les voyant arriver, le « chef » se détacha du petit groupe. C'était un homme d'une cinquantaine d'années, large d'épaules, porteur d'une moustache en guidon de vélo qui lui donnait l'aspect bonhomme.

— Ah, c'est toi Frédéric ? Bienvenu dans l'équipe. Tu as quel âge ?

— Seize ans depuis quelques jours.

— Armand nous a dit que tu ferais l'affaire, donc on peut le croire. En attendant, aujourd'hui tu ne vas pas t'y mettre tout de suite puisque tu viens d'arriver. Ton cousin va t'expliquer le travail, puis tu retourneras te reposer et demain tu viens ici de bonne heure et je te dirai quoi faire.

Et il secoua vigoureusement la main du jeune homme.

— Suis-moi, dit Armand, on va monter sur une butte d'où tu pourras voir presque toute la propriété, et ensuite je t'expliquerai comment les choses se passent.

Arrivés au sommet, ils s'assirent sur une grosse pierre. De là, ils dominaient une immense étendue verte et marron entrecoupée de vallons. Frédéric n'avait jamais vu la mer, mais il pensait que ce devait être la même chose en bleu.

— Tu vois, un chêne-liège, ce n'est pas un arbre ordinaire. Pour l'exploiter, il faut une certaine attention. Parfois je me dis que c'est comme un berger qui élève ses moutons. En réalité, le chêne-liège, ça s'élève aussi. La plantation que tu vois à ta gauche est en train de faire la première écorce, qu'on appelle le liège-mâle. Celui-là n'a pas beaucoup d'intérêt. Au mois d'octobre, quand la sève aura fini de monter, on enlèvera cette écorce, tout en faisant très attention à ne pas abîmer la couche du dessous, qu'on appelle la mère. On dit de cette opération que c'est le démasclage. Il faut que je te donne tous ces noms particuliers, sinon tu ne comprendras rien quand tu nous entendras parler. Comme dans tous les métiers, nous avons nos mots à nous. Un nouveau liège va pousser, c'est le liège-femelle. C'est celui-là qui va servir pour la fabrique de bouchons, mais c'est assez long. Il faut attendre une dizaine d'années pour obtenir une couche d'environ trois centimètres. Et quand ce sera le moment, on prélèvera le liège-femelle, on dit que c'est le levage. Tu vois qu'en bas, un peu sur la droite, les arbres ont le tronc rouge. C'est parce qu'on a fait le démasclage pour ceux-là seulement cet automne, et c'est la mère qui a cette couleur. Petit à petit, l'aspect va changer, au fur et à mesure que le liège femelle va s'épaissir.

— Ah ? C'est pour cette raison que selon les endroits les arbres n'ont pas la même couleur ?

— Bien sûr. La propriété est divisée en secteurs qui ne sont pas tous exploités en même temps. De cette façon, il y a toujours une partie où on peut prélever le liège pour les bouchonniers. Demain, c'est là que nous travaillerons ensemble.

Frédéric avait déjà traversé des plantations de chênes-lièges mais ne s'était jamais vraiment interrogé sur les différences d'aspect que présentaient les troncs. Cette découverte le comblait car il avait le sentiment de commencer à entrer pour de bon dans la corporation. Armand avait marqué un temps d'arrêt, puis reprenait son explication.

— Une fois que le liège est prélevé - je te ferai voir demain comment on fait puisque ce sera ton travail - on le découpe en planches. Parce que le morceau que tu obtiens d'abord a la forme d'un cylindre, c'est ce qu'on appelle le canon. Dans cet état-là on ne peut pas encore l'utiliser. C'est pourquoi on va le couper sur la longueur pour obtenir les planches, auxquelles on donne la même dimension. Ensuite, on fait le *démaïrage*. C'est-à-dire qu'on va racler la partie extérieure au moyen d'une herminette afin d'obtenir un aspect plus lisse et régulier.

— Après ça, on peut alors faire les bouchons ?

— Ah, mais non, pas encore. Après ça, on va le livrer à la fabrique, mais c'est à eux de faire leur travail. Un jour, je t'emmènerai visiter la bouchonnerie à qui nous livrons, et tu verras qu'ils ont encore beaucoup de choses à faire. C'est que les planches qu'on leur apporte ne sont pas plates puisqu'on les a découpées dans un cylindre. D'abord, ils les raclent à leur tour avec la *breiadouiro*, pour obtenir un lissage parfait et éliminer les insectes qui pourraient encore s'y trouver. Ensuite, et c'est très important, ils font le bouillissage en les plongeant pendant trois quarts d'heure ou une heure dans une immense cuve d'eau bouillante. C'est un travail très pénible où il faut supporter la chaleur de la vapeur. Même si mon travail est fatigant, je ne l'échangerais pas contre celui du bouillisseur. Avec ce procédé, on obtient un liège plus souple et on peut l'aplatir. Puis les coupeurs le tranchent en bandes égales avant de les détailler en petits cubes. Ensuite, les tourneurs, au moyen d'un couteau, découpent le bouchon. Ils font tourner le cube d'une main pendant qu'avec l'autre ils donnent au couteau un mouvement de haut en bas et de bas en haut. Ils sont drôlement adroits, je t'emmènerai les voir. Les meilleurs font environ 1000 bouchons par jour.

— Notre liège est transformé dans quelle fabrique ?

— Dans la plus grosse de Ginestière. C'est celle de Garino. Il a environ cinquante ouvriers. Il y a une douzaine d'années, c'était la seule bouchonnerie ici. Elle n'employait que des membres de la famille. Ils étaient une dizaine à travailler, mais depuis avec le développement des ventes du vin produit par nos vignerons, l'entreprise s'est bien développée. Et puis surtout, le père Garino a eu une bonne idée. Il a pensé que ses bouchons pourraient intéresser la parfumerie grassoise. Un jour, il a attelé son cheval et il est parti à Grasse pour vanter sa production auprès des parfumeurs. Il y a bien réussi puisque plusieurs sont devenus des clients fidèles. Une partie du liège que nous prélevons part à l'étranger sur des flacons à la bonne odeur. Et c'est pourquoi la fabrique a maintenant une cinquantaine d'ouvriers. Depuis quelques années, d'autres bouchonneries ont vu le jour. Il y en a donc quatre à Ginestière maintenant. Tout autour de la forêt des Maures, il y en a environ cent trente. Notre département est celui qui produit le plus en France, grâce à notre belle forêt des Maures.

Frédéric se sentait de plus en plus investi d'une responsabilité éminente. Penser que le produit qu'il allait manipuler risquait de se retrouver aux Amériques l'emplissait d'impatience. Il revoyait, sur le mur de la classe, la carte des deux Amériques, avec les pays représentés par des couleurs différentes, et les caractères d'imprimerie plus ou moins gros, en roman ou en italique, selon qu'ils désignaient les états, les capitales, les montagnes ou les fleuves. Armand poursuivait son enseignement.

— Toute cette étendue de bois que tu vois devant toi appartient au marquis. Il y a une dizaine d'années, il en avait beaucoup moins, c'était la commune qui était la propriétaire principale. Mais peu à peu, Vitalis a agrandi son territoire en usant de son influence pour que les maires successifs acceptent de vendre. Il veut être aussi important que d'autres grands propriétaires comme les Colbert, au Cannet, ou les Ségur, au Luc. C'est vrai qu'avec le liège et le charbon de bois, les choses vont plutôt bien pour lui. On dirait qu'il n'en a jamais assez. Et tu vois au loin, sur la gauche, un ensemble de terres *gastes*[2]. Il veut les mettre en valeur l'année prochaine pour implanter de nouveaux chênes. Je me demande où il va s'arrêter. C'est une manie : dans tous les domaines, il veut être le premier, et si possible écraser les autres.

Frédéric promenait son regard d'un côté à l'autre, comme pour mémoriser le décor qui allait lui devenir familier. Il commençait à s'approprier ce paysage qui devenait le sien.

— Tu en sais assez pour aujourd'hui. Si tu retiens tout ce que je viens de dire, ce sera suffisant. Et tu retiendras mieux en faisant le travail. On verra le reste demain, va te reposer.

Quand il arriva dans la cour, Arsène Robion était en train de tirer de l'eau du puits. C'était un homme de haute taille et dont le corps soigneusement serré dans la taillole paraissait être demeuré svelte pour quelqu'un qui devait avoir atteint la cinquantaine. Il s'exprima d'une voix puissante.

— *Aqui lou nouvèu travaiadou !* (Voilà le nouveau travailleur !). Viens manger un morceau avec nous, à table il est toujours plus facile de faire connaissance.

Frédéric n'avait aucune difficulté pour accepter car la faim le tenaillait depuis un moment déjà. De plus, avec un pareil accueil, l'homme lui parut sympathique. Arsène Robion s'assit à un bout de la table et fit les présentations :

Dominique, le valet de ferme qui paraissait du même âge que son patron, les enfants Eugène et Fernand Robion, et leur petite sœur Monette.

Amélie Robion l'invita à s'asseoir à l'autre bout de table de sorte que, pendant un petit moment de gêne, Frédéric eut le sentiment d'être dévisagé mais il se rendit compte que lui aussi dévisageait les autres. Puis il pensa qu'on avait peut-être voulu lui faire honneur en le plaçant là, face au maître de maison. C'est Arsène qui amena la sérénité en le questionnant sur son village.

— Alors, tu viens du Cannet ? J'ai connu un brave homme là-bas, Martin, il y a longtemps que je n'ai plus eu de ses nouvelles, il est peut-être mort. D'ailleurs, je pense que tu es trop jeune pour avoir pu le connaître. Tu as quel âge ?

— J'ai seize ans depuis quelques jours. Je ne l'ai pas connu.

— Ah, alors, seize ans, comme Monette, elle ne les a pas encore, ce sera pour le 12 mai.

Le regard de Frédéric s'attarda alors un peu plus sur Monette, qu'il n'avait pas vraiment remarquée. Il découvrit un visage timide et doux penché fixement sur son assiette. Sa tête était couronnée de boucles blondes et le geste banal pour porter sa cuillère à sa bouche paraissait animé d'une grâce particulière. Elle avait eu un léger sourire à l'évocation de son nom mais son regard ne se détourna pas de l'assiette. Une chemise à bordure soulignait son cou long et souple, et un caraco à manches courtes laissait voir des bras légèrement potelés. La souplesse de la chemise faisait apparaître la rondeur des seins. Puis elle leva enfin sa tête et son regard croisa celui de Frédéric qui, pour se donner rapidement une contenance, se tourna vers Arsène tout en cherchant ce qu'il pourrait bien lui demander.

— Il y a longtemps que vous connaissez Armand ?

— Depuis trois ans qu'il travaille sur l'exploitation du marquis. On l'aime bien Armand. C'est un travailleur, un homme sérieux, sur qui on peut compter. Il est seulement parfois un peu, comment dire ? Non, pas bizarre, parce que ce qu'il fait, il le fait en réfléchissant. Et il est intelligent. Mais il raconte parfois des choses que je ne comprends pas trop. Un jour, il va finir par s'accrocher avec le marquis parce qu'il lui arrive de lui tenir tête. Il faut dire que le marquis fait de la politique, et je crois qu'Armand ne pense pas comme lui. Enfin, quand je dis « je crois », j'en suis même certain. J'ai beau dire à Armand de ne pas s'en mêler, c'est plus fort que lui. Parfois, il est un peu *testard*[3]. Remarque que ce n'est pas toujours un défaut, mais si un jour le marquis décide qu'il n'a plus rien à faire sur ses terres, il sera bien avancé.

Frédéric constata que Monette était revenue à son assiette. Il devait relancer la conversation pour lui rappeler qu'il était là.

— Et avec vous, il est bien le marquis ?

Arsène eut un geste vague.

— Bah, il en est peut-être des meilleurs, mais il en est sûrement des pires. Nous, nous faisons notre travail. Tout ce qu'il demande, c'est que le mas soit bien entretenu, que la terre produise son lot de légumes et de châtaignes, pour qu'il ait sa part du fermage, tout ça nous savons le faire. Alors, on ne le voit pas trop souvent. Il envoie ses domestiques chercher les légumes. Il faut dire que c'est un homme occupé, avec sa politique. Il est propriétaire d'un journal de Draguignan, *le Nouvelliste du Midi*, où il n'arrête pas de dire tout le bien qu'il pense de Louis Napoléon. C'est ce qu'on dit par ici, et ce que me disent mes enfants, car moi je ne sais pas lire. En décembre 48, quand le prince a été élu président de la République, le marquis a fait une grande fête où il avait invité tous ses fermiers et son personnel.

Eugène n'avait pas encore parlé. Il se tourna vers Frédéric.

— Tout le monde y était, mais ce n'était pas vraiment possible de faire autrement. À l'époque, mon frère et moi nous n'avions pas encore vingt ans. Il a bien fallu qu'on suive, mais aujourd'hui nous n'irions pas. Le marquis, comme les autres de son espèce, s'imagine qu'il peut obliger tout le monde à penser comme lui. Avec son argent et ses relations politiques, il veut régner sur le village. Mais peut-être que ça ne durera pas car les jeunes de maintenant osent dire ce qu'ils ont à dire.

Robion ne s'attendait pas à cette réflexion qui lui reprochait sans le dire de suivre le marquis.

— Ne va pas chercher midi à quatorze heures. On peut penser ce qu'on veut, mais quand le patron vous invite, il n'est pas correct de refuser. Ce n'est pas comme ça que je vous ai élevés.

Et ce fut à Fernand d'intervenir.

— Le monde change. Ce qu'on voit, c'est que le prince président ne veut plus de la République et qu'il manœuvre pour ramener l'Empire. Et des gens comme le marquis le soutiennent.

— Idiot, laissa tomber Robion. Tu sais tout mieux que tout le monde. On se demande où tu vas chercher des choses pareilles.

— Vous verrez, père, vous verrez.

La tête de Frédéric commençait à tourner un peu, et ce n'était pas la faute du verre de vin assez fade que Robion produisait pour la consommation familiale. Chez lui, il n'avait connu que des repas à trois. Le père, d'un naturel renfermé, parlait peu, et surtout pas de politique. La mère, plutôt timide, ne prononçait que les paroles essentielles sur le contenu des assiettes ou les questions du foyer. On s'aimait en silence, et quand le père fut mort, Frédéric se retenait d'aborder certains sujets qui auraient réveillé chez sa mère des souvenirs propres à la faire pleurer. Tout à coup la tablée des Robion faisait l'effet d'une volière indisciplinée et libre. Frédéric avait l'impression d'avoir changé de monde.

Puis Arsène Robion posa autour de lui quelques questions sur la marche de la ferme. À son valet il demanda s'il avait découpé les branches d'un arbre mort. À Eugène s'il avait nettoyé le bassin. À Fernand s'il avait acheté le grillage pour agrandir le poulailler. Il donna à Frédéric l'image d'un chef qui organisait ses troupes avant de repartir à l'assaut du labeur. Puis Robion referma son couteau, signe qu'on pouvait quitter la table.

Frédéric s'excusa alors, prétextant qu'il n'était pas encore remis de sa longue marche du matin, et partit se réfugier à l'étable. Il commença par vider son balluchon pour en répartir le contenu dans la caisse. Il sortit avec précaution le chapeau de paille que la mère lui avait acheté « pour aller dans les champs au plein été » ; puis trois chemises, un pantalon plus élégant que celui qu'il portait, un gilet dont elle avait bien recommandé qu'il n'était à utiliser que le dimanche, une veste, un manteau qui venait de son père, des caleçons en coton, une paire de bottes, et une taillole qui consacrait son passage à l'âge adulte. Venait ensuite un sachet de papier contenant diverses nourritures : des fromages de chèvre, de la caillette du pays, des olives. « Elle a encore eu peur que je meure de faim », se dit Frédéric. D'un emballage confectionné par lui-même grâce à plusieurs épaisseurs de journal, il sortit avec précaution l'exemplaire des *Trois Mousquetaires* d'Alexandre Dumas, que son instituteur lui avait offert en apprenant son prochain départ. « Tu en liras quelques pages chaque soir, avec un livre on n'est jamais seul », lui avait dit ce bon M. Tessereau.

À la fin, il sortit le cahier qu'il avait lui-même enveloppé dans un papier de luxe pour mieux le protéger, ainsi qu'un crayon. C'était une habitude qu'il avait acquise dès lors qu'il avait su écrire : avoir toujours un cahier à portée de main où il consignait les choses à faire ou à ne pas oublier. « Demain, je graisserai mes bottes », « samedi, nettoyage du poulailler ». Il sortit de sa poche le canif tout neuf que sa mère lui avait offert pour son départ en exil, et tailla soigneusement la pointe du crayon. Il ouvrit le cahier à la première page disponible, et inscrivit : « Monette, anniversaire 12 mai ».

Puis il s'allongea sur la paillasse, lut quelques pages de son livre sous la faible flamme de la bougie, et s'endormit heureux.

(1) Ouvrier chargé de prélever l'écorce du chêne-liège, du provençal *rusco* : écorce.
(2) En friche
(3) Têtu

2

Il n'avait pas dormi longtemps, pressé de retrouver ce chantier qui lui conférerait le rang de travailleur. Sitôt debout, il alluma la bougie afin de pouvoir lire l'heure sur la montre héritée de son père. Sa mère lui avait bien recommandé de ne pas l'emmener au travail afin de ne pas risquer de la briser. Puis il s'aspergea abondamment de l'eau que la nuit avait rafraîchie. Une tranche du bon pain d'Amélie Robion accompagna un morceau de fromage, et il fut habillé en quelques secondes. Il accrocha à son cou la musette qu'Amélie avait pris soin d'emplir la veille au soir, puis traversa la cour du mas en constatant que la maison ne paraissait pas être éveillée, et s'engagea sur le sentier.

Il marchait d'un pas nouveau, encore plus alerte que la veille, et parvint rapidement à l'endroit où il avait trouvé Armand à son arrivée. Celui-ci s'y trouvait déjà en compagnie de Marcel. Le « chef » leur confirma qu'ils allaient passer la journée dans ce qu'il appelait « le champ du bas », ce carré que son lointain cousin lui avait désigné, où devait être prélevé le liège-femelle. Puis il donna à chacun une hache au manche long et au tranchant fin.

— *Bono crespino !* (bonne chance !) lança Marcel en s'adressant à Frédéric.

Les deux jeunes gens, que dix ans environ séparaient, prirent un sentier qui descendait en pente douce le long d'un ruisseau bordé par endroits de frênes profitant de l'humidité ambiante. Le jour était maintenant levé et le soleil avait franchi la barre de la montagne. Le ciel était clair, on éprouvait une petite fraîcheur dont on devinait qu'elle n'allait pas tarder à laisser place à la chaleur printanière.

— Nous y voilà. Tu t'assieds par terre, et tu me regardes. Après, ce sera ton tour. D'abord, la première précaution, il faut regarder l'arbre. S'il a perdu des feuilles, s'il a une maladie, ce n'est pas la peine. Le liège ne se décollera pas du tronc parce que la montée de la sève aura été ralentie. Tu vois tout de suite que celui-ci fait l'affaire : l'écorce est belle et sans blessure.

Armand cracha dans ses mains avant d'empoigner la hache. Puis, avec l'angle de la lame et en tapant doucement, il pratiqua une incision à l'horizontale en haut et tout autour du tronc.

— Voilà, là je fais la couronne. Il faut la faire assez profonde mais pas trop pour ne pas abîmer la mère qui est dessous. Retiens bien ceci : tu dois toujours te servir de ta hache en ayant le souci de ne pas abîmer la mère. Sinon, ton arbre est fichu.

— Avec les mêmes précautions, il pratiqua une autre incision circulaire à quelques centimètres du sol. Puis il glissa la pointe des doigts dans une des fentes verticales que la nature avait pratiquées sur le tronc.

— Là, je soulève doucement pour voir si l'écorce va se décoller facilement. Sinon, cela veut dire que c'est trop tôt. Celui-là est bon.

Alors, à coups un peu plus vifs que pour la taille de la couronne, il pratiqua une incision de haut en bas. Puis il glissa le manche de son outil, taillé en biseau, dans la fente obtenue et le fit jouer comme un levier. L'écorce se souleva avec un petit grincement. Avec le dos de sa hache, il frappa tout autour du tronc une série de coups destinés à faciliter le décollement. Puis il introduisit la cognée en la tournant comme pour en faire un crochet et tira vigoureusement sur le manche. Le tronc se trouva d'un coup entièrement déshabillé, un cylindre de liège s'abattant sur le sol.

— Voilà, maintenant il reste à le découper en planches, mais nous ferons ça cet après-midi quand nous en aurons plusieurs. À toi de jouer.

Lentement, suivant attentivement les conseils que lui prodiguait son cousin, Frédéric accomplit toute l'opération. Quand son premier cylindre de liège se fut trouvé au sol, il ressentit une bouffée de satisfaction, que l'appréciation d'Armand renforça.

— Pour une première fois, ce n'est pas mal du tout. Tu as bien pris garde à ne pas abîmer la mère, c'est très bien. C'est encore un peu lent, mais après dix ou douze, quand tu auras pris le pli, ce sera parfait. Te voilà un vrai rusquier ! On passe à côté, pendant que je m'occupe d'un arbre tu travailleras sur son voisin.

Frédéric se rendait compte qu'il mettait un peu plus de temps que son cousin pour parvenir au résultat, mais il pensa qu'avec l'habitude il pourrait acquérir la même rapidité.

— Il est dix heures, c'est le moment de manger un morceau. On va s'asseoir à l'ombre. Je pense que la mère Robion t'a mis ce qu'il fallait dans la musette ?

À vrai dire, Frédéric n'avait même pas eu la curiosité d'en observer le contenu, tellement il lui paraissait évident, suite à l'accueil qu'il avait reçu, que les choses étaient bien en ordre de ce côté-là.

Il inspecta le contenu de la musette. Il y trouva une belle tranche de pain imbibé d'huile d'olive sur lequel un anchois avait été écrasé, un oignon, un œuf dur, un beau morceau de fromage de chèvre. Dans un pot de fer-blanc, des haricots accompagnés d'un morceau de lard.

— C'est bien le souci d'Amélie, dit Armand. Elle prévoit tout ce qu'il te faudra pour dix heures et pour midi, et ensuite tu t'organises comme tu veux. Si tu meurs de faim, ce ne sera pas à cause d'elle. Mais évite de ramener quelque chose car elle croira que tu n'aimes pas sa cuisine.

Ils s'assirent chacun sur une grosse pierre, face à face. Le garçon commençait à ressentir dans ses bras à la fois une lourdeur et de la raideur, la conséquence des efforts qu'il venait de déployer. Tout était calme autour d'eux. Seulement de temps à autre, on entendait à peine les coups portés sur un tronc par un rusquier posté plus loin. Après un moment de silence qui leur permit d'apprécier les premières bouchées, Armand retrouva la parole.

— C'est très bien que les Robion veuillent bien t'héberger. Tu vas être comme un coq en pâte. Ils sont tous gentils dans cette maison. Et Arsène a parfois l'air un peu bourru mais il a un cœur d'or.

Frédéric acquiesça mais il voulait en savoir un peu plus sur la famille.

— Ils habitent là depuis toujours. Le mas appartenait déjà au père d'Arsène. Quand celui-ci est mort, le marquis a acheté la propriété pour s'agrandir et a proposé à Arsène de devenir son fermier. Lui aurait accepté n'importe quoi pour ne pas quitter la terre de son enfance. Mais s'il a été vite d'accord, c'est peut-être parce qu'il avait compris qu'il y aurait de plus en plus de difficultés pour les petits paysans, et qu'il était moins risqué de devenir en quelque sorte le salarié du marquis. Ses enfants, Fernand et Eugène, travaillent avec lui, ainsi que Dominique, mais il est possible qu'un jour ou l'autre ils aillent chercher du travail en ville, même si leur père voudrait les voir continuer. Déjà, bien des petits paysans abandonnent et préfèrent devenir rusquiers, bouchonniers, ou aller voir ailleurs. En attendant, c'est une exploitation bien tenue. Ils font des légumes, ils ont des châtaigniers grâce auxquels Amélie fait de la crème de marrons qu'elle vend sur les marchés.

— Et ils vivent tous de cette propriété ?

Armand avait du mal à comprendre le sens de sa demande.

— Oui, comme je viens de te l'expliquer. Sauf qu'on ne sait pas si ce sera toujours ainsi.

Alors Frédéric se décida enfin à poser la seule question qui lui brûlait les lèvres.

— Et Monette, elle fait quoi ?

— Ah ! Mon gaillard, en fait c'est Monette qui t'intéresse. Je le comprends, si j'avais dix ans de moins elle m'intéresserait aussi. C'est une jolie fille et bien attachante. Elle a quitté l'école l'an dernier pour aider ses parents. Elle travaille un peu dans les champs, mais de plus en plus maintenant c'est elle qui va vendre au marché. Elle est toujours aimable, les clients l'aiment bien. Non, mais dis donc, tu aurais des vues sur Monette, par hasard ?

Frédéric protesta mollement et soutint qu'il voulait seulement en savoir un peu plus sur la famille avec qui il allait vivre. Puis il décida de reprendre l'avantage.

— Et toi, à vingt-six ans, tu n'es pas marié ?

— Eh bien non, pas encore.

— Et tu n'y penses pas ?

— Bien sûr j'y pense, même que…

— Même que quoi ?

— Non, c'est un peu tôt pour en parler. Je souhaite que ça se fasse, et le plus vite possible, mais il y a des obstacles. Bon, on ne parle plus de ça, mais dès que ça pourra se faire, tu seras le premier à tout savoir. Promis, juré ! Goûte un morceau de ma caillette. Pendant que tu auras la bouche pleine, tu ne poseras pas de question qui me dérange.

Et ils partirent d'un éclat de rire.

Puis Frédéric s'enhardit.

— Arsène Robion m'a dit que tu t'étais parfois disputé avec le marquis à propos de la politique.

— Disputé, pas vraiment, parce qu'on se rencontre le moins possible. Mais c'est sûr qu'il m'est arrivé de réagir à ce qu'il disait. Il voit les choses comme quelqu'un qui a le pouvoir et l'argent, aussi il soutient le prince Napoléon parce que c'est son intérêt. Moi, je n'ai que mes mains pour travailler, et bien sûr mon intérêt s'oppose au sien, ou le sien s'oppose au mien, comme tu voudras. En tout cas, le mien n'est pas du côté du prince, même s'il porte le titre de président de la République. Drôle de république, incarnée par un seul homme qui décide de tout. Il peut appeler ça la République, en tout cas ce n'est pas la démocratie. Ce n'est qu'une organisation au service des possédants, comme Vitalis ou quelques autres.

— Donc, tu n'aimes pas beaucoup le marquis.

— Ceci ne veut rien dire. Il ne s'agit pas de l'aimer ou de ne pas l'aimer. Tiens, je vais te faire voir quelque chose. C'est un extrait du discours prononcé par le grand Victor Hugo l'année dernière à la Chambre des députés quand ils ont débattu de la loi sur la déportation. Je l'ai recopié et je le garde toujours sur moi. Quand j'ai un moment de doute, je le relis, et ça me donne la force de repartir. J'ai même noté la date, c'est un discours du 4 avril 1850, il a tout juste un an.

Il sortit de sa poche une feuille pliée en quatre, et lut :

« Nous avons une société nouvelle à faire sortir des entrailles de la société ancienne. Quant à moi, je suis de ceux qui ne veulent sacrifier ni l'enfant, ni la mère. Ah ! Nous n'avons pas le temps de nous haïr ! La haine dépense de la force, et, de toutes les manières de dépenser de la force, c'est la plus mauvaise. Réunissons fraternellement nos efforts, au contraire, dans le bien du pays. Au lieu d'échafauder péniblement des lois d'irritation et d'animosité, des lois qui calomnient ceux qui les font, cherchons ensemble, et cordialement, la solution du redoutable problème de civilisation qui nous est posé, et qui contient, selon ce que nous saurons en faire, les catastrophes les plus fatales, ou le plus magnifique avenir.

Nous sommes une génération prédestinée, nous touchons à une crise décisive, et nous avons de bien plus grands et de plus effrayants devoirs que nos pères. Nos pères n'avaient que la France à servir, nous, nous avons la France à sauver. Non, nous n'avons pas le temps de nous haïr. »

— Voilà ce que disait le sage Hugo. Quand on l'a bien compris, aimer ou ne pas aimer l'adversaire politique ne veut pas dire grand-chose. Ce qu'il faut, c'est lutter pour ses idées avec le souci de défendre l'intérêt de tous. Il a raison de dire que la haine dépense de la force, et que de toutes les manières de dépenser de la force, c'est la plus mauvaise. Je trouve ce texte d'autant plus remarquable que l'homme était royaliste sous Louis-Philippe dont il fréquentait même la cour. Puis les événements de 1848 lui ont ouvert les yeux. Il est devenu républicain en découvrant la misère populaire.

J'aime mieux ceux qui passent de la grande bourgeoisie à la défense du peuple plutôt que ceux qui font le chemin inverse, car il y en a. Il ne faut donc jamais désespérer. Et c'est vrai qu'il y a une société nouvelle à faire sortir des entrailles de la société ancienne. Cette nouvelle société doit être au service de l'Homme, ce ne peut être que la République, la vraie, et non pas ce régime qu'on affuble aujourd'hui abusivement de ce nom. Un prince qui se prétend président de la République. Non, mais, est-ce que tu te rends compte ?

Frédéric ne se rendait pas vraiment compte, mais il découvrait son lointain cousin. Lui, il avait à peine entendu parler de Victor Hugo. Tout juste savait-il qu'il était écrivain parce que le maître d'école leur avait lu quelques pages de Notre Dame de Paris. Il ignorait tout de son activité politique parce que personne ne l'en avait jamais informé. Et qu'Armand conserve dans sa poche en toute occasion un discours de Victor Hugo, voilà qui ne manquait pas de l'intriguer. D'abord, comment pouvait-on se procurer un discours de Victor Hugo ?

— C'est simple, j'appartiens à une chambrée où, entre autres choses, nous lisons la presse à haute voix pour ceux de nos amis qui ne savent pas lire. Un soir, j'ai eu à lire cet article du journal, et comme je l'ai trouvé profondément vrai, je l'ai recopié.

— Je ne sais pas ce qu'est une chambrée.

— C'est une association d'amis qui décident de pratiquer la solidarité. Nous nous réunissons au cabaret pour jouer aux cartes, lire les journaux de Paris ou de Toulon, discuter des affaires de l'État, et quand il le faut nous nous entraidons si l'un de nous est en difficulté. Il y a quatre chambrées à Ginestière, il y en a plus de sept cents dans le Var. La nôtre s'appelle les *Amis de la Concorde*. Les membres sont surtout des rusquiers, des bouchonniers, des charbonniers, mais aussi des paysans et quelques bourgeois. Il y a aussi un pharmacien, deux ou trois commerçants. Tous ceux qui acceptent notre idée de la République peuvent y venir. La seule chose qui les rassemble, c'est que ce sont tous de vrais républicains. Nous nous réunissons dans l'arrière-salle du café chez Migeaud. Nous ne sommes pas toujours bien vus, le pouvoir se méfie de nous. L'an dernier, le préfet Haussmann a fait fermer une chambrée à Artignosc parce qu'on y recevait le journal « *Le Constitutionnel* », qu'on y admettait des étrangers, et qu'on y tenait des discours politiques. Il avait également reproché des propos contraires à la religion. Or, ce n'était qu'une peccadille. Figure-toi que dans l'hiver 1850-51, l'instituteur communal avait fait don à la paroisse d'une statue de Saint-Joseph. Une des personnes qui l'avaient transportée a été moquée à la chambrée par un membre qui s'est exclamé : « Saint-Joseph est le patron des cocus ». Il n'en a pas fallu plus pour que le maire l'accuse d'exciter les citoyens à la haine de la religion. Ce qui prouve qu'il faut faire attention à ce qu'on dit en dehors de la chambrée. Bien sûr, nous parlons de politique entre nous, mais il ne faut pas trop le faire savoir à l'extérieur. D'ailleurs, nos frères jurent de respecter le secret quand ils sont au-dehors. Le préfet est toujours prêt à trouver un bon motif pour nous interdire. Si tu veux en savoir un peu plus, un jour je t'emmènerai avec moi.

Frédéric eut un geste vague signifiant que la chose pouvait attendre. Il arrivait à peine, avait tout à découvrir, et malgré la confiance qu'il vouait à Armand, ne voyait pas ce qu'il irait faire dans une chambrée. Son cousin avait parlé sur un rythme rapide, comme s'il se grisait lui-même en évoquant ce qui semblait compter beaucoup dans sa vie. Le jeune homme pensa que c'était surtout une activité pour les adultes, et bien qu'il aspirât à le devenir aussi vite que possible, il lui suffisait pour le moment de devenir un bon rusquier.

3

Avec son vaste terre-plein dégagé, l'orée du bois des Caroubiers se prêtait bien au travail des charbonniers. Auguste Aulanier n'était pas peu fier du tas de bois soigneusement rangé et dont la hauteur le dépassait d'un bon mètre. Il démontrait ainsi qu'il était apte à faire le travail tout seul, et qu'il n'avait pas besoin de ce fieffé Italien de Giovanni-Luigi Alena que le régisseur du marquis avait voulu lui adjoindre. Mais au bout de quelques jours on avait dû les séparer, tellement le caractère d'Aulanier s'accommodait mal de toute autre présence à ses côtés. Il n'était vraiment pas fait pour le travail d'équipe.

Alena s'était plaint des critiques continuelles de son compagnon, de son mauvais caractère, de ses allusions à « son pays où il aurait mieux fait de rester, plutôt que venir nous dire comment on doit travailler ». C'est que, naïvement, Alena avait cru pouvoir évoquer quelques méthodes qu'utilisaient les carbonari de sa province. Et Aulanier, conscient de la supériorité de son savoir-faire, avait conclu un débat par quelques coups de poings. Le régisseur, sachant qu'aucun sermon ne ramènerait Aulanier à plus de compréhension, avait pris la seule mesure possible, celle de séparer les deux hommes. Il n'était pas question de sanctionner Auguste dont la volonté et la force de travail étaient indéniables.

Et ce soir Aulanier contemplait son superbe tas de bois, répondant de cette façon au régisseur, à Alena, à la terre entière. Il avait bien pris soin de ménager au centre du tas la cheminée en posant d'une façon rigoureuse les plus grosses branches à la verticale. Puis il avait disposé les branchages tout autour, par couches successives, pratiquant un tas qui s'amincissait en prenant de la hauteur. Dans chaque couche, il avait bouché les espaces avec des ronces, du bois mort, des brindilles, de façon à ne laisser aucun espace. Dans les quelques trous pouvant subsister, il avait planté des « piquets », des branches droites, afin de stabiliser l'ensemble. Les meilleures conditions étaient réunies pour la réussite de l'opération, et il n'avait pas besoin d'un enquiquineur dans ses pieds pour s'en sortir. Habitué à vivre seul et à ne parler au cours de son travail qu'avec lui-même, il s'entendit dire en admirant son tas, *« aquéou es lou meillou »* (Celui-là est le meilleur).

Ensuite, il jeta de grandes pelletées de « fraisil », ce mélange de terre calcinée et de vieux charbon qui aiderait à enfermer la chaleur tout en ralentissant la combustion. L'exercice lui réveilla de vieilles douleurs dans les épaules. Puis il pratiqua en y mettant une énergie particulière, les « évents », ces trous ménagés sur tout le pourtour du tas, en commençant par la partie haute. Par la circulation de l'air qu'ils provoqueraient, ils faciliteraient la lente combustion du bois.

— Mets-toi bien dans la tête, lui avait dit le charbonnier qui l'avait formé dans sa jeunesse, que ton tas doit faire comme une fleur qui s'épanouit. Le feu doit se propager de haut en bas et du centre vers les côtés.

— Au moyen d'une échelle, il grimpa au sommet du tas bien plus haut que lui. Grâce à une brassée de paille, il mit le feu en haut de la cheminée. Une fumée blanche et abondante commença à monter. Elle était essentiellement composée de la vapeur provenant de l'eau contenue dans le bois. Quand la fumée tourna au brun, qu'elle devint lourde et âcre, attestant que le charbon était en train de se former dans la partie supérieure, il reboucha les évents pour en pratiquer d'autres plus bas, afin de faire descendre le feu dans le tas.

Quand la fumée blanche résultant de la deuxième série d'évents commença à apparaître, il se dit qu'il avait un peu de temps devant lui pour pénétrer dans la forêt et relever les collets qu'il y avait posés.

Il marcha cinq bonnes minutes sur le sentier où la progression n'était pas facile à cause du désordre de la végétation et des branches entremêlées. Il arriva au bord du petit ruisseau où il avait ses repères. Il allait le franchir d'un saut quand il crut discerner à travers les feuilles une couleur qui pouvait être celle d'un vêtement. Ce n'était pourtant pas un lieu tellement recherché pour la promenade. La position qu'il occupait lui interdisait d'en voir plus. Il bondit alors par-dessus le ruisseau et se déplaça sur sa gauche pour avoir une vue plus dégagée, tout en s'efforçant de rester masqué.

Et là, il fut édifié. Pas possible, ce n'était pas possible, une chose pareille ! Il ne voulait pas, il ne pouvait pas y croire. Mais la réalité s'imposait. Non, il ne rêvait pas. Son souci immédiat était de ne pas être vu, à cause de la gêne qu'il éprouvait. Il se retourna et s'enfuit aussi vite que le lui permettait sa légère claudication.

Ce soir, c'était comme si Auguste Aulanier avait vu le diable.

4

Alphonse Garino avait sorti la bouteille de ratafia. Une bouteille de verre bleuté entourée d'un maillage de rotin, et qui avait contenu autrefois une liqueur du commerce. Sa femme Honorine conservait pieusement ce genre de bouteilles en se disant qu'elles serviraient un jour ou l'autre à recueillir dans les meilleures conditions ses propres productions d'élixirs multiples à base d'herbes, de décoctions, d'écorces, de baies, que la végétation locale lui fournissait en abondance. La confection de vins ou de liqueurs de sauge, de thym, d'estragon, de sureau, de noix, occupait une bonne partie de ses loisirs.

Honorine démoulait la tarte aux amandes. Alphonse vérifia que les verres étaient bien ceux du service de cristal. Ce n'est pas tous les jours qu'on reçoit un marquis. Et le marquis de Vitalis leur paraissait se situer un peu plus haut que les autres. On a beau être un petit industriel bien installé, exerçant son autorité sur une cinquantaine d'ouvriers, au savoir-faire reconnu même au-delà du département, on n'atteindra jamais la notoriété d'un marquis, surtout d'un marquis riche et qui pouvait se faire ouvrir quand il voulait les portes du pouvoir.

C'est Vitalis qui avait sollicité cette entrevue pour discuter avec les Garino d'une affaire, disait-il, « de la plus haute importance ». Alphonse avait passé les trois jours à se demander en quoi pouvait bien consister cette affaire. Voulait-on lui proposer quelque rôle en politique ? Voilà qui ne l'enchantait guère. Si le marquis comptait exploiter sa petite notoriété pour l'enrôler dans une activité qui ne le tentait pas, c'était un mauvais calcul. Lui n'était passionné que par son entreprise, cette fabrique de bouchons qu'il avait su faire prospérer, cette cinquantaine d'ouvriers qui ne ménageaient pas leur peine car il était parvenu à installer la confiance entre eux et lui. Qu'irait-il faire en politique ? Il en existait bien d'autres qui n'aspiraient qu'à cette occupation. Lui, se sentait plus utile dans son métier.

— Je passerai vous voir dimanche après la messe, avait dit le marquis, en montant le ton en fin de phrase comme pour lui faire remarquer que lui, Alphonse, n'allait pas souvent à la messe.

On entendit arriver la calèche, une voiture à quatre places, capote de cuir brossé abaissée pour mieux profiter des beaux jours. Le dimanche le marquis donnait congé à son cocher et conduisait lui-même. C'était sa manière de faire simple. Il semblait au demeurant y trouver un certain plaisir. Peut-être appréciait-il de se faire reconnaître au passage, presque comme un roi parmi ses sujets. Il sauta prestement et Alphonse fut aussitôt sur le seuil pour le prier d'entrer. À peine avait-il pénétré qu'il prenait un ton jovial.

— Ah ! Je vois que nous allons boire le fameux ratafia de Garino, célèbre dans tout Ginestière. J'ai bien fait de venir puisque je suis aussi bien reçu…

Le petit patron pensa que le marquis en faisait un peu trop. Son ratafia n'était connu que des quelques-uns qui avaient eu l'occasion de trinquer sous son toit, et il n'avait rien d'exceptionnel. Tout le village fabriquait du ratafia. Il était assez ridicule d'affirmer qu'on connaissait le sien dans tout Ginestière. D'autant que le marquis fréquentait ici bien peu de monde. Le visiteur devait avoir quelque chose de bien important à demander pour se laisser aller à ces outrances légèrement déplacées.

Honorine lui proposa un morceau de tarte et il s'extasia dès la première bouchée.

— Alors, là, je vais tout vous avouer. Ma femme fait la tarte aux amandes, mais, ne le répétez pas, elle est loin d'être aussi bonne.

L'appréciation, même si elle pouvait être fondée, ne fit qu'accroître l'inquiétude du bouchonnier.

Honorine fut sommée de donner sa recette. Prendre trois œufs, mettre dans une tourtière l'équivalent de leur poids en farine, en beurre, et en sucre fin. Casser les œufs par-dessus, disposer cent grammes d'amandes douces épluchées dans de l'eau chaude, les piler, les incorporer et faire une pâte lisse. Huiler le fond d'une autre tourtière, y placer la préparation, faire cuire par-dessus et par-dessous, puis saupoudrer de sucre fin.

Chaque fois qu'Honorine suspendait sa phrase par la volonté maligne de ménager ses effets, le marquis s'exclamait « oui, oui », comme pour constater la qualité de l'explication, reconnaître le talent de la pâtissière, et encourager à poursuivre.

— À l'occasion, chère Honorine, vous voudrez bien noter la recette sur un papier et me la faire passer. J'essaierai de convaincre mon épouse.

Lors de leurs précédentes rencontres, peu fréquentes, le marquis n'avait jamais eu l'occasion de traiter Honorine de « chère ». Puis tout à coup la conversation glissa par la volonté du marquis sur la politique et la personne du prince président.

— Je pense que vous avez eu connaissance de son beau discours de Dijon, il y a quelques jours, c'était le 1er juin. Monseigneur a dit que, malgré l'opposition de l'assemblée envers le gouvernement, il n'est pas question d'un retour à l'ancien régime. C'est cela que j'aime chez lui : avoir une vision à long terme et s'y tenir. Déjà, il avait pris une sage décision l'an dernier, avec la réforme du corps électoral. Exiger un délai de trois ans dans le domicile pour avoir le droit de voter, et rétablir le paiement du cens, cela revient à éliminer tous ces traîne-savates qui vont de ville en ville, ces séditieux qui passent d'une usine à l'autre et qui ne propagent que des insanités. Malgré toute votre attention, vous en avez sûrement dans votre fabrique, Alphonse ?

Tout en notant que le marquis l'avait pour la première fois appelé par son prénom, Garino craignait de voir surgir la proposition politique.

— Oh, moi, mes ouvriers sont bien tranquilles. Je ne leur demande que de faire leur travail, ils le font, et personne ne répand des idées dangereuses.

— Ta, ta, ta, faites attention quand même. Je pense que vous en avez bien quelques-uns de ceux qui fréquentent les chambrées ? Je pourrais même vous donner quelques noms, si cela vous intéresse.

Garino commença à ressentir un peu d'énervement.

— Monsieur le marquis, les chambrées sont tolérées tant qu'elles ne franchissent pas certaines limites. Ce que mes ouvriers font après leur travail ne me regarde pas. Qu'ils aillent dans les chambrées ou qu'ils aillent chasser la *bartavelle*[1], cela doit m'être égal. Tout ce que j'attends d'eux c'est qu'ils fassent correctement la tâche pour laquelle je les paye. Pour le moment, il me semble que le but est atteint.

— C'est vrai que vous passez pour un patron patient et compréhensif, mais méfiez-vous tout de même. Si un jour, ce qu'à Dieu ne plaise, ceux qui professent les idées fumeuses d'un Proudhon parviennent au pouvoir, vous serez dépossédé de votre entreprise. Vous vous rendez compte ? Dé-pos-sé-dé ! Il sera trop tard pour réagir. C'est quand même ce sinistre paltoquet de Proud'hon qui a écrit : « la propriété, c'est le vol ». Est-il possible d'affirmer quelque chose d'aussi stupide ? Vous qui êtes propriétaire de votre usine, avez-vous le sentiment d'avoir volé quiconque pour parvenir là où vous êtes arrivé ? Vous avez commencé modestement, vous vous êtes agrandi par votre seul travail, vous n'avez volé personne.

Alphonse dut convenir que c'était vrai.

— Ce serait un grand malheur si ces gens-là mettaient la main sur le pays, car, enfin, voyons les choses en face. Monseigneur est aimé des citoyens et ce n'est pas par hasard. Il ne s'est pas contenté de mesures de grâce envers les condamnés des journées de juin 48. Voyez comment il va maintenant au peuple pour être plus proche de lui. Il multiplie les visites aux hôpitaux, aux maisons de pauvres, c'est ainsi qu'il discute directement avec la Nation et qu'il peut appréhender les problèmes. Les esprits chagrins lui reprochent de passer par-dessus l'assemblée, de s'affranchir ainsi des limites fixées par la constitution de 48. Laissons-les dire. Il y en a toujours pour exprimer leur rancœur, aigris qu'ils sont par la réussite des autres.

Garino commençait à trouver que la conversation languissait un peu et se demandait toujours où le marquis voulait en venir. Il fut soulagé de constater que son interlocuteur changeait de registre.

— Mais parlons un peu de vous. Comment vont les affaires en ce moment ?

— Tant que le vin se vend bien, on a besoin de bouchons. Pour le moment, il n'y a rien à dire de ce côté-là. Et puis j'ai quelques clients un peu importants dans les parfumeries de Grasse. Le parfum est une industrie qui se développe, les parfumeurs vendent de plus en plus à l'étranger. Ils auront besoin de mes services encore longtemps. Tout ce que je demande c'est que les choses continuent de cette façon, car je peux ainsi payer mes ouvriers 30 sous les mille bouchons. Beaucoup d'autres sont encore à 25 sous ou même à 20. Pour moi, ça va, je n'ai pas de raisons de me plaindre.

— Oui, mais attendez. Vous venez de dire quelque chose qui m'alarme : « tout ce que je demande, c'est que les choses continuent de cette façon ». C'est à mon avis une grosse erreur. Quand je vous demande si ça va, ce n'est pas le salaire des ouvriers qui est intéressant. Il faut surtout savoir si vous-même vous faites des bénéfices.

— J'en fais.

— Suffisamment ?

— J'en fais pour vivre correctement. Sinon, j'aurais déjà fermé.

— Voilà une autre erreur ! C'est bien de vivre comme il faut, c'est bien de continuer quand les affaires marchent, mais ce n'est pas suffisant. Mon cher ami, dans notre monde moderne, il faut penser à la notion d'investissement. Une entreprise est un corps vivant. Il faut la nourrir. La nourrir, c'est lui donner les moyens de se développer encore et toujours. Et pour cela, il faut penser à réviser les méthodes acquises par la routine. Il est nécessaire de produire plus aux moindres frais, et ne jamais perdre de vue cette obligation. Nos voisins anglais, qui ont une meilleure vision que nous de l'avenir de l'entreprise, l'ont bien compris puisqu'ils s'attachent à développer l'industrie au moyen de techniques nouvelles. Savez-vous que des ingénieurs, en France même, étudient actuellement un procédé de fabrication des bouchons par des machines munies de meules garnies d'émeri qui multiplieraient par dix le nombre de bouchons fabriqués dans une journée ? Par dix, rendez-vous compte !

— Ce qui veut dire qu'il faudrait moins d'ouvriers ?

— Évidemment, mais il faut savoir ce que l'on veut. Une entreprise n'est pas une maison de bienfaisance destinée à abriter des inutiles. Si certains sont en trop du fait des nouvelles méthodes, ils pourront toujours se faire embaucher ailleurs.

— C'est peut-être vrai mais tant que les choses se passent bien pour moi, je ne vois pas la nécessité de congédier des ouvriers.

— Je ne suis pas venu vous conseiller de vous séparer de vos ouvriers, c'est un autre projet qui m'amène vers vous.

Alphonse crut comprendre qu'on en avait fini avec les longues digressions inutiles et qu'on en venait enfin à l'objet de la visite. Mais il n'était pas rassuré pour autant car à partir de là, bien des choses pouvaient arriver.

— Regardons les choses en face : quelle est la situation aujourd'hui ? Je vous vends mon liège, vous le transformez en bouchons. Je ne peux que me réjouir. Vos produits donnent satisfaction aux clients, et c'est donc un peu de votre bonne réputation qui rejaillit sur la mienne et sur la matière première que je vous fournis. Votre succès tient aussi au fait que je vous vends un liège de qualité. Mais dans ce schéma, il y a un gros défaut. Vous voyez lequel ?

Garino avouait qu'il ne voyait pas, ce qui alluma comme une lueur d'ironie dans le regard du marquis.

— Le défaut, c'est que deux entreprises interviennent dans le même but, ce qui en fait une de trop. La tendance de nos jours est de regrouper toute une chaîne d'activités en une seule entreprise pour alléger les coûts d'exploitation. Les Anglais ont compris cela aussi. Donc, je viens vous faire une proposition toute simple, et je vous l'annonce d'un coup : je souhaite acheter votre bouchonnerie.

Alphonse s'attendait à beaucoup de choses mais pas à celle-là.

— Mais, c'est que... je n'ai pas envie de vendre.

— Je vais plus loin. Je ne vous dis pas que votre prix sera le mien, mais je vous laisse faire une proposition de prix, et même si elle paraît élevée, je l'étudierai avec la plus grande bienveillance. Je ne peux pas vous dire mieux.

Garino resta interdit.

— D'abord, j'ignore combien vaut mon entreprise, et puis je n'ai jamais eu dans l'idée de la vendre. J'y suis attaché, c'est moi qui en ai fait ce qu'elle est devenue.

— Je vous comprends, aussi j'avais prévu une formule pour répondre à ce souci légitime. J'admets parfaitement que vous y soyez attaché. Alors je vous l'achète, toujours à un bon prix, et, seulement si vous le désirez, je vous nomme gérant. Ainsi, vous ne l'abandonnez pas tout à fait. Bien sûr, pour ce qui est de la gestion proprement dite c'est moi que cela concernera, par contre tout ce qui intéresse les relations avec le personnel, ce sera votre affaire.

Alphonse ne trouvait que répondre, ce que le marquis interpréta comme un début d'accord.

— Voyons les choses honnêtement. Vous avez passé la soixantaine, vous avez toujours beaucoup travaillé, vous avez bien le droit d'alléger un peu vos journées. Ce que je vous propose, personne d'autre ne vous le proposera. Ou si on vous le propose, ce sera en vous fixant un prix dérisoire. On ne peut savoir à l'avance ce qui peut se passer. Imaginez qu'un gros parfumeur ferme, ou bien qu'il choisisse un autre fournisseur. Votre affaire peut péricliter du jour au lendemain. Tandis que si son activité est intégrée dans un plus vaste ensemble, l'entreprise est plus solide, la prospérité de l'une profitant à l'autre. Je ne vous le souhaite pas, mais imaginez que la maladie vous oblige à interrompre votre occupation. À ce moment-là, vous n'aurez pas d'autre choix que de vendre à n'importe quel prix. Moi je vous fais une offre inespérée, alors que vous êtes en pleine santé. Saisissez cette chance.

Honorine qui suivait la conversation sans intervenir jugea utile de donner son avis. Elle se tourna vers Alphonse.

— C'est vrai, Monsieur le marquis a peut-être raison. C'est vrai que tu es fatigué par toute une vie de travail. Si nous voulons vieillir plus tranquilles tout en retirant un bon profit de notre affaire, ce serait une occasion.

Alphonse essayait de peser rapidement dans sa tête tous les avantages et tous les inconvénients de la vente. Le marquis revint à la charge.

— Ce que je vous ai dit, au sujet de votre nomination en tant que gérant demeure en tout état de cause. Si vous souhaitez l'être, je vous garantis que vous serez nommé. Si vous ne voulez pas, je trouverai quelqu'un. Je ne peux pas vous dire mieux.

— Et les ouvriers, que deviendront-ils ?

— Mon cher, vos ouvriers vous me les vendez avec les murs. Ils deviendront mes ouvriers. Bien sûr, au début je n'opérerai aucun changement, mais comme je vous l'ai dit, il faudra bien penser sans trop tarder à la modernisation. Ce serait criminel de perdre son temps, la gestion de l'entreprise n'est pas une affaire de sentiments. Ce serait une hérésie de croire que nous pourrons procéder dans l'avenir comme nous l'avons fait jusqu'ici. Pendant ce temps, les Anglais progressent, et quelques autres.

— Que je sache, monsieur le Marquis, les Anglais ne produisent pas de liège.

— Je le sais bien, mon cher, mais mon propos était plus général, c'était pour vous expliquer que dans l'industrie, il y a ceux qui savent anticiper, et ceux qui se laissent porter par le courant, et qui un jour deviennent des victimes de l'évolution. Vous, Alphonse, vous ne méritez pas d'être une victime.

— Je ne sais pas… Un changement pareil… Il faut que je réfléchisse. Et puis, j'aimerais bien en parler avec les ouvriers. Ce sont eux aussi, par leur travail, qui ont fait de cette fabrique ce qu'elle est devenue.

Le marquis eut un bref geste d'agacement mais se reprit aussitôt.

— Je vous comprends, il est naturel que vous leur en parliez. Mais je dois vous mettre en garde : attention à ne pas vous laisser déborder par des meneurs. Précisez bien que je prends la fabrique, si vous me la vendez, avec tous ses ouvriers. Plus tard, nous verrons en fonction de la mécanisation. Je vous laisse quelques jours pour réfléchir, et s'il le faut quelques semaines. Je ne vous mets pas le couteau sous la gorge. Mais sachez que vous feriez une bonne affaire. Vos ouvriers doivent savoir que rien ne changera pour eux. Si un jour j'introduis la mécanisation, je ne congédierai personne, simplement je ne remplacerai pas forcément ceux qui partiront.

Adolphe pensa alors qu'il n'y avait pas que Proudhon pour déposséder les petits patrons de leur entreprise.

— Je vous laisse à votre réflexion car je sais que vous êtes un homme capable de comprendre, mais j'ai l'outrecuidance de solliciter encore un verre de votre superbe ratafia avant de vous quitter. Prenez votre temps pour y penser. Je vous remercie de votre accueil. Je savais que j'avais affaire à des honnêtes gens.

* *
*

Ce soir-là, Aymeric de Vitalis se mit à table de fort bonne humeur. Pour déguster ce moment, il se fit servir un verre de grenache qui lui venait de chez Coulet, le vigneron de sa propriété de Gassin. Il n'avait à annoncer que de bonnes nouvelles. Son épouse était assise face à lui, sa fille Isabelle à sa droite. Face à Isabelle, un fauteuil demeurait vide devant un couvert sans objet. Selon la volonté du maître des lieux, le dispositif devait rappeler à chaque repas que la place était jadis occupée par un brillant militaire dont l'avenir s'annonçait prometteur. Au demeurant, le fauteuil était quelquefois occupé par son titulaire à l'occasion d'une permission.

Comme le voulait la tradition, c'est au moment où il dépliait sa serviette que le marquis condescendait à livrer les nouvelles importantes.

— Eh bien, mes amies, on ne dira plus qu'il ne se passe rien dans nos campagnes. Pour ma part, je vais être bien occupé.

Hortense de Vitalis, en épouse disciplinée et obéissante, savait qu'à ces moments-là, il convenait de poser une question. Elle était la deuxième épouse de Vitalis, la mère d'Isabelle étant décédée voilà quatorze ans. Le marquis avait épousé sans conviction cette femme, veuve de son côté, parce qu'il fallait bien quelqu'un pour gérer la domesticité. Hortense posa donc la question d'usage.

— Et pourquoi donc ? Qu'allez-vous avoir à faire ?

— Plusieurs choses. Tout d'abord, figurez-vous que le conseiller du président, ce cher de Morny a pensé à me confier une mission. Comme les quelques mouvements séditieux qu'on constate ici ou là nécessitent la plus grande attention, il me demande de lui faire tenir un rapport sur l'état d'esprit des ouvriers du liège, rapport que je lui adresserai deux fois par mois. Qu'en pensez-vous ?

La question s'adressait à l'épouse, mais Isabelle pensa qu'elle aurait pu répondre à sa place tant elle savait ce que cette femme effacée, docile, dont la vie se résumait à suivre en silence l'ombre de son mari, ne manquerait pas de dire.

— Je pense que c'est un grand honneur pour vous, et j'en suis très contente.

— Oui, d'autant plus que de Morny est tout de même le frère utérin de Bonaparte. Il se murmure qu'il pourrait être un jour ministre de l'Intérieur, ce n'est pas n'importe qui. Hé, c'est que je me verrais bien dans un costume de conseiller du ministre ! C'est donc très important pour moi qu'il m'ait remarqué et qu'il m'ait estimé capable d'une mission de confiance.

— Et toi, qu'en penses-tu ?

L'orientation de sa tête confirmait sans ambages que cette fois Isabelle était priée de donner son avis.

— Je pense que lorsque la délation est érigée en méthode de gouvernement, nous n'avons pas lieu d'être fiers.

Depuis longtemps le marquis n'attendait plus des démonstrations d'enthousiasme de sa fille mais la violence de la réplique parut le surprendre au point de ne trouver qu'une courte réponse.

— Tu n'es qu'une sotte, une imbécile, tu déshonores notre famille !

Un silence lourd s'installa, mais au bout de quelques minutes, la dévouée Hortense s'évertua à ramener l'harmonie.

— Il me semble que vous aviez autre chose d'heureux à annoncer ?

Le marquis releva la tête et parla d'un trait en fixant son épouse pour bien signifier qu'il n'avait que faire de ce qu'en penserait sa fille.

— Eh bien, voilà. Après quelques lectures utiles, j'ai décidé de me lancer dans les méthodes modernes de l'industrie. Puisque je produis du liège, j'ai pensé qu'il serait plus efficace d'acquérir des bouchonneries pour tenir le système d'un bout à l'autre. Nos fabriques ont besoin de s'adapter, d'être rénovées. J'ai vu Garino ce matin pour lui proposer d'acheter la sienne. Le brave homme n'a dit ni oui ni non, mais j'espère arriver à le convaincre, d'autant plus que sa femme serait assez bien disposée. Il a beaucoup de mérite, ce Garino, mais je suis certain qu'avec des machines modernes, on obtiendrait le même résultat avec moitié moins d'ouvriers. J'espère donc acquérir son entreprise, parce que c'est celle qui marche le mieux, ensuite je verrai s'il nous en faut d'autres. Qu'en pensez-vous, Hortense ?

— C'est une grande ambition, mais vous êtes capable de réussir.

Isabelle pensa que l'ajout du prénom au bout de la question n'était pas nécessaire. Il ne lui demandait pas un avis que par ailleurs elle estimait inutile de donner. Et sa pauvre marâtre venait une fois de plus de démontrer qu'elle n'était que le faire-valoir de cet homme orgueilleux et fat.

À ce moment elle se dit qu'elle ne resterait plus très longtemps sous ce toit.

* *
*

Le lendemain à midi, Alphonse Garino, qui n'avait pas dormi de la nuit, profita de l'interruption du repas pour rassembler ses ouvriers, comme il le faisait chaque fois qu'il devait communiquer une nouvelle, bonne ou mauvaise. Il les avait déjà rassemblés en 1842 pour leur annoncer qu'une entente entre les patrons des bouchonneries le conduisait à ramener le salaire à 25 sous. Mais, très vite, avec trois autres, il s'était exclu de l'entente et il était revenu à 30. Il les avait réunis aussi chaque fois qu'un nouveau parfumeur avait notifié qu'il passerait désormais ses commandes ici.

D'une voix blanche, il résuma la visite qui lui avait été faite le dimanche par le marquis, en veillant à ne pas omettre les détails essentiels. En fonction de ce qu'il disait, des murmures montaient par moments du groupe. Il évoqua sa nomination éventuelle comme gérant, la détermination du marquis à devenir propriétaire, son souhait de développer la mécanisation. Ce dernier point souleva le plus d'inquiétudes.

Arnaud Fournier demanda la parole, ce qui ne surprit pas Alphonse car le bouchonnier était membre de la chambrée *les Amis de la Concorde*, où l'on avait l'habitude de s'exprimer sans détours.

— Nous savons ce que veut le marquis. Il l'a déjà laissé entendre plusieurs fois. Il veut d'abord acheter notre fabrique parce que c'est celle qui marche le mieux dans le secteur. Ensuite, il en avalera d'autres. Et surtout, il va nous amener la mécanisation et mettra dehors au moins la moitié d'entre nous. Après, il fera venir du liège du Maroc ou du Portugal car il est moins cher, et ça signifie aussi la disparition de nos rusquiers. Quand il n'y aura ici presque plus de bouchonniers et plus du tout de rusquiers, que deviendra notre pays ? Et en vous nommant gérant, il sait bien ce qu'il fait : comme nous nous entendons bien, il pense que vous saurez calmer nos revendications. Patron, vous nous demandez notre avis. Pour nous, c'est non. Évidemment, on ne peut pas vous empêcher de faire ce que vous voulez, mais si cela doit se produire, ce n'est pas vous, qui nous avez toujours respectés, mais c'est le marquis qui va nous trouver en travers de sa route. Nous saurons bien lui faire ravaler ses ambitions à cet exploiteur, et nous ne lui ferons pas de cadeaux.

Sa tirade fut saluée par des applaudissements et quelques cris hostiles au marquis. Puis chacun reprit avec plus ou moins d'ardeur son poste mais l'après-midi vibra de conversations animées et inquiètes.

Le soir, Garino rentrant chez lui confia à sa femme qu'il ne savait plus que penser et que, finalement, ses ouvriers avaient peut-être raison. Honorine objecta que, tout de même, le moment était venu de réfléchir car une proposition pareille pouvait assurer leurs vieux jours.

(1) Bartavelle, perdrix.

5

— Tu verras, lui avait dit Armand. La chambrée, c'est un peu comme une religion, parce qu'il y a des règles que nous devons respecter. Mais chez nous il n'y a pas de Dieu. Il n'y en a pas non plus chez les autres mais eux ne le savent pas. Le seul Dieu que nous ayons, c'est l'Homme. Et l'Homme, c'est nous tous, et c'est ensemble que nous nous sauverons ou nous nous perdrons. C'est pourquoi il nous faut tisser jour après jour l'immense toile de la solidarité sans laquelle nous ne sommes rien. Et nous ne pouvons le faire qu'en nous appuyant sur la République, cette magnifique idée que le prince président veut étouffer, mais nous ne le laisserons pas faire.

Frédéric avait été un peu troublé par ces paroles dont l'emphase lui rappelait, malgré tout, celle du curé de son village, lorsque sa mère l'obligeait à se rendre à la messe. À la fin de la cérémonie des obsèques de son père, il avait pris à part le vieux curé et lui avait demandé des explications.

— Vous avez dit que Dieu a rappelé mon père auprès de lui. Pourquoi nous a-t-il fait cette mauvaise manière, alors que mon père était un brave homme qui ne demandait qu'à vivre encore longtemps avec nous ?

La réponse lui avait paru quelque peu embrouillée. Il était question d'une épreuve qui était envoyée par le Ciel pour s'assurer que sa mère et lui-même mériteraient de gagner le paradis. Frédéric pensa que ce Dieu qu'on disait si bon avait de bien cruelles méthodes et qu'il proposait des marchés un peu truqués. Il se jura de ne plus mettre les pieds à l'église.

C'est pourquoi ce soir, alors qu'il marchait en compagnie d'Armand vers le café Migeaud, il se disait qu'après tout il pouvait bien essayer une autre religion du moment qu'elle était sans Dieu. Il se souvenait d'un certain matin. Alors qu'ils travaillaient côte à côte, Armand lui avait fait une proposition.

— Voilà plus de trois mois que je te vois à l'œuvre, et que j'entends ce que tu dis. Tu es un garçon sensé et tu comprends vite les choses. Je t'ai déjà entendu faire quelques réflexions intéressantes. Tu serais très bien avec nous à la chambrée. Je voudrais que tu acceptes d'être initié, tu seras le plus jeune de nous tous. Et puis nous avons besoin de toutes les bonnes volontés.

Pour ne pas lui être désagréable, Frédéric n'avait pas dit non. Cela occuperait un peu son esprit, trop souvent torturé par cette jolie Monette qui lui paraissait inaccessible.

La nuit était tombée. En chemin, Armand continuait à l'informer.

— Quand je te dis que nous appliquons des règles, ce n'est pas pour imiter la religion, c'est simplement pour une bonne organisation entre nous. Par exemple, nous avons affiché ton nom et ton prénom dans notre local durant huit jours. Cela aurait pu permettre à quelqu'un, qui aurait eu un bon motif, de s'opposer à ton initiation. Personne ne l'a fait, ce qui signifie qu'on te considère dès maintenant comme un frère. D'ailleurs, je me demande bien ce que ce quelqu'un aurait pu trouver à te reprocher. Mais tu vois, c'est un de nos principes : on ne décide qu'à l'unanimité.

Alors qu'ils arrivaient à une centaine de mètres du café, Armand le fit changer de direction.

— Viens par ici, nous allons au Puits du Loup, c'est là que va commencer ton initiation.

L'endroit n'était pas très éloigné du café, trois cents mètres tout au plus, et Frédéric eut alors le sentiment que quelque chose d'important se préparait. Il était à la fois pressé de connaître la suite et vaguement inquiet de ne pas se trouver à la hauteur. Quand ils arrivèrent, deux hommes se trouvaient déjà sur place. Il y avait là Marcel, « le chef », et un autre qu'il ne connaissait pas, qu'on lui présenta comme étant Léon, un charbonnier. Marcel lui banda les yeux avec un morceau d'étoffe noire.

— Ainsi, tu te trouves dans l'obscurité, celle qui était la tienne jusqu'ici, et nous allons te conduire vers la lumière, lui dit Marcel.

Puis Marcel et Léon le prirent chacun par un bras et le conduisirent jusque dans l'arrière-salle de chez Migeaud où les autres hommes de la chambrée étaient déjà réunis. On le fit asseoir devant une table. On lui demanda d'y poser ses mains à plat puis il sentit qu'on disposait sous la droite un poignard et un pistolet. La froideur des armes le surprit.

La voix de Marcel se fit entendre dans le silence général.

— Tu vas maintenant prononcer le serment. Je vais te le dire, et tu répéteras après moi, phrase par phrase.

— Moi, homme libre, au nom des martyrs de la liberté, je jure d'armer mon bras contre la tyrannie tant politique que religieuse… Je jure de faire de la propagande pour la République démocratique et sociale… Je jure de poignarder les traîtres qui révéleraient les secrets de la Société… Je jure de donner assistance à mes frères quand le besoin l'exigera… Je jure de frapper les traîtres qui ne seraient pas frères comme nous.

Frédéric répéta les premiers principes d'une voix faible puis son ton s'affirma au fur et à mesure qu'il prenait confiance.

Alors Marcel lui ôta le bandeau des yeux, en lui faisant observer qu'il accédait ainsi à la lumière. Il reprit les armes qu'il appliqua sur sa tête, et par trois fois prononça : « Je te baptise Jeune Montagnard ».

Frédéric était surpris en découvrant les visages autour de lui car il découvrit beaucoup de rusquiers qu'il n'avait jamais soupçonnés d'appartenir à la chambrée. Il était donc bien vrai que le secret était respecté. Puis Armand vint le rejoindre.

— Je vais te donner les mots d'ordre de notre Société. Il s'agit de « Ardeur, action, avenir 52 ». Ces mots disent quelle doit être ton attitude à tout moment pour être un vrai Jeune

Montagnard : ardeur dans la défense des faibles, action pour construire une société plus juste, avenir parce que c'est vers lui que ton esprit doit être tourné à tout instant. Pourquoi avons-nous ajouté ce 52 à nos mots d'ordre ? Simplement parce que, malgré l'amputation du suffrage universel due à la loi scélérate votée le 31 mai 1850, nous sommes certains que les républicains triompheront aux élections tant législative que présidentielle prévues pour mai 1852. Il te faut aussi apprendre notre signe de reconnaissance. Quand tu serreras la main, tu presseras deux fois avec ton pouce. Et si tu portes un chapeau, tu veilleras à l'enlever avec ta main droite, à le prendre ensuite avec ta main gauche et à le disposer sur ton côté gauche. C'est ainsi que se reconnaissent les Montagnards.

Tout à coup, Frédéric fut envahi d'un sentiment similaire à celui qu'il avait éprouvé en commençant à travailler. Il avait en quelque sorte accédé au rang des adultes une deuxième fois. Et pas n'importe quels adultes : ceux qui s'étaient investis d'une tâche considérable, celle de défendre la République.

Ensuite, Marcel lui tendit une feuille et l'invita à lire à voix haute le règlement intérieur de la chambrée. Il y était question de servir ses confrères et de ne pas leur chercher dispute, de tenir à tour de rôle la chambrée propre, de s'interdire toute dette sous peine d'exclusion, de ne pas s'adonner aux jeux d'argent, et de garder le secret sur les travaux.

Tous levèrent leur verre à sa santé. Quelques-uns, qu'il ne connaissait pas toujours, vinrent à lui pour lui serrer la main. Marcel invita à passer à l'ordre du jour. On allait prendre connaissance des dernières nouvelles par la lecture des journaux, puis on discuterait des prétentions du marquis sur la bouchonnerie Garino.

— À propos de la révision de la Constitution, je veux vous faire part d'un article d'Émile de Girardin dans son journal, *La Presse*, du 27 juin.

Une voix s'éleva du fond de la salle.

— Girardin, tu parles ! Il était bien du côté de Louis Napoléon en 1848.

— Mes amis, n'oublions pas qu'un des principes républicains est la tolérance. C'est vrai qu'il était du côté de Badinguet à ce moment-là, mais depuis il a su prendre ses distances, et il n'est pas le seul dans ce cas, heureusement. Si certains hommes de bonne volonté nous rejoignent, nous n'allons pas les rejeter. Écoutez ce qu'il écrit à propos des projets de révision :

> « *Comment va-t-on s'y prendre pour savoir si la France veut le maintien ou le renversement de la République ? Tout ce qui a été dit contre l'Assemblée constituante émane de onze millions d'électeurs, on pourra le dire à plus juste titre contre l'Assemblée révisionnaire, élue par sept millions d'électeurs seulement, et ayant laissé à l'écart quatre millions de citoyens majeurs dont on aura enchaîné la volonté sans les consulter. Mais je passe par-dessus cette difficulté ; j'admets que la loi du 31 mai ait reçu une application sans rencontrer de résistance ; j'admets que plus de la moitié des 900 représentans*[1] *élus appartiennent à l'opinion qui veut un roi : qui sera ce roi ?* »

C'est Marro, un charbonnier, qui lui coupa la parole ;

— *Aquèle empéguo !* (Eh bien, ça, alors !) Ton Girardin se demande qui serait le roi, mais justement, nous on ne veut que la République.

Marcel, devant une réprobation à peu près unanime, eut bien du mal à expliquer que ce n'était pas la question la plus importante de ce texte, et que cela ne signifiait nullement que Girardin privilégiait la monarchie. Tout simplement, par cet exemple, il voulait illustrer les contradictions du pouvoir en place. Puis il reprit la lecture, fréquemment interrompue par des remarques fusant de tous côtés.

Les esprits s'apaisèrent quand Marcel en arriva au passage final où le journaliste s'en prenait directement au député de Broglie, membre de la commission de révision.

« Il n'a rien dit. Mais que pouvait-il dire de plus ? S'il demande la révision totale de la Constitution, ce n'est pas, déclare-t-il, pour rétablir la monarchie. Pourquoi donc est-ce faire ? Est-ce seulement pour agiter le pays ? »

— Si c'est pour agiter le pays, il a bien réussi ! s'écria le bouchonnier Reymonenq, alors que la plupart s'esclaffaient en applaudissant.

Puis Marcel invita chacun à donner son avis sur cet article. Les interventions furent rares et brèves. On sentait bien que tous étaient pressés d'arriver au dernier point de l'ordre du jour, les ambitions du marquis.

Frédéric continuait à découvrir un univers qu'il n'avait pas jusque-là soupçonné. Ces hommes qui échangeaient leurs avis, parfois rudement, étaient très loin du père tel qu'il l'avait connu et qui, lui, peut-être par humilité, n'aurait jamais osé donner son avis en public. Ceux qui se trouvaient là étaient pourtant de la même race : celle des gens dont les pouvoirs faisaient peu de cas et qui n'étaient destinés qu'à obéir. Mais eux avaient compris qu'il était nécessaire de s'affirmer et de briser la domination. Il découvrait ainsi qu'on pouvait lutter pour soi en même temps que pour les autres par la seule force de la parole.

Comme il l'avait fait lors de la réunion du personnel, Arnaud Fournier mit en garde contre ce qu'il pensait être le plan secret du marquis.

— Il ne s'arrêtera pas là. Ce qu'il veut, c'est étendre son autorité partout où cela lui sera possible. Bientôt, ce sera l'Empereur de Ginestière, et même de la forêt des Maures. Après la bouchonnerie de Garino, il en visera d'autres. Et quand il aura réussi à s'installer un peu partout, il sera tranquille pour fixer nos salaires à sa guise. Bien sûr, il les fixera le plus bas possible. Il ne faut pas lui permettre de commencer. S'il arrive à mettre la main sur une seule bouchonnerie, beaucoup suivront parce qu'il est très riche et qu'il peut tout se permettre.

Un ancien évoqua la grève de 1836, quand les patrons, après une concertation illégale, avaient décidé de baisser d'autorité les salaires pour 1000 bouchons de 30 sous à 25 sous.

— Finalement, grâce à la grève, nous avions obtenu le retour à 30 sous. Pourquoi ne pas faire grève pour dire non au marquis ? Pour lui faire savoir qu'il n'a pas à s'occuper de nous ? Nous ne sommes pas allés le chercher et nous n'avons pas besoin de lui.

Armand fit observer que déclencher une grève dans l'immédiat, c'était s'opposer non pas au marquis mais à Garino qui n'y était pour rien, et qui, le malheureux, donnait l'impression de ne plus savoir que faire. Il était pris entre son désir de maintenir l'entreprise en l'état, avec tous ses emplois, et l'insistance de sa femme, inquiète de le voir fatigué et dans l'attente qu'il prenne du repos.

On vota pour savoir si on allait décider d'une grève. À une faible majorité, on adopta la décision de réfléchir encore et de laisser le marquis se découvrir un peu plus. C'est alors que Fournier brandit un journal.

— Écoutez ce que notre cher Vitalis écrit dans son *Nouvelliste du Midi* :

> *« La démocratie prend sa source dans un sentiment d'orgueil ; c'est la haine des supériorités ; c'est la proscription de ce qui est grand, de ce qui est beau, de ce qui est noble ; car tout ce qui est grand, beau, noble, blesse l'égalité ; c'est la jalousie.*
>
> *Le socialisme prend sa source dans un sentiment de convoitise ; c'est la guerre aux riches ; c'est le désir des jouissances matérielles ; c'est l'impatience de la fortune d'autrui, qui conduit à demander la pire des égalités, le nivellement ; c'est l'envie.*
>
> *Il y a donc entre les socialistes et les démocrates la même différence qu'il y a entre le sentiment de l'envie et celui de la jalousie. »* [2]

— Vous voyez donc ce que pense de nous notre marquis. Nous ne sommes que des envieux ou des jaloux, ou les deux à la fois. Et quand il parle de la « pire des égalités », cela veut dire qu'il n'y a pas une égalité mais plusieurs plus ou moins acceptables. D'ailleurs, on ne comprend pas vraiment ce qu'il entend par là. Il y a égalité ou il n'y a pas égalité. Et naturellement, l'égalité ce serait le mal absolu. C'est sûr, dans ces conditions, être marquis ça ne voudrait plus rien dire. Plus de privilèges, on refait la nuit du 4 août. Catastrophe ! Avec un cerveau aussi coincé que le sien, nous n'avons pas fini de nous amuser.

— Nous amuser, reprit quelqu'un ? C'est une façon de parler. S'il faut qu'on le combatte, ça n'aura rien d'amusant.

On disserta plus longuement sur le texte du *Nouvelliste* que sur celui de Girardin. On allait en rester là pour la soirée et certains étaient déjà debout quand le charbonnier Auguste Aulanier, qui parlait peu et passait pour renfermé, demanda la parole.

— Ce n'est pas la peine de se lancer dans des longues explications pour savoir que le marquis est notre ennemi. Il faut que ce soit bien clair dans toutes les têtes : le marquis est notre ennemi. Il faut le dire et le répéter car malheureusement, il y a quelqu'un, ici, qui semble l'avoir oublié, si j'en juge par ce que j'ai vu.

— Explique-toi, de qui parles-tu ? demanda Marcel.

— Ce que j'ai dit me paraît suffisant.

— J'insiste, il faut que tu t'expliques, pour le moment on n'y comprend rien.

— *Capoun de bouon Diéu !*[13] Je n'ai rien de plus à dire, celui auquel je pense se reconnaîtra. On vient de relire le règlement intérieur, il est dit que nous ne devons pas nous disputer entre nous. Alors, je ne me dispute avec personne, mais il y a des choses qui ne me plaisent pas, et on ne m'enlèvera pas le droit de le dire.

Prié à nouveau de préciser un peu plus, Aulanier se contenta de se diriger vers la sortie. Certains haussèrent les épaules, estimant que le charbonnier avait quelque nouvelle lubie, et personne ne pouvait imaginer que quiconque ici fut acoquiné avec le marquis.

Armand, tout en demandant à Frédéric de rester avec lui, prévint Marcel qu'il aurait quelque chose à lui dire quand tout le monde serait parti. Les trois hommes s'assirent.

— Je vois très bien ce qu'a voulu dire Aulanier. Finalement, ça me rend service, car je ne savais pas quel serait le meilleur moment pour aborder cette question. Ce moment, je ne l'ai pas choisi, mais puisqu'il se présente, j'irai jusqu'au bout.

Marcel se demandait où il voulait en venir.

— Voilà. Je me promenais l'autre jour dans le bois des Caroubiers. De loin, j'ai aperçu une silhouette qui s'échappait rapidement comme si on ne voulait pas me rencontrer, et j'ai bien reconnu de dos Aulanier à cause de son léger boitement. Et s'il préférait ne pas me rencontrer, c'est pour une raison simple. Je n'étais pas seul, j'étais avec Isabelle, la fille du marquis.

Le visage de Marcel se figea sous l'effet d'une surprise intense.

— Attends, attends, toi, avec la fille de Vitalis ? Voilà qui pose un sacré problème.

— Quel problème ? Il n'y a pas de problème. Isabelle n'a pas du tout les idées de son père, ce qui d'ailleurs embête bien le marquis. C'est une vraie républicaine. Elle a fait des études. Contrairement à bon nombre de ceux qui suivent Napoléon les yeux fermés, elle sait, elle, ce qu'est l'oppression des ouvriers et la morgue des possédants. Pour la morgue des possédants, elle est d'ailleurs bien placée par la seule fréquentation de son père. Elle est tout à fait avec nous, et si notre chambrée acceptait les femmes, elle en serait déjà.

Marcel se trouva déconcerté.

— Je ne sais pas quoi faire de ce que tu me dis. Tu te rends bien compte que tu auras du mal à faire accepter cette situation parmi nous. Il n'y a pas qu'Aulanier qui risque de protester, et quand ça va se savoir, je ne sais pas ce qui va en résulter.

— Si tu ne sais pas quoi faire de ce que je te dis, le plus simple c'est que tu n'en fasses rien. Je me débrouillerai quand je devrai m'expliquer face à certaines situations. Tout ce que je souhaite c'est qu'on continue ici à me faire confiance car mes sentiments privés n'effacent pas mes sentiments républicains, et, je te le répète, et je le répéterai toutes les fois qu'il faudra, Isabelle est prête à se battre pour la République.

— Si je m'attendais à ça... Enfin, je t'ai toujours fait confiance et je continue, mais c'est certain que la chose est compliquée.

— Elle n'est compliquée que si on s'acharne à la compliquer, répliqua Armand. Puis il se tourna vers Frédéric.

— Je te raccompagne.

Ils marchèrent pendant quelques instants sans dire un mot. Frédéric était un peu ému par ce qu'il venait d'apprendre. Puis ce fut Armand qui rompit le silence.

— Tu vois, je t'avais dit que tu serais le premier à savoir. Malheureusement, Aulanier nous a pris de vitesse. Le premier, c'est lui. Enfin, l'essentiel, c'est que ce soir tu es devenu un bon Montagnard. Tu as vu, tout le monde était content de ton arrivée.

— J'ai vu, mais je me fais du souci pour toi. Tu vas avoir la vie bien difficile, avec Isabelle.

— La vie, c'est de choisir entre des avantages et des inconvénients, et dans ce cas précis les avantages l'emportent. Et toi, où en es-tu avec Monette ?

Frédéric hésitait à répondre.

— Hier soir, je me suis trouvé sur son chemin quand elle revenait de cueillir des légumes. Comme elle était chargée, je lui ai proposé de porter un panier. Quand nous sommes arrivés au mas, je le lui ai rendu. En l'attrapant, sa main s'est posée sur la mienne, et je me demande si elle ne l'a pas fait exprès.

— Ah ! Et alors ?

— Alors, ça m'a fait chaud tout d'un coup.

— C'est un bon début. Continue comme ça.

(1) orthographe de l'époque
(2) texte authentique paru dans un journal de l'époque
(3) Juron à peu près équivalent de « nom de Dieu ! »

6

Arsène Robion s'était montré un peu hésitant. Tout de même, Monette n'avait que seize ans. Était-il bien raisonnable de la laisser aller à la fête du romérage[1], ce 26 juillet ? Quand il était jeune, on attendait au moins vingt ans, et encore. Les jeunes d'aujourd'hui ne s'embarrassaient pas de principes. Comme souvent, c'est Amélie qui avait emporté son accord.

— Puisque Frédéric l'accompagne, c'est un bon garçon, on peut lui faire confiance.

Le jeune rusquier avait mis pour la première fois le pantalon de toile blanche et la chemise de lin que ses premiers salaires lui avaient permis d'acquérir. Monette portait une coiffe de mousseline bordée de dentelle qui arrondissait son visage. Elle avait endossé une robe de coton d'une seule pièce comme on n'en voyait que chez les femmes riches de la ville. C'était une coquetterie d'Amélie qui pensait que rien n'était trop beau pour sa fille. Quand ils eurent contourné le mas, Frédéric se retourna, et comme personne ne venait derrière eux, il prit la main de la jeune fille, qui instinctivement se rapprocha de lui. Ils marchaient ainsi sur le chemin caillouteux sans un mot quand un bosquet de noyers leur offrit une ombre apaisante. Ils s'engagèrent sous les ombrages sans s'être concertés et s'assirent. Frédéric l'entoura de ses bras et avança ses lèvres vers sa bouche qui ne recula pas. Ils éprouvèrent la troublante découverte des chairs intimes qui se rencontrent pour la première fois. Ils eurent l'impression qu'un pacte venait d'être scellé et qu'il durerait toujours. C'est Monette qui donna le signal du départ en se levant.

— Allez, nous allons être en retard pour la bravade.

Cette année la fête était particulièrement prometteuse puisque nous étions un samedi. La plupart des ouvriers avaient obtenu congé, et les festivités pourraient se prolonger le dimanche.

Arrivés à proximité du parvis de l'église sur lequel se pressaient de nombreux badauds n'ayant pu trouver place à l'intérieur, ils lâchèrent leurs mains, « parce qu'il ne faut pas faire parler », avait dit Monette. Le vieux bedeau tout en rondeur vint ouvrir la porte à deux battants. On vit alors sortir en premier Aimable Constant, un petit propriétaire de Ginestière, ceint d'une écharpe. À en juger par le port relevé de sa tête, son regard figé loin devant lui, on pouvait deviner que cet homme d'ordinaire modeste n'était pas peu fier d'avoir été élu pour cette année capitaine de la bravade. Ce bon Aimable, d'habitude avenant, paraissait ne plus connaître personne, mais on n'aurait pas songé à lui en vouloir. Ce n'était pas mépris de sa part, mais la conscience d'exercer pour un bref moment de hautes et valorisantes responsabilités. Derrière lui, six hommes vêtus à la romaine dans un péplum rouge portaient sur leurs épaules un brancard sommaire dont les bras étaient faits de branches d'olivier, et qui supportait la statue en plâtre de Sainte-Anne.

À ce moment se terminait la prestation du père Sanier, curé de la paroisse. Gardien sourcilleux de la rigueur ecclésiastique, il désapprouvait profondément le mélange entre le pieux hommage à la protectrice du pays et les activités païennes qui allaient suivre. Il lui était déjà difficile de supporter la présence des faux Romains durant l'office. Et il trouvait inadmissible les jeux qui ne manqueraient pas de se dérouler ensuite, et les libations auxquelles certains jugeraient utile de se livrer. C'est pourquoi, après la messe, il y avait peu de chances de le rencontrer dans les rues. Une fois son rôle terminé, il s'enfermait dans son presbytère. Il ne consentait à refaire une sortie que le soir, pour le feu de joie, car c'était une autre occasion de faire valoir son sacerdoce en même temps que la primauté de l'esprit, le feu devant être béni par ses soins. Pourtant, nombre de ses prédécesseurs n'avaient pas hésité de leur temps à participer à la liesse, pensant que, si leur place était au sein de la population quand elle souffrait, elle l'était aussi pour partager sa joie. Mais Sanier était de la vieille école et se faisait une idée très pointilleuse de son mandat. « Le berger doit guider son troupeau et non partager ses excès », avait-il prévenu dès son entrée en fonction. On devait se le tenir pour dit.

Bien peu d'habitants de Ginestière auraient pu dire pourquoi on vouait un culte à cette sainte. Quelques érudits affirmaient qu'on honorait, parmi plusieurs Sainte Anne, celle d'origine espagnole qui vécut à la fin du 16ème siècle et qui fut la secrétaire de Sainte Thérèse avant de devenir prieure de Tours. Le 26 juillet 1589 elle serait passée dans le village alors qu'une terrible sécheresse brûlait les cultures et tarissait les ruisseaux. Les paysans lui auraient demandé d'intervenir, et, le soir même, une pluie fine et régulière qui dura douze jours ressuscita la végétation. C'est ce qu'affirmait chaque année le curé au cours de la messe du 26 juillet. C'est ce que croyaient quelques-uns. Et c'est ce que faisait semblant de croire la majeure partie de la population, bien contente de trouver là une justification à une journée de fête et de libations. Il était bien pratique de pouvoir habiller les divertissements païens du voile de la religion.

Dès que les porteurs furent sortis, la foule jaillit de l'église comme si elle avait été trop longtemps retenue. Hommes et femmes avaient, pour la plupart, revêtu leurs habits du dimanche. Disposés tout autour de la place, des spadassins d'occasion déclenchèrent une salve assourdissante avec leurs tromblons levés vers le ciel. L'effet le plus visible fut la fuite piaillante d'une nuée d'étourneaux jaillis des platanes de la place. Puis, toujours derrière le capitaine et la statue, on prit en colonne la direction de la mairie.

Le maire reçut dans la maison commune la sainte, et une délégation d'habitants composée avec soin par le capitaine pour représenter tout l'éventail politique. Sur le côté, le marquis de Vitalis, invité d'office, venu directement depuis la messe sans suivre le trajet tortueux et vulgaire du défilé, était assis dans un fauteuil. C'était sa seule participation à la fête. Ensuite, il rentrerait chez lui, sa place n'étant pas au milieu de la populace en liesse. Au fond de la salle, dans un coin, son cocher Paulin attendait debout, son chapeau en main. Paulin était une sorte de géant au regard vide, tout dévoué à son maître. C'est cette fonction qui lui valait d'être toujours présent à cette cérémonie alors que les participants étaient soigneusement sélectionnés. Vingt et un ans avant, Paulin avait fait partie des premiers à embarquer à Toulon pour aller conquérir l'Algérie. Il en était revenu au bout de cinq ans sérieusement blessé, non pour des faits de guerre, mais à la suite d'une bagarre qu'il avait déclenchée dans un souk. Il était devenu aussitôt l'homme à tout faire, le garde du corps du marquis.

Comme le curé qui, pour l'occasion, disait le même sermon chaque année, le maire récita le même discours depuis qu'il était en fonction, et qui ressemblait beaucoup à celui de ses prédécesseurs. Puis il s'inclina devant la statue avec un signe de croix, et on reconduisit à l'extérieur le vénérable fardeau. Dès la sortie de l'hôtel de ville, une nouvelle salve explosa dans l'odeur de la poudre.

C'était le moment qu'avait choisi Arnaud Fournier pour apostropher le marquis. Il jaillit de la foule comme un diable.

— Monsieur le Marquis, avec votre argent, vous ne nous aurez pas ! Vous n'achèterez pas la bouchonnerie Garino, ni les autres !

Vitalis marqua un bref instant de surprise, puis se tourna vers Paulin qui avait compris ce qu'il devait faire. Le cocher se précipita vers le bouchonnier et le poussa en arrière. Mais Fournier, hors de lui, revenait vers le marquis.

— Les ouvriers ne sont pas à vendre ! Vous ne nous aurez pas !

Une nouvelle fois, Paulin intervenait pour repousser le contradicteur. Alors, on vit le marquis redresser le torse, et, les yeux exorbités, s'exclamer :

— Si tu ne veux pas que ton industrie progresse, Fournier, tant pis pour toi. Tu ne m'interdiras rien, toi, le meneur rouge, et je saurai te faire taire ! Compte sur moi !

Quelques rusquiers présents se précipitèrent pour entourer Fournier et l'assurer de leur soutien pendant que le marquis, le visage blême, s'éloignait pour rejoindre sa calèche.

Deux charrettes tirées chacune par un cheval vinrent se ranger derrière Sainte Anne. La première était celle dite des « ménagers », pour ne pas dire des royalistes, inspirée du char que l'on pouvait voir à Châteaurenard pour la Saint Eloi. Elle était recouverte d'un peu de blé, plutôt rare par ici, d'avoine, et surtout de verdure : buis, fusain, troène, branches de châtaigniers. Les quatre charretiers qui l'entouraient étaient vêtus de blanc. Elle avait été bénite juste avant la messe par le curé Sanier. La deuxième, qui n'avait pas eu droit à la bénédiction, qu'en tout état de cause ses artisans auraient refusée, était celle des républicains. Elle était couverte de glaïeuls rouges, de buis, de fruits et de légumes. Au beau milieu trônait un buste de Marianne. Les quatre charretiers qui l'escortaient étaient vêtus de rouge et ils chantaient *La Marseillaise*. Pour ne froisser personne, l'ordre des charrettes serait inversé au retour, la « rouge » prenant la tête. C'était bien le seul jour de l'année durant lequel on essayait de faire taire les divisions politiques en associant les blancs et les rouges.

Le défilé reprit sa marche dans les rues étroites qui le conduisaient au mas des Esclapes où un pré devait accueillir la fête. Des fleurs tombaient des fenêtres, chacune suscitant une acclamation montant du défilé, tandis que les tromblons continuaient à ponctuer la marche avec fracas.

Le cortège parvint à l'entrée du pré où se tenait la haie d'honneur formée par les mariés de l'année, les hommes d'un côté, les femmes de l'autre. Quand les épousés de l'année ne se trouvaient pas en nombre suffisant, leurs prédécesseurs ne se faisaient pas prier pour en être. Les hommes tenaient un mouchoir rouge et les femmes un mouchoir blanc. Certains voulaient voir là le symbole d'une paix possible entre les royalistes blancs et les républicains rouges, en même temps qu'une négation des divisions puisque tous les hommes de la haie n'étaient pas obligatoirement des socialistes ni toutes les femmes des royalistes. Passer dans cette haie d'honneur, comme le firent tous, c'était se donner les meilleures chances d'une année de bonheur et de prospérité. Quand ils s'y engagèrent, Frédéric et Monette durent résister à l'envie de se tenir par la main. Le son des fifres et tambourins de l'harmonie locale monta alors, faisant agréablement oublier le vacarme des mousquetons.

Puis on se dispersa dans le pré en prenant soin de ne pas se brûler aux braseros disposés ici et là et au-dessus desquels cuisaient des lapins, des oiseaux et des quartiers de moutons. Tout au fond était installé un mât de cocagne. Dans un coin, le montreur de chiens sortait ses animaux de leurs cages et entreprenait leur brossage pour qu'ils fassent bon effet lors du spectacle de l'après-midi. Des jeux étaient proposés comme le lancer de boules de bois sur des cibles en forme d'animaux. Sous un drap tendu entre quatre piquets, des tonneaux de vin attendaient au frais. Des bancs avaient été mis en place pour ceux qui répugnaient à s'asseoir dans l'herbe. Au beau milieu du pré, un tas hétéroclite de branchages, de vieilles planches, des caisses de copeaux, de cartons, attestait que, la nuit venue, on allait se livrer au rite du feu de joie.

Monette et Frédéric s'assirent par terre un peu à l'écart. Frédéric alla chercher de la nourriture et revint avec deux cuisses de poulet et du raisin. Puis il repartit en quête d'un verre de vin, un seul, en pensant qu'il serait agréable de boire dans le même. Monette hésita. Chez elle, il ne lui était jamais venu à l'idée de boire du vin, et elle ne savait ce que son père en aurait pensé. Il insista et elle consentit à avaler une gorgée. Ses joues s'empourprèrent aussitôt, sans doute moins par l'effet du breuvage que par le sentiment d'avoir bravé un interdit.

Puis ils s'allongèrent dans l'herbe, pensant que grâce à la hauteur de celle-ci, personne ne s'apercevrait que leurs mains étaient liées et qu'ils se donnaient quelques baisers. Ils ne se levèrent même pas quand le chanteur ambulant Roque se fit entendre. Monette ne tarda pas à s'endormir. Légèrement redressé en prenant appui sur son coude, Frédéric ne se lassait pas d'observer cette respiration régulière qui faisait onduler sa poitrine. Ils ne virent pas passer l'après-midi qu'ils vécurent dans la discrétion de leur modeste refuge, loin des rires et des cris, à l'écart de l'agitation. La plénitude que leur apportait la découverte de leur intimité avait bien plus de prix.

Sur un banc, plusieurs rusquiers et bouchonniers se pressaient autour d'Arnaud Fournier. Son algarade devant l'hôtel de ville avec le marquis faisait l'essentiel de la conversation. Certains s'amusaient d'avoir entendu Vitalis parler du « meneur rouge ». Armand Gautier se trouvait parmi eux. Ayant compris que Frédéric et Monette souhaitaient être seuls au monde, il se gardait bien de les rejoindre. Quelques employés des bouchonneries Gaubert et Flamenq se trouvaient dans le groupe. On y voyait aussi Perron, un Montagnard de Collobrières venu à l'invitation de Marcel.

On ne pouvait manquer de discuter de la situation.

— Garino est hésitant, disait Fournier. Sa femme voudrait vendre pour assurer leurs vieux jours, mais lui, ce qui le retient c'est le risque des suppressions d'emploi. Ce ne sont pas tous les patrons qui auraient ce genre de scrupules. C'est certain, le marquis ne fera pas de sentiment. Garino nous a avoué que le marquis est revenu chez lui deux fois pour le pousser à vendre. Et le bruit court qu'il est allé aussi voir le patron de chez Gaubert pour faire la même proposition. Vous savez quelque chose, vous, chez Gaubert ?

L'interpellé avoua son ignorance, mais Armand crut bon d'intervenir.

— C'est vrai, je sais qu'il y est allé.

Quelques-uns, qui commençaient à être au courant des relations d'Armand, évitèrent de lui demander d'où il tenait la nouvelle.

— Alors, vous voyez, dit Fournier, il est temps de faire quelque chose avant qu'il soit trop tard. Qu'en penses-tu, Perron ?

— On comprend très bien que vous lanciez le mouvement. À Collobrières nous n'avons pas ce genre de problème, mais si votre grève doit durer, je pense que nous pourrions envisager un mouvement de solidarité. Le temps venu, nous verrons ce que nous pourrons faire.

Quelques-uns se montrèrent déçus. Il leur sembla que ceux de Collobrières étaient un peu indifférents devant ce qui se passait ici et qui risquait de les concerner un jour.

La nuit tombant, l'heure du feu de joie avait sonné. Comme le voulait l'usage, le maire, avec tout son conseil, était allé chercher le curé accompagné des enfants de chœur. Le maire prononça quelques paroles sur le feu, qui devait être considéré comme le symbole de la chaleur, donc de l'amitié, entre les hommes. Le curé s'attarda plus longuement, voyant dans le feu l'énergie divine qui réchauffait les âmes et les corps. Il en profita pour demander que les hommes fassent preuve de raison et de discipline et ne se perdent pas dans l'aveuglement où voulaient les conduire des esprits dépravés. Puis l'homme d'Église dit quelques mots en latin, et pratiqua le signe de croix avec son goupillon. Alors, Aimable Clément put à nouveau exercer ses prérogatives de capitaine de la fête en allumant une torche qu'il disposa au pied du tas de bois. Les premiers craquements des branches desséchées claquèrent et la fumée monta en nuage capricieux. Puis on vit jaillir des flammes de plus en plus vivaces, sous les applaudissements des participants. Une belle lueur orangée illuminait le pré. Une farandole se forma, mêlant les blancs et les rouges, les premiers y voyant une simple tradition, les seconds estimant volontiers que c'était un hommage à la république, mais s'abstenant de lancer leurs cris de ralliement habituels. Après avoir fait trois fois le tour du feu, la farandole se dirigea à travers le pré, rejointe au passage par les groupes dispersés. Frédéric prit alors la main de Monette pour se joindre au cortège. Dans une farandole tout le monde se tenait par la main, et personne ne pourrait donc s'en étonner. À la faveur d'une cassure, ils laissèrent les danseurs s'éloigner et, sans délier leurs doigts, rejoignirent un coin que la lumière du feu n'atteignait pas.

* *
*

Le lendemain dimanche, certains étaient revenus au pré des Esclapes pour prolonger le moment de la fête. Arnaud Fournier n'était pas de ceux-là. Il avait pris le parti de faire le tour du village et de ses environs pour rencontrer les ouvriers de Gaubert, de Flamenq et de Beaussier. Il ne pouvait pas se rendre chez la centaine d'individus que cela représentait, mais il fixait son choix en premier lieu sur ceux des chambrées. En deuxième lieu, il visitait ceux qui, tout en n'en faisant pas partie, lui apparaissaient comme les plus combatifs et capables de motiver leurs collègues. À chacun, il tenait le même discours sur le risque de mainmise sur les entreprises par le marquis, son souhait de passer à la mécanisation qui supprimerait des emplois, et il terminait par l'argument qu'il pensait décisif : « quand il aura pour lui toutes les bouchonneries de Ginestière, il pourra à sa guise baisser les salaires et nous ramener à 25 sous. C'est sûr que nous n'aurons pas envie de partir à Bormes ou à Pierrefeu pour retrouver nos 30 sous. »

Il avait ainsi fait le tour de toute la gamme des réactions humaines. Il y avait ceux qui n'y croyaient pas trop et qui redoutaient de froisser Vitalis. « Il trouvera bien le moyen de se venger », disaient-ils. Ceux qui attendraient de voir ce que feraient les autres, ceux qui admettaient le bien-fondé des arguments de Fournier, et les convaincus prêts à livrer aussitôt le combat.

Le lundi, Fournier demanda à Garino l'autorisation de réunir ses camarades à la coupure de midi. Le patron n'eut pas besoin de demander le motif et pensa que finalement cette initiative pouvait lui rendre service en débloquant la situation dans un sens ou dans l'autre. Elle ne pouvait que l'aider à faire enfin son choix.

Devant les ouvriers, Fournier n'eut pas besoin d'argumenter longtemps. La nouvelle de la visite du marquis chez Gaubert ajouta à la détermination. Des cris « en grève ! Tout de suite ! » montèrent de l'assistance.

— Puisque c'est ainsi, dès maintenant nous allons nous rendre par petits groupes chez les autres bouchonniers de Ginestière. Nous allons nous adresser à nos collègues et les inviter à la grève. Puis nous nous retrouverons chez Migeaud pour faire le point. Les rusquiers qui sont disponibles pourraient venir avec nous.

Dans les minutes qui suivirent, des groupes se formèrent et se répartirent entre Gaubert, Flamenq et Beaussier. Chez Flamenq, la moins importante des entreprises avec une trentaine d'ouvriers, l'accueil fut mouvementé. Dès que la délégation se présenta, le patron qui était un partisan convaincu de l'ordre, se mit devant la porte, les bras en croix, en espérant empêcher l'intrusion. Un ouvrier vint à son secours et quelques coups furent échangés, sans grave conséquence. Profitant de la confusion, trois manifestants parvinrent à pénétrer et à prononcer quelques mots pour inviter les ouvriers à les rejoindre dans la lutte. Certains d'entre eux posèrent leurs outils, tandis que quelques autres restaient obstinément à leur poste en baissant la tête, comme s'ils n'entendaient pas.

Dans l'arrière-salle chez Migeaud l'atmosphère était enfumée. On évaluait les chances de la grève. Chez Garino, la chose était entendue. Chez Gaubert les avis étaient partagés, tout comme chez Beaussier. Chez Flamenq il convenait de ne pas être optimistes : le patron était connu pour sa poigne de fer et beaucoup de ses ouvriers craignaient des représailles.

Pour la première fois, Frédéric osa s'exprimer.

— Commençons, nous, à agir et puis les autres nous rejoindront si nous arrivons à les convaincre. Si les bouchonniers de Garino, avec le soutien des rusquiers, donnent l'exemple, les autres pourraient suivre. Nous pourrions renouveler les visites sur place si nécessaire.

Surpris par cette intervention, Armand se réjouit d'avoir un pareil petit cousin.

Et Frédéric s'en alla car il était pressé de retrouver Monette.

(1) Fête locale dédiée au saint patron du village.

7

La grève chez Garino durait depuis une semaine. Chez Gaubert et Beaussier elle avait débuté voilà trois jours. Après un temps d'hésitation, les ouvriers avaient décidé de s'y joindre quand ils avaient compris que chez Garino leurs camarades maintenaient la pression. Chez Flamenq on hésitait encore un peu, seul un tiers de l'effectif avait cessé le travail. Et en quelques jours, tous les rusquiers travaillant sur la propriété de Vitalis s'y étaient mis à leur tour.

Le cinquième jour, le marquis était arrivé furieux au domicile de Garino.

— Vous vous rendez compte ! Tout est parti de chez vous ! Je vous avais bien dit de vous méfier des meneurs. Maintenant, ce sont les rusquiers qui me font injure !

Le ton était sec, le visage fermé. Ce jour-là, il ne venait pas vanter les mérites du ratafia.

— C'est que je ne suis pas dans le cerveau de mes ouvriers. Je ne sais pas à quoi ils pensent.

Garino, dont la voix était ferme, montrait là une assurance que le marquis ne lui connaissait pas. Cependant, s'il ne voulait pas le heurter et prendre le risque de se voir opposer un refus définitif à l'acquisition de la bouchonnerie, Vitalis comprit qu'il devait en rabattre.

— Le risque, comprenez-vous, c'est que le mal gagne du terrain. Les autres fabriques commencent à suivre, et bientôt tous les rusquiers du département, si cela continue. Quand plus personne ne travaillera, c'est toute notre région qui en souffrira. Vous et moi, nous sommes des gens de bonne volonté, il faut éviter de faire quoi que ce soit qui pourrait alimenter l'incendie. Parce que nous pourrions perdre gros, vous comme moi.

Garino ne s'était pas rendu compte jusqu'à ce moment qu'il appartenait au même monde, qu'il avait des intérêts communs avec Vitalis. Il se contenta de répondre qu'il ne ferait rien pour envenimer la situation, ce qui au demeurant ne voulait rien dire mais permit au marquis d'interpréter dans le sens qui lui convenait.

S'il avait pu oublier la perte de salaire et les difficultés qui en résultaient pour la plupart, Armand se serait réjoui de cette situation qui lui permettait de retrouver Isabelle chaque jour, avant de rejoindre en soirée le café Migeaud où un comité faisait régulièrement le point.

Il la vit arriver de loin mais elle n'avait pas l'air radieux qu'elle arborait d'habitude en la circonstance. Certes, elle avait toujours cette démarche ondulée et cet air d'avancer envers et contre tout qui lui avait plu la première fois qu'il l'avait vue. Mais là, il semblait à Armand qu'elle se tassait un peu sous le poids de quelque fardeau. Quand elle fut plus près, il remarqua son visage fermé. Elle vit son air inquiet.

— Eh bien, ça y est. Tu souhaitais que je le fasse, c'est fait.

Armand n'avait pas besoin d'autre explication.

— Tu as parlé à ton père ?

— Oui, et je lui ai tout dit. Non seulement que je voulais vivre avec toi, mais aussi que je n'étais pas d'accord avec ses projets et qu'il ne pouvait pas jouer avec le travail des bouchonniers.

— Je suppose qu'il l'a mal pris ?

— Tout mon sac vidé d'un coup, il l'a senti passer. Mais je n'ai pas pu savoir ce qu'il avait le plus mal pris, de mon projet de vivre avec toi ou du fait que je critiquais ses projets. Quand il m'a demandé s'il était dans mes intentions de t'épouser, je lui ai répondu que dans l'immédiat l'important c'était de vivre avec toi, et que je ne posais pas la question secondaire du mariage. Là, il a frôlé la syncope.

Elle se blottit contre Armand.

— Il paraît que je suis une fille dénaturée, une fille perdue. Chez nous on n'épouse pas un ouvrier, car ce serait un déshonneur pour la famille, alors, tu parles, vivre dans le péché, comme il dit ! Mais il semble qu'il soit plus grave encore d'épouser les théories des rouges. Dans le fond, je ne sais pas ce qui le choque le plus. En attendant, il m'a menacée de me déshériter. Tu vois, si tu comptais m'épouser pour mon argent, c'est fichu.

Ils trouvèrent la force d'en sourire.

— Je bénéficie toutefois de son immense magnanimité. Je suis autorisée à demeurer au château, car, dit-il, avec le temps je pourrais réfléchir et revenir sur ma décision. Donc, il espère qu'en quelques mois je vais changer d'idée. En fait, il ne me connaît pas. Un autre qui risque de faire la tête, c'est le capitaine des grenadiers Émilien de Vitalis, mon ci-devant grand frère. Il a hérité de son père d'une certaine idée de la rigueur aristocratique. Il est raide sur son cheval comme il est raide dans la vie. Que sa sœur se commette avec un rouge, il est capable d'en avaler son sabre, ce qui serait une grande perte pour l'armée française. Il ne va pas tarder à le savoir. Comme les relations de papa lui ont permis d'être affecté à Draguignan, il vient nous voir de temps en temps. J'imagine sa tête.

— Ta belle-mère, qu'en pense-t-elle ?

— Rien, comme toujours. J'ai vaguement entendu une sorte de gémissement qui devait être une approbation de son seigneur et maître.

Armand la serra dans ses bras avec le sentiment qu'elle avait franchi un pas décisif, et que rien désormais ne les empêcherait d'agir à leur guise. Ils pourraient maintenant s'afficher ensemble. Puisqu'Isabelle avait bravé son père, il pouvait, il devait, lui, braver l'opinion de ses collègues de travail et de chambrée. Désormais il la retrouverait au grand jour, et non de façon clandestine dans ce bosquet qui tout à coup lui paraissait sordide.

Ils s'assirent à même le sol. Elle lui demanda de lui donner les dernières nouvelles de la grève puisque, disait-elle, « en tant que femme je ne suis pas autorisée à participer à la chambrée. Rien que pour ça, le préfet devrait la fermer. J'aurais dû user des relations de mon père tant qu'il en était encore temps pour obtenir l'interdiction, mais maintenant ce sera plus difficile ». Elle éclata de rire, et Armand pensa qu'elle venait de retrouver son vrai visage.

— Même si vous ne me tolérez pas dans vos travaux, j'ai quand même eu une idée que vous pourriez utiliser, si toutefois vous acceptez les idées des femmes. Tu diras à tes amis que la femme est un petit animal capable de réflexion.

— Dis quand même, on verra après.

— Tu connais mon père, il ne fera pas marche arrière. J'ai même l'impression que la grève lui donne encore plus la volonté d'acheter plusieurs bouchonneries, ne serait-ce que pour faire voir que c'est lui qui gagne. Comme vous ne voulez pas lâcher non plus, la situation risque de durer. Or, je pense à ceux qui sont malades, qui ont besoin de nourriture et de soins. Leurs 30 sous quotidiens leur sont indispensables. Et même certains rusquiers, bien qu'ils soient un peu mieux payés, pourraient se trouver assez vite en difficulté. J'ai pensé à un moyen pour aider ceux qui ont du mal.

— Tu vas trouver de l'argent là où il n'y en a pas ?

— Non, mais je pense qu'on pourrait créer une caisse de secours. Chacun de ceux qui seraient d'accord pour y participer verserait deux sous par semaine, et quand la réserve serait suffisante, la caisse pourrait verser des aides en fonction des besoins de chacun, et d'abord pour payer le médecin, acheter les médicaments. Bien sûr, il faudrait établir un règlement très précis pour qu'il n'y ait pas de discussion possible. Vous parlez toujours de solidarité, je te donne un moyen de la pratiquer.

Armand la regarda avec une sorte d'admiration dans les yeux.

— Tu me surprendras toujours. Mais il faut tenir des comptes, encaisser, vérifier que ceux qui recevront l'aide la méritent vraiment. Tu te rends compte de ce que ça représente ? Qui va accepter de s'en occuper ?

— Eh bien, moi, je peux le faire. Puisque vous ne voulez pas de moi à la chambrée, j'arriverais à me rendre utile, que vous le vouliez ou non.

Pour toute réponse, il écrasa sa bouche contre la sienne.

— Je savais que tu étais une pure merveille !

Depuis le début de la grève, la chambrée s'était largement ouverte même aux non initiés. On essayait toutefois de limiter le nombre de ces derniers afin de ne pas risquer une fermeture par le préfet. Il aurait été trop facile à celui-ci d'invoquer une « agitation politique » pour interdire *les Amis de la Concorde*. Par roulement, des bouchonniers de diverses entreprises des alentours ainsi que des rusquiers venaient le soir apporter des nouvelles, ou en glaner pour les répercuter autour d'eux et alimenter la combativité.

On évoqua l'actualité locale. Chez Beaussier et chez Gaubert la grève était maintenant totale. Chez Flamenq les derniers hésitants paraissaient devoir se rallier. Par contre, de Collobrières, Perron faisait savoir que, même au nom de la solidarité, il paraissait difficile d'étendre le mouvement auprès de bouchonniers qui ne se sentaient pas menacés par le marquis et qui, de plus, étaient payés à 30 sous, soit au maximum.

— On se passera d'eux, conclut Armand. Mais pour ce qui est d'ici, j'ai une proposition à vous faire.

Il exposa alors les raisons qui plaidaient en faveur d'une caisse de secours, en répétant fidèlement les paroles d'Isabelle. Marcel trouva l'idée intéressante et appuya la proposition.

— C'est effectivement un acte de solidarité envers les plus démunis. Cela doit faire aussi partie de nos soucis. Je souhaite qu'il y ait une majorité pour l'adopter et je vais soumettre le projet au vote.

C'est à l'unanimité que la salle répondit favorablement. Une voix se fit alors entendre.

— L'idée est intéressante, mais qui va s'en occuper ?

— Moi, si vous en êtes d'accord, répondit Armand. Mais je pense que je trouverai quelqu'un pour m'aider.

Un court instant des discussions s'instaurèrent entre les uns et les autres pour commenter cette innovation. Puis Fournier fit tonner sa voix sur un mode amusé.

— J'étais à Draguignan cet après-midi, et j'ai pu me procurer tout frais sorti de l'imprimerie le journal de ce cher marquis. Comme je suis devenu le plus fidèle lecteur du *Nouvelliste*, je vais vous faire profiter de l'article de notre bon ami. Le silence se fit aussitôt.

> « *Intoxiqués par les idées obscurantistes d'un Proudhon, voilà que nos ouvriers du liège s'imaginent imposer leur propre loi et déclenchent une grève dont on peut douter de la légalité. Il faut le dire : ceux-là s'opposent à toute réforme de progrès et ne considèrent que leurs propres intérêts alors que c'est le développement de notre industrie qui est en jeu. Que beaucoup se laissent abuser par les propos inconséquents de quelques-uns, voilà qui est regrettable mais il y a plus condamnable. Il s'agit du comportement d'un excité dénommé Fournier qui va de porte en porte pour répandre le mensonge et alimenter la haine. Celui-là ne mérite pas le nom d'ouvrier, le véritable ouvrier étant celui qui a le souci du travail bien fait et qui l'accomplit en respectant son patron. Ce Fournier n'est qu'un agitateur sans morale, un misérable à qui il faudra faire rendre gorge.* »

La dernière phrase déclencha l'hilarité générale en même temps que des applaudissements.

— À toi seul tu vas ruiner ce pauvre marquis, observa quelqu'un. Heureusement pour lui qu'il va te faire rendre gorge avec son grand couteau ! En attendant, il parle de toi comme s'il ne pouvait plus s'en passer.

— Attendez, je n'ai pas fini, reprit Fournier, la suite vaut la peine.

« Nous le savons, pour en avoir parlé avec eux, beaucoup de patrons de la bouchonnerie sont prêts à faire le choix de la modernisation, à équiper leurs entreprises afin d'en faire des affaires rentables et dynamiques et les esprits obscurs et rétrogrades tels Fournier n'arrêteront pas cette marche du progrès ».

— On avait bien compris, lança quelqu'un, le progrès c'est de nous supprimer nos emplois.

Marcel s'apprêtait à lever la séance. Armand intervint.

— Avant que vous partiez, je suis à votre disposition pour encaisser les deux sous. Puisque nous sommes bien d'accord, on commence tout de suite.

Les volontaires défilèrent un par un devant lui puis la salle commença à se vider. Auguste Aulanier ne se pressait pas, comme s'il réfléchissait dans son coin, hésitant devant un acte à accomplir. Il sentait bien qu'il lui fallait faire un geste pour effacer ses propos de l'autre soir, lorsqu'il avait manifesté sa suspicion à propos d'Armand et de ses relations. Finalement, Armand n'était peut-être pas si mauvais puisqu'il proposait cette caisse de secours. Ce n'était pas le traître redouté, et la fille du marquis ne l'avait donc pas détourné du droit chemin. L'occasion se présentait. Il s'approcha de celui-ci qui était resté en compagnie de Marcel et Frédéric.

— Cette idée de caisse de secours, c'est vraiment une bonne chose pour nous tous. C'est bien d'y avoir pensé.

Et il tendit ses deux sous.

Armand le fixa.

— Ce n'est pas moi qui en ai eu l'idée.

— Ah, bon. Qui est-ce ?

— C'est Isabelle de Vitalis. Et c'est elle qui s'occupera de l'organisation.

Aulanier marqua un temps de surprise et chercha ses mots.

— Ah ? C'est bien, c'est bien.

Et il tourna les talons.

Comme il le faisait souvent, Armand raccompagna Frédéric jusqu'à la ferme des Robion. En route, le jeune homme s'inquiéta.

— Tout de même, c'est un peu étonnant, la fille du marquis s'occupant de la caisse de secours. Tu crois qu'elle pourra le faire librement ?

— C'est une femme libre. Elle ne l'aurait pas proposé si elle n'était pas en mesure de le faire. Je pense même qu'elle veut en profiter pour lancer un défi à son père, mais peu importe, car elle est sincère. Je sais bien que beaucoup auront du mal à l'admettre. Maintenant qu'Aulanier le sait, la nouvelle va vite se répandre, nous verrons bien.

— Et tu risques d'avoir des ennuis ? Tu travailles sur les terres du marquis. Tu lui prends sa fille, tu fais la grève chez lui, il pourrait bien t'interdire l'accès à ses propriétés.

— D'abord, il ne pourra pas interdire l'accès à tous les grévistes sans se porter préjudice à lui-même, ce qui fait que tant que nous serons unis il n'y aura rien à craindre. Ensuite, même s'il arrivait quand même à m'interdire tout seul, je m'en moque. À côté de tout ce que m'apporte Isabelle, ce n'est rien. Elle change ma vie. Elle me prête des livres intéressants. Elle a fait des études et je n'arrête pas de découvrir des choses grâce à elle. Bien sûr quelques-uns auront du mal à l'accepter parce qu'ils la croient d'un autre monde. Mais elle est bien plus de notre côté que certains qui se disent révolutionnaires.

Une lune bien ronde commençait à jeter une lumière blanche sur le chemin. On voyait apparaître les premières étoiles. Il sembla à Frédéric que l'univers lui appartenait.

8

Espigau. Pas un villageois n'aurait pu expliquer pourquoi Victor Clément portait ce surnom. Pourtant, celui qui l'avait prononcé le premier avait vu juste. L'*espigau*[1] était cet épi de blé qui, bizarrement, restait seul en haut de sa tige après l'épiçage, celui qui avait échappé à l'opération commune. Peut-être avait-on voulu signifier par là que Victor se situait en dehors de l'ordre habituel, inadaptable à toute organisation cohérente, rejet sauvage et oublié de la récolte. Victor était né d'une fille-mère abandonnée par l'alcoolique qui l'avait mise enceinte, celui-là disparaissant peu après la naissance dans les déchirements de son foie. Travailleuse mais dotée d'une faible capacité de réflexion, la pauvre Pauline Clément, sous le regard indigné du voisinage, avait élevé comme elle avait pu cet être du péché qui n'en finissait pas de payer ses origines. À trente-deux ans, le maigrichon *Espigau* marchait voûté comme un vieillard, s'exprimait de façon à peine plus compréhensible que celle d'un animal, et vivait plus de charité que des emplois qu'il eût été bien incapable d'occuper. « Quand il bouge la tête, on entend du bruit. À la place de la cervelle, il a un *cascavèu*[2] », disait-on couramment, mais avec plus de compassion que de méchanceté. De son enfance miséreuse, et tout attardé qu'il fut, il avait bien appris que la chasse pouvait être un moyen de subsister. Aussi, le rencontrait-on toujours armé de son fusil car il ne voulait manquer la moindre occasion de tirer le lapin ou la perdrix. Personne ne s'inquiétait de se trouver face à lui au détour d'un sentier alors qu'il brandissait son arme. On le savait incapable de faire du mal à une mouche ne réservant son pouvoir de nuisance que pour ce qui avait un intérêt alimentaire. Parmi les quelques rares travaux qu'il pouvait assumer, peler le lièvre, plumer les oiseaux, il y avait aussi la pose des collets. Depuis toujours les gendarmes fermaient les yeux, ce qui en faisait en quelque sorte un braconnier officiel, et le seul toléré en tant que tel. Tout le village avait fini par le prendre en pitié et Ginestière n'aurait plus été Ginestière sans *Espigau*. Cependant, il avait ses têtes. Il ne communiquait vraiment, dans la mesure de ses faibles possibilités, qu'avec au mieux cinq ou six habitants de Ginestière qui prenaient la peine de l'écouter. Armand était de ceux-là parce qu'il avait la patience de traduire ses borborygmes et de l'aider à accoucher de sa parole démantibulée. Craintif, il évitait tout ce qui, à ses yeux, représentait un pouvoir ou une autorité. Malgré la mansuétude dont ils faisaient preuve à son égard, les gendarmes étaient de ceux qu'il fuyait volontiers, de la même façon qu'il n'aurait jamais osé franchir la porte de l'hôtel de ville ou le porche de l'église.

C'est pourquoi, quand ils le virent arriver, un peu avant sept heures du soir, suant et essoufflé, les gendarmes furent quelque peu interloqués. Puis ils se demandèrent quel exploit il avait encore pu accomplir. Jusque-là, il s'était illustré par des actes étonnants qu'il était le seul à comprendre : chèvres détachées de leur piquet, chien enfermé dans un poulailler, cabane de branchages montée au beau milieu du chemin, sac de châtaignes vidé sur le parvis de l'église... Normalement, après chacune de ses lubies, un gendarme lui rendait visite pour lui faire la leçon. Ce n'était là que routine professionnelle car le fonctionnaire savait bien qu'*Espigau* ne comprenait pas pourquoi un représentant de l'État venait lui débiter un sermon. Pour que Victor accoure de lui-même à la gendarmerie, il fallait un événement exceptionnel.

Il s'affala sur une chaise.

— Mort... mort, moi, mort.

— Voilà que maintenant il se croit mort, soupira le maréchal des logis. Il ne manquait plus que ça. Allez, va te promener.

Mais *Espigau* ne paraissait pas disposé à partir. Il remua la tête horizontalement en signe de dénégation.

— Non, non, moi, vu mort, là-bas.

Il se leva, fit mine de se diriger vers la porte, tout en invitant par gestes les gendarmes à le suivre. Le maréchal des logis Gorlier se tourna vers Jomet.

— Bon, il s'énerve, on va le suivre. Il a peut-être trouvé un mouton mort.

— Ou une feuille morte, ricana Jomet.

Ils prirent un sentier qui contournait le village au sud. Au fur et à mesure de la marche, l'idiot paraissait de plus en plus pressé. En arrivant au pont de pierre qui franchissait le Réal Bouis, il paraissait dans un état d'excitation incontrôlable. Une fois franchi le pont, il les conduisit derrière un buisson de lentisques. Gorlier vit d'abord des pieds qui dépassaient du pantalon de travail, puis tout le corps apparut, face contre terre, du sang tout autour du visage. L'homme ne respirait plus.

Jomet souleva avec précaution la tête, de façon à la laisser revenir dans la position initiale. Et il se tourna vers Gorlier.

— Eh, bien, ça ne va rien arranger. Malgré une profonde plaie au visage, je crois reconnaître Arnaud Fournier.

— La forte tête de chez Garino ? En effet, ce n'est pas le moment.

Puis le maréchal des logis fouilla les vêtements de la victime.

— Curieux, l'assassin n'a pas cherché à voler. Il a encore sa montre, et dans cette poche il y a près de quinze francs, dix jours de son salaire.

— C'est récent, ajouta Jomet. Le corps est encore tiède. Il y a comme des traces au cou, on a peut-être d'abord voulu l'étrangler. Mais pour être ensanglanté comme ça, avec le crâne abîmé, il a fallu taper fort. C'est un travail de bourrique.

Puis les gendarmes examinèrent les alentours immédiats. Ils découvrirent alors ce qu'ils n'avaient pas vu en arrivant, des traces de sang qui prenaient naissance sur le chemin et ramenaient aux lentisques. Mais surtout, ils trouvèrent une grosse pierre maculée qui avait sans doute servi à fracasser le crâne du malheureux. Ils en conclurent que Fournier avait été surpris sur le chemin par l'assassin qui l'avait peut-être guetté en se cachant derrière le buisson. Qu'il avait été d'abord étranglé, puis, pour faire bonne mesure, massacré à coups de pierre, et ensuite traîné derrière les lentisques.

— On verra ce qu'en pense le juge de paix, conclut Gorlier. Toi, tu retournes à la gendarmerie, tu prends le cheval, et tu vas prévenir le juge. Moi, je reste sur place en attendant son arrivée.

— Eh, il ne faudrait pas que ce soit encore un coup d'*Espigau*, avança Jomet.

— Il n'est pas assez méchant pour ça. Et puis, vu la violence avec laquelle on a agi, ce n'est pas cet avorton qui pourrait le faire. C'est plutôt le travail d'un colosse.

Espigau, tremblant de tout son corps, se mit à tourner sur lui-même, ne comprenant pas trop ce qu'il avait à faire.

— Toi, tu restes avec moi tant que le juge n'est pas là. Mais je me demande ce que tu pourras lui expliquer.

Alors le malheureux émit divers sons qu'il était impossible de réunir sous forme de phrase, et se mit à battre l'air de ses bras. Gorlier le regarda avec commisération.

* *
*

La fumée des pipes commençait à embrumer l'arrière-salle de Migeaud. On attendait un peu car Fournier n'était pas encore là, ce qui n'était pas dans ses habitudes. Or, sa présence ce soir était indispensable. À la troisième semaine de grève, on commençait à percevoir une certaine lassitude. La perte du salaire devenait insurmontable pour certains. Bientôt on n'aurait plus les moyens d'alimenter la caisse de secours. Il était probable que dans un bref délai quelques bouchonniers ne pourraient plus faire autrement que reprendre le travail sans avoir obtenu la moindre assurance sur leur avenir. Quelques-uns proposaient maintenant de suspendre la grève pour la reprendre un peu plus tard. On savait que le marquis relançait les patrons pour acheter leurs fabriques. Il s'acharnait plus souvent sur Garino car il sentait bien que c'était le plus vulnérable. On commençait à reconnaître le travail d'Isabelle se préoccupant de rendre visite aux plus démunis, aux malades, pour les aider dans la maigre limite de la caisse de grève. Même les plus réticents à son égard, même Aulanier, appréciaient son dévouement. Mais justement, bientôt elle n'aurait plus rien à distribuer. C'est pourquoi la présence de Fournier ce soir était si attendue. On avait besoin de sa clairvoyance et de ses conseils, et peut-être aussi de ses coups de gueule pour retrouver le goût du combat.

À travers la petite fenêtre, Gaussin vit deux silhouettes de gendarmes qui s'apprêtaient à frapper à la porte.

— Merde, nous sommes contrôlés. Qu'est-ce qu'on a fait de mal ? Ils ne vont quand même pas nous interdire. À bas la réaction !

Gorlier et Jomet s'avancèrent. Le maréchal des logis se sentait quelque peu gêné. Contraint de surveiller la chambrée par obligation professionnelle, il se sentait beaucoup plus proche de ces républicains et de leurs espérances que de l'ordre officiel et obligatoire qu'il était chargé de faire respecter. Il précisa tout de suite.

— Votre chambrée n'est pas en cause. Si nous sommes ici ce soir, c'est pour les besoins d'une enquête et vos témoignages peuvent être utiles. Il y a quelques heures, l'un de vos membres, Arnaud Fournier a été assassiné. On l'a retrouvé au bord du Réal Bouis. Il a d'abord été étranglé puis on a massacré sa tête avec une grosse pierre. Ensuite on l'a traîné derrière un buisson. Ce n'était pas beau à voir. Celui qui a fait ça ne peut être qu'un sauvage. Heureusement que ce pauvre *Espigau* est passé par là peu de temps après, sinon on ne l'aurait pas encore trouvé. Il faut que vous nous disiez si vous lui connaissiez des ennemis.

Dans un silence glacé tous se levèrent, comme pétrifiés. Ceux qui portaient un chapeau se découvrirent. Enfin, l'un s'avança.

— Des ennemis, il n'avait que certains patrons et Badinguet. Personne d'autre.

Puis les paroles revinrent, on échangeait par petits groupes, pour dire sa désolation, ou émettre des hypothèses. L'un demanda si le juge avait une idée du mobile. Gorlier répondit.

— Normalement, je ne devrais pas en parler car je ne dois pas donner d'éléments tant que l'enquête n'est pas terminée. Toutefois, comme c'est *Espigau* qui a découvert le corps, et qu'il a assisté au début de l'enquête, vous pourrez toujours dire que c'est lui qui vous en a fait part, si toutefois il arrive à l'expliquer. Ce que je peux dire, c'est que ses poches n'ont pas été fouillées, le vol n'est donc pas le mobile.

Le brouhaha reprit. Ici et là, on supputait, on suspectait, et quelques-uns, déjà, soupçonnaient. Certains proposaient qu'un hommage lui soit rendu. Gorlier, qui connaissait bien son monde, pensa que peut-être certains se trouvaient gênés de parler devant leurs camarades. Il y avait comme partout des secrets à protéger, des antagonismes à ne pas réveiller, de vieux démons à masquer. Alors, il reprit la parole.

— Encore une fois, si vous voulez que la vérité se fasse, il n'y a que vos témoignages qui puissent nous aider. Dans les heures qui vont suivre, peut-être certains se souviendront d'une parole, d'un geste, d'un détail qui seraient utiles à l'enquête. Alors, que ceux-là n'hésitent pas, qu'ils viennent nous voir. Nous vous laissons.

Quand ils furent sortis, le brouhaha précédent laissa la place à une sorte d'abattement, et on ne parlait plus qu'à voix basse.

— Je n'ai plus guère envie de passer à l'ordre du jour, laissa tomber Marcel.

C'est Clovis Francoul qui rompit la torpeur.

— Tu as raison, il n'y a plus d'ordre du jour, ou plutôt il n'y en a qu'un, et c'est le moment d'en parler. J'ai une petite idée sur cette affaire. Les gendarmes ont bien dit que le vol n'était pas le mobile. Alors, il faut chercher du côté de ceux qu'Arnaud gênait. Et j'en vois un qui était bien dérangé par Arnaud, c'est le marquis.

Un vieux bouchonnier l'interrompit.

— On n'aime pas le marquis, mais tu ne vas quand même pas croire que ce monsieur irait jusqu'à commettre un crime ?

— Lui, non. Un crime ça salit les mains, et ça ne lui plairait pas. Mais vous avez bien entendu le gendarme. Il a dit que c'était un crime de sauvage. J'en connais un de sauvage, c'est Paulin, qui est revenu d'Algérie après avoir tué deux Arabes dans une bagarre. Comme c'est le petit chien de son maître, je vous dis ce que je pense. Le marquis n'en peut plus de voir que son projet a du mal à aboutir à cause de notre grève et surtout de l'agitation d'Arnaud. Il pense qu'il est urgent de l'éliminer, et alors il demande à Paulin de faire le sale travail. Gaillard comme il est, c'est facile pour lui d'étrangler un homme sans défense puis de lui écraser la tête avec une pierre.

— C'est vrai, lança une voix, le marquis c'était bien le pire ennemi que ce pauvre Arnaud pouvait avoir. Et sans doute le seul. Moi, je l'ai entendu menacer Arnaud devant l'hôtel de ville pour la Sainte Anne. Il lui a dit : « je saurai te faire taire ». Et il y aussi ce qu'il écrivait dans son journal. Tout ça, c'est bien clair.

Le brouhaha revint plus fort, chacun commentant à sa manière la justesse du raisonnement de Clovis. Armand demanda le silence.

— Soyons prudents. On n'accuse personne sans savoir, même si le marquis paraît suspect, mais rien pour le moment n'autorise à le mettre en cause. Il y a des gendarmes et un juge pour faire l'enquête. Attendons les résultats, c'est leur travail. Maintenant, si quelqu'un d'entre vous possède une preuve qui permet de conclure à la culpabilité du marquis, il a le devoir d'aller le dire aux gendarmes. Clovis, tu sais quelque chose de plus que les autres ?

Clovis dut convenir que non, mais il était tellement évident que la disparition d'Arnaud arrangeait le marquis. Armand reprit.

— Gardons la tête froide. Dans un livre qu'on m'a prêté, je viens de découvrir l'affaire du courrier de Lyon. On y découvre comment avec des calomnies sans preuve on peut envoyer un innocent à l'échafaud. Nous ne devons pas nous livrer à ce jeu macabre. Même si nous n'aimons ni Paulin ni le marquis, nous n'avons pas le droit d'accuser à la légère.

Aulanier qui grommelait dans son coin finit par exploser.

— On le sait bien pourquoi tu protèges le marquis. C'est parce que tu fricotes avec sa fille. Évidemment, ça te gêne que le marquis soit le criminel, parce que même si c'est Paulin qui a fait le travail, il n'a pas décidé de lui-même. C'est bien Vitalis qui a eu l'idée !

Trois ou quatre l'applaudirent.

— Donc, je fricote, comme tu dis, avec la fille du marquis. Je vous rappelle quand même que c'est Isabelle qui tient les comptes de la caisse de secours. Que c'est elle qui rend visite aux malades pour savoir quels sont leurs besoins. Si vous voulez qu'elle arrête cette activité, il faut le dire tout de suite. Chacun reprend ce qu'il a versé, et vous vous débrouillez.

Un bouchonnier se leva.

— Maintenant que l'un de nous est mort, il est clair qu'il faut étendre la grève aux autres communes. Il faut que nous allions parler aux camarades de Collobrières, de Grimaud, de Cogolin, de Gonfaron, de Pignans et d'ailleurs, il faut soulever tous les rusquiers et tous les bouchonniers pour qu'ils se joignent à nous.

Armand reprit la parole.

— Attendez ! Si vous voulez étendre la lutte aux autres fabriques pour éviter qu'on s'en prenne aux emplois, je suis d'accord. Mais si vous n'avez pas d'autre argument que de dire : « il faut faire grève parce que le marquis a tué Fournier », là je ne suis plus d'accord et je n'en serai pas.

Quelques nouveaux grognements se firent entendre.

On discuta longuement pour savoir avec quels arguments on essaierait de convaincre les autres de rejoindre la lutte. Entre ceux qui souhaitaient faire de la grève en premier lieu un acte de protestation contre le marquis ouvertement soupçonné d'assassinat, et ceux qui voulaient s'en tenir à un avertissement sur les risques de disparition d'emplois, le débat s'enlisa dans des méandres incertains. On vota. Sur les trente-deux présents, dix-sept voix allèrent à la première formule et quinze à la seconde.

Estimant que les deux blocs étaient à peu près égaux, Marcel fit appel à la raison en indiquant qu'il était indispensable, pour garder toute sa force au mouvement, de présenter un front uni. Il proposa alors que le texte qui serait lu aux portes des fabriques environnantes mettrait en garde « contre les risques de suppressions d'emplois et contre les agissements du marquis de Vitalis », formulation derrière laquelle chacun pouvait mettre ce qu'il voulait. Un nouveau vote se fit et seulement trois voix s'opposèrent à cette initiative. Armand sourit intérieurement en admirant l'habileté de Marcel.

Puis plusieurs équipes se constituèrent pour se répartir les communes à visiter.

Il n'était pas loin de minuit quand Armand put reprendre le chemin de sa petite maison non sans avoir auparavant encaissé les deux sous des retardataires. Malgré la fatigue consécutive aux aléas de la réunion, il marchait d'un pas léger. Il se savait attendu par Isabelle qui, depuis hier, avait décidé d'abandonner son confortable château pour partager sa modeste demeure. Et, malgré l'ombre noire que l'assassinat faisait planer dans son cerveau, il pensait à la chaleur de son corps souple.

(1) Prononcer espigâ'ou.
(2) Prononcer kas-ka-vè'ou, en provençal : grelot.

9

Marcel, Armand, et un charbonnier italien, Calvino, avaient été désignés par leurs collègues pour organiser les obsèques de Fournier. Mais ils s'étaient vite trouvés confrontés à une question fondamentale.

— Il a toute sa vie été dévoué à l'humanité. On ne peut pas le laisser partir comme un chien, avait dit Marcel. Il faut faire quelque chose qui lui fasse honneur, déjà qu'il n'a plus de famille.

On discuta longtemps pour savoir comment pouvait se manifester l'hommage, quelle forme il pouvait prendre. Et on en revenait toujours au même point : si on voulait rassembler tous ceux qui voulaient lui dire adieu en un même lieu revêtant quelque solennité, il n'y avait que le choix entre la mairie et l'église.

— Il n'a jamais été croyant, et l'église catholique est à la solde de tous ceux qu'il combattait, objecta Marcel. Il n'aurait pas aimé ça.

Calvino, lui, en bon Italien, pensait que malgré les divergences politiques, on ne pouvait se faire enterrer qu'en passant par l'église, et qu'il était possible de faire taire les divisions pendant la durée de la cérémonie. « Après, on pense ce qu'on veut, mais la fin de la vie d'un homme, c'est sacré » avait-il ajouté. Cependant un tel cérémonial, même réduit, ne séduisait pas les deux autres qui connaissaient les choix politiques du curé.

— La moitié de ceux qui veulent lui rendre hommage ne vont pas entrer dans l'église, prévoyait Armand. Pour eux, c'est l'église de Louis Napoléon, et pas celle du peuple. Et puis, une messe d'enterrement, c'est vraiment une chose qui l'aurait révolté. C'est presque une injure qu'on lui ferait.

Ils décidèrent alors de se rendre chez le maire, autant pour solliciter un conseil que pour savoir s'il serait possible de se réunir à la mairie. La démarche était incertaine. Ce magistrat n'avait pas subi les foudres du nouveau préfet en fonction l'an dernier, le baron Haussmann, qui avait limogé en quelques mois soixante-douze de ses collègues pour cause de républicanisme trop voyant. Mais par ailleurs, il ne s'était jamais comporté en ennemi des ouvriers. Il pouvait être homme à comprendre les soucis des uns et des autres. Léon Bouvier les accueillit avec amabilité et eut la délicatesse de leur présenter ses condoléances. Puis on passa très vite au motif essentiel de la visite, à savoir l'usage éventuel de la mairie. Surpris et visiblement gêné, le maire cherchait un motif pour les dissuader.

— Vous connaissez la mairie. Vous voyez bien qu'il n'y a pas de salle assez grande ici pour accueillir tout le monde.

— Qu'à cela ne tienne, objecta Marcel. On pourrait installer sa dépouille n'importe où dans la mairie, et les villageois défileraient à tour de rôle pour l'honorer.

Bouvier prit une longue inspiration, comme pour se donner le temps de trouver une réponse.

— Écoutez, la situation actuelle ici, avec la grève, est bien délicate. Vous serez d'accord avec moi si je vous dis que je n'ai jamais tenté d'entraver votre action. Vous avez bien noté que, l'an dernier, quand le préfet, à la demande du gouvernement, a adressé un questionnaire à tous les maires pour enquêter sur les salaires dans votre corporation, j'ai été le seul à faire observer que, généralement, ceux-ci n'avaient pas évolué depuis 1830. La plupart de mes collègues ont répondu évasivement, de sorte à faire croire que tout allait bien dans leur commune. Moi, j'ai attiré l'attention sur votre condition. Je pense donc que je peux continuer à être utile à la place que j'occupe. Mais il y a des choses que je ne peux me permettre. Vous savez aussi bien que moi le rôle que peut jouer le marquis avec les connaissances qu'il a. Si je me fais destituer, qui sait qui me remplacera ? Il me faut rester prudent et observer au moins un semblant de neutralité.

À la mine déconfite des trois interlocuteurs, Bouvier pensa qu'il lui fallait trouver une compensation. L'idée lui vint brusquement.

— Je vous propose ceci : je vais intervenir personnellement auprès du curé pour qu'il accepte une cérémonie à l'intérieur de l'église. Ainsi, il vous sera possible d'honorer avec solennité la mémoire de Fournier. Mais comme je sais bien que la majorité de vos amis sont des anticléricaux, je suggérerai au curé de s'absenter pendant tout le temps de votre cérémonie. De ce fait, ce sera bien, et seulement VOTRE cérémonie. Je suppose que je n'aurai pas à insister car j'imagine qu'il n'aura pas envie de bénir un mécréant. Ainsi, ceux d'entre vous qui croient et qui voudront prier pourront le faire à leur guise, quant aux autres ils n'auront pas le sentiment de participer à une cérémonie religieuse. Et vous organiserez le déroulement de l'hommage comme vous l'entendrez.

On discuta encore un bon moment pour imaginer les modalités et soupeser les chances qui existaient de convaincre le curé, que le trio tenait pour ce qu'il était, un conservateur à tous crins. Et s'il refusait de s'absenter, juste pour mettre à bas ce dispositif ?

— Si vous parvenez à convaincre Sanier, ce sera un exploit.

— Pour ce qui est du curé, j'ai de bons arguments pour l'aider à accepter. Après des mois de réclamation de sa part, je lui ai promis que la commune financerait quelques travaux dans l'église. Mais rien n'est signé pour le moment, et on peut encore en discuter. Et s'il n'ose pas abandonner un moment son église, je peux aller jusqu'à intervenir auprès de l'évêque.

Le maire avait dans le regard une lueur de malice qui rendit le trio optimiste.

* *
*

Pour ne pas perdre la face, le curé avait imposé sa condition : « il est hors de question que cette grossière mascarade se tienne un dimanche dans la maison du Seigneur ». Cette restriction ne dérangeait personne. Dans la semaine, ou bien on était en grève, ou bien, dans les autres corporations, les patrons, ne voulant pas ajouter à la tension, étaient disposés à accorder un temps d'absence pour les obsèques. Et même pour quelques-uns d'entre eux, si Fournier passait par l'église c'est, qu'au fond, il n'était pas si infréquentable que cela.

Ce samedi matin, très tôt des monceaux de fleurs avaient été disposés devant le porche où flottaient deux drapeaux tricolores. Parmi la foule, composée presque exclusivement d'ouvriers du liège de Ginestière ou des environs, certains se plaisaient à relever la présence de Garino et des instituteurs du village. Leur présence rendait la cérémonie encore plus légitime. Un peu en retrait, des gendarmes aussi se trouvaient là, mais eux en service commandé, pour veiller au respect de l'ordre et prévenir tout débordement. On apercevait ceux de Ginestière, mais également des renforts venus du Luc, de Grimaud et de Sainte-Maxime, soit une vingtaine d'hommes au total.

— Avant qu'il soit ici, allons allumer des cierges, dit Marcel. Pour nous, leur flamme sera celle de la liberté, et Arnaud mérite bien cette dernière lumière.

Il entra dans l'église avec deux autres rusquiers. Mais ils eurent beau chercher, il n'y avait plus un seul cierge. Le curé avait tout retiré.

— C'est beau, la charité chrétienne, celui-là nous considère comme des voleurs. Puisque c'est ainsi, nous allons demander à tous ceux qui le peuvent d'aller chercher des bougies chez eux, et Arnaud aura quand même des obsèques dignes de lui.

Les trois hommes sortirent et firent circuler la nouvelle. En quelques minutes, des bougies et chandelles hétéroclites étaient disposées en hâte devant l'autel.

Tirée par deux chevaux, la voiture mortuaire arriva de la morgue de Draguignan. Les conversations s'arrêtèrent, un silence grave figea la foule. Quand le convoi s'immobilisa, les six ouvriers qu'on avait désignés hissèrent le cercueil sur leurs épaules. Leur cou était ceint d'un foulard rouge. On assista alors à ce spectacle étrange, celui de la dépouille d'un incroyant portée dans une église sans curé et dans un recueillement absolu. Parmi ceux qui entraient, peu se signèrent. Les autres éprouvaient une sorte de jubilation à pénétrer dans une église sans devoir se plier aux rituels, comme s'ils étaient en train de conquérir une nouvelle liberté. Les hommes s'installèrent à gauche, les femmes à droite. Cependant, comme les premiers étaient beaucoup plus nombreux, certains, avec une sorte de réticence timide, finirent par se placer à droite, dans le fond. Un groupe cependant n'avait pu se résoudre à franchir le pas, et restait sur le parvis, chapeaux en mains.

Quand tout le monde fut installé, Marcel s'avança devant l'autel pour dire en quelques mots tout le bien que chacun pensait du disparu. Il évoqua le dévouement dont il avait toujours fait preuve pour défendre les faibles, disant comment cet homme sans famille s'en était trouvé une avec les travailleurs de la forêt.

Puis il fit signe à Isabelle de le rejoindre. Beaucoup regardaient avec curiosité et peut-être un peu de désapprobation la fille du marquis s'avancer, bien droite, sa chevelure brune ruisselant sur ses épaules, pour prendre part à ces obsèques roturières. Quelques-uns n'étaient pas loin de trouver sa présence déplacée. Pouvait-on passer ainsi, du jour au lendemain, des privilèges de l'aristocratie aux dures réalités de la bataille sociale ? Et à l'hommage rendu à ses morts ? Cette conversion était-elle sincère ? Elle tenait en ses mains un livre qu'elle ouvrit en se plaçant devant le cercueil. Les vers de Victor Hugo montèrent alors, portés par sa voix ferme et claire qui résonnait dans la nef.

Ceux qui pieusement sont morts pour la patrie
Ont droit qu'à leur cercueil la foule vienne et prie.
Entre les plus beaux noms leur nom est le plus beau.
Toute gloire près d'eux passe et tombe éphémère ;
Et, comme ferait une mère,
La voix d'un peuple entier les berce en leur tombeau.

Isabelle venait de conquérir définitivement la population, et même parmi ceux qui avaient manifesté des réticences à son égard, on put apercevoir quelques larmes furtives. On ne se posait plus de questions sur la sincérité de la jeune femme. Et on se félicitait du choix du poème. Si Fournier n'était pas mort à la guerre, il était bien « *mort pour la patrie* » en passant son temps à aider à l'émancipation des pauvres. Et dans le fond, c'était encore d'une autre forme de guerre qu'il s'agissait. Et si un jour la responsabilité du marquis était démontrée, là, il n'y aurait plus de doute : Arnaud serait vraiment mort pour la patrie, celle qui ne manquerait pas de se dresser face aux oppresseurs. Mais l'émotion gagna en intensité, car on ne pouvait éviter de faire le lien avec les événements du moment, quand elle déclama la strophe :

Gloire à notre France éternelle !
Gloire à ceux qui sont morts pour elle !
Aux martyrs ! aux vaillants ! aux forts !
À ceux qu'enflamme leur exemple,
Qui veulent place dans le temple,
Et qui mourront comme ils sont morts.

La France éternelle, c'était bien celle qu'ils voulaient, celle des démocrates et de la République sociale. Ce n'était pas cette fausse république présidée par un prince. C'était celle du peuple. Et, quelles qu'en soient les raisons, on pouvait sans se tromper estimer qu'Arnaud était mort pour elle.

Puis on invita chacun à défiler lentement devant le cercueil pour y déposer une fleur. Ainsi, plusieurs qui n'avaient trouvé place dans l'église purent pénétrer alors que les premiers en sortaient. Certains stationnaient un instant devant la dépouille et parlaient au mort, lui disant quelques mots de remerciements. Puis les six porteurs reprirent le fardeau et tout le monde se dirigea vers le cimetière. On descendit le cercueil dans le trou et le fossoyeur jeta les premières pelletées de terre. On comprit alors que Fournier ne serait plus là avec ses invectives taillées au couteau comme il taillait les bouchons, et ses grands éclats de rire.

Résultat d'une émotion trop longtemps réfrénée ? Dès la porte du cimetière franchie, des cris fusèrent. « Le marquis en prison ! » Vive la bonne ! »[1], « Vive la République sociale ! ». Certains suggéraient de se rendre en cortège au château pour obliger le marquis à renoncer à ses projets. D'autres tenaient à lui demander des comptes sur la mort de Fournier.

— Le jour de la Sainte Anne, j'étais sur la place de l'hôtel de ville. J'ai bien entendu quand Vitalis a crié à notre camarade : « toi, le meneur, je saurai te faire taire ! ». Alors, qu'on ne vienne pas nous dire qu'il n'est pour rien dans sa disparition ! Il avait préparé son coup à l'avance !

C'est Gustave Plisson, un bouchonnier au comble de la colère qui apostrophait ainsi la foule. Des huées en résultèrent. Les gendarmes du Luc et de Sainte-Maxime, ceux de Ginestière demeurant à l'écart avec l'accord de leurs collègues, se disposèrent en travers du chemin, leur mousqueton tenu horizontalement comme pour barrer la route. Mais une poignée de rusquiers n'entendait pas se laisser contenir. Quelques coups de poing furent échangés et un gendarme crut opportun de tirer un coup de feu en l'air pour impressionner. Il n'en fallut pas plus pour attiser l'excitation et une nouvelle bagarre éclata. Un rusquier, Adolphe Béraud fut projeté à terre, plus semblait-il par l'effet de la bousculade générale que par la volonté délibérée d'un gendarme. Il fallut le conduire chez l'habitant le plus proche pour laver et panser sa blessure. Un manifestant qui l'avait vu passer avec un peu de sang sur son bras, crut devoir crier :

« ils ont blessé Béraud ! » Des huées montèrent de la foule, et Marcel intervint pour parlementer avec les gendarmes. Il fut convenu qu'il dissuaderait les manifestants de se rendre au château et qu'à cette condition les forces de l'ordre se retireraient. Marcel, juché sur une pierre, s'adressa à la foule en l'invitant à respecter la dignité qui devait accompagner Fournier dans sa dernière demeure. Cet argument fut entendu. Peu à peu le cortège se délita, chacun repartant de son côté. Les gendarmes, quand il ne resta plus qu'un petit groupe, levèrent le camp.

Quelques jours plus tard, dans le journal du marquis, il fut question des « incidents sanglants qui avaient conclu la sordide pitrerie d'obsèques grossièrement célébrées dans une église sans prêtre ». Il y était question des « nombreuses blessures portées contre les forces de l'ordre », et l'auteur de l'article se demandait « quelles mesures comptait prendre l'évêque suite à une profanation intolérable de la maison de Dieu ».

(1) Qualificatif généralement utilisé par les républicains de l'époque pour désigner la République dont ils rêvaient.

10

À la fin du repas, Arsène Robion demanda à Monette de lui lire le journal. S'étant rendu à Draguignan, il avait acheté Le *Réveil du Sud* sans se soucier de sa couleur politique. Il ignorait les contorsions auxquelles s'était livrée cette publication depuis quelques années : monarchiste sous Louis Philippe, convertie à la République en 1848, celle de Louis Napoléon, on y vantait désormais les avantages de l'Empire dont on souhaitait l'avènement à condition que le même homme en fusse l'empereur. Mais Arsène Robion ne se souciait pas de politique et voulait seulement savoir si les agitations qu'on prêtait à la capitale avaient quelque réalité, car tout ce qu'il entendait sur le marché, ou encore les rares fois où il s'arrêtait au café, parvenait à l'inquiéter. *Le Réveil*, feuille généraliste qui était publiée trois fois par semaine sur tout le département, lui paraissait plus complète que le modeste *Nouvelliste* du marquis, seulement hebdomadaire et à la diffusion locale.

Monette alla s'asseoir sous un *calèou* un peu plus lumineux que les autres. Frédéric ne pouvait détacher son regard de ce visage et ces cheveux sur lesquels coulait une douce clarté. Puis sa voix, qui lui parut plus mélodieuse que jamais, commença à égrener les nouvelles. Frédéric avait bien du mal à suivre. Fasciné par la musique qui semblait sortir de la bouche de Monette, il comprenait vaguement qu'on évoquait un incident surgi à Paris sur le Champ-de-Mars. C'était à l'occasion de la revue de la 3ème division de l'armée active. On avait renforcé les forces de police en raison d'incidents intervenus au cours de la revue précédente. Et cette précaution n'avait pas empêché des cris « Vive l'Empereur ! » de jaillir de la foule. Mais aussitôt des « Vive la République sociale ! » leur avaient répondu. Quelques personnes avaient été arrêtées pour troubles à l'ordre public. Mais cet incident était si loin et Monette si près. Un autre article évoquait des « agitations » qui s'étaient produites dans plusieurs villes, sans s'attarder sur leur déroulement, et s'empressait de rassurer les lecteurs en ajoutant que les excités qui s'étaient manifestés par des propos triviaux avaient été conduits à la police. La grosse voix d'Arsène Robion avait sorti Frédéric de sa torpeur.

— J'ai bien peur qu'on aille vers une guerre civile.

— C'est peut-être ce qu'ils veulent, commenta Eugène, sans préciser qui étaient ces « ils ».

— Rétablir l'Empire, alors que nous sommes sous la deuxième république, il n'y a pas de danger. Maintenant que les gens y ont pris goût, on ne risque plus rien, commenta Fernand.

Puis la tendre musique reprit. Cette fois, quelqu'un dont il n'avait entendu ni le nom ni le titre se réjouissait du bel accueil que le prince président recevait au cours de ses voyages en province. L'auteur regrettait que le mandat présidentiel se termine en 1852 sans possibilité de le renouveler, car le souverain avait encore de belles et grandes tâches à accomplir. Qui sait qui viendrait après lui ? Nous n'étions pas à l'abri de mauvaises surprises, en particulier à cause de tous ces aventuriers qui prétendaient donner le pouvoir au peuple, comme si le maréchal-ferrant, l'ouvrier d'usine ou le cordonnier étaient capables de gérer les affaires de l'État. Louis Napoléon Bonaparte, lui, avait la carrure qu'il fallait et il savait s'entourer d'une équipe efficace.

Arsène revint à la situation locale en s'adressant à Frédéric.

— Et alors, vous en êtes où de la grève ?

Le jeune homme expliqua qu'à Ginestière on avait maintenant tenu un mois, mais qu'à la suite de l'assassinat d'Arnaud Fournier, des bouchonneries de Grimaud, Cogolin, Collobrières, et peut-être d'autres qu'on ne connaissait pas encore, décidaient de se joindre au mouvement.

— *Aco m'agrade !*[1] Tout ça ne me dit rien de bon, estima Arsène. Il faudrait bien que cette grève s'arrête. Et puis il y a ce crime du malheureux Fournier. Qui aurait dit qu'on en arriverait là ? Moi je ne crois pas que le marquis soit fautif, mais c'est bien une affaire en rapport avec ce qui se passe.

Sa femme, silencieuse jusque-là, donna son avis.

— S'ils font grève pour garder leur travail, ça nous intéresse aussi. S'ils perdent leur emploi et sont obligés d'aller en trouver ailleurs, qui restera pour acheter nos légumes ? Le marquis, lui, ne baissera pas ses prétentions, il voudra toujours le même revenu. Et ce sera à nous de nous débrouiller.

À ce moment, Frédéric trouva opportun de reprendre des arguments entendus un soir à la chambrée.

— C'est vrai, Louis Napoléon cherche à diviser les travailleurs entre ceux de la terre et les autres. Mais il faut bien penser que les paysans ne peuvent plus vivre si personne ne peut acheter leur production. C'est pourquoi cette grève ne concerne pas que les ouvriers du liège. Il faut refuser la division entre les uns et les autres, c'est notre intérêt à tous qui est en jeu. Pratiquer la division, c'est ce qui a toujours fait la force des pouvoirs.

C'était la première fois que Frédéric s'essayait à une tentative de persuasion d'Arsène Robion. Bien souvent il évitait les sujets politiques afin de ne pas indisposer une famille où on l'avait accueilli de façon aussi fraternelle. Et surtout, il n'était pas adroit de heurter le père de Monette. Jusque-là il avait donc préféré rester prudent. Mais ce soir, il savait qu'il fallait aller plus loin, soutenir concrètement tous ses camarades en expliquant leurs positions chaque fois que l'occasion était susceptible de se présenter, ici ou ailleurs.

— Eh, mais c'est que tu as peut-être raison, consentit Arsène. Si Amélie et toi vous vous y mettez, je vais être obligé de vous suivre. En tout cas, tu sais que si tu as quelques difficultés, tu peux prendre ton temps pour payer ta pension. On se débrouillera toujours. Maintenant, tu es un peu de la famille.

Du coin de l'œil, Frédéric s'était aperçu que Monette avait relevé la tête et marqué un temps de surprise en entendant le jeune homme s'exprimer avec une assurance qu'elle ne lui connaissait pas. Leurs regards se croisèrent et un fugace sourire, perceptible par eux seuls, courut sur leurs lèvres. Il était certain que Monette avait été amusée par ce « tu es un peu de la famille ».

La jeune fille recommença sa lecture, interrompue de temps en temps par Arsène, ou par l'un de ses deux fils, qui paraissaient plus curieux qu'auparavant de ce qui se passait autour d'eux. Jusqu'ici, la grève leur semblait être une diversion pratiquée par des gens qui leur étaient plus ou moins étrangers. Là, ils venaient de prendre conscience que l'affaire se déroulait devant leur porte et qu'ils ne pouvaient y rester insensibles. Et Frédéric venait de leur apprendre que leurs intérêts étaient liés. Comme le soir où il s'était exprimé pour la première fois devant la chambrée, le garçon éprouvait la magie de la parole.

Il fut à nouveau questionné par Arsène qui voulait en savoir plus sur le déroulement de la grève, sur la détermination des uns et des autres, sur l'activité d'Isabelle transformée en dame de charité. « Quand même, il doit faire une drôle de tête, le marquis ». Et il s'esclaffa, chose impensable quelques jours plus tôt.

La lecture était terminée et il se faisait tard. Frédéric se leva et souhaita une bonne nuit à la cantonade après avoir embrassé Amélie comme chaque soir. Il était sorti depuis quelques instants quand Monette s'écria :

— Ah ! Mais il a oublié son chapeau, je le lui porte !

Se précipitant à l'extérieur, elle n'eut pas le temps de voir le léger sourire qui rayonnait sur les lèvres de sa mère. Elle rejoignit son amoureux à l'étable.

— C'est bien trouvé, dit-elle, le coup du chapeau oublié, mais demain il faudra trouver autre chose.

Il l'attrapa vivement et écrasa ses lèvres sur les siennes. Elle l'entoura de ses bras. Sa main descendit le long de sa cuisse, souleva la jupe, puis le jupon, et il sentit la soie de sa peau brûlante. Elle abandonna sa tête sur son épaule. Elle serra plus fort Frédéric sur sa poitrine, puis elle le repoussa doucement en hésitant, comme à regret.

— Il faut que je rentre, tout le monde comprendrait. Mais je ne vais pas m'endormir sans avoir trouvé une idée pour demain soir.

Sur le seuil de l'étable elle se retourna, et lui envoya un baiser. Une fois seul, Frédéric parla aux vaches.

(1) Littéralement : ceci me plaît. Expression employée par antinomie pour exprimer le contraire.

11

Même un patron bouchonnier, et surtout un patron bouchonnier, ne pouvait refuser quoi que ce fût au marquis de Vitalis. Pas Garino, bien sûr, qui était son principal client. Pas non plus Gaubert, et Beaussier, et Flamenq, à qui il arrivait d'avoir recours à lui quand leurs approvisionnements en liège étaient insuffisants. Et le marquis fixait les prix... Et puis on savait bien qu'il avait l'oreille du pouvoir, et il faut toujours éviter de heurter ce genre de personnage.

C'est pourquoi les quatre de Ginestière, plus quelques autres : Lombard, de Collobrières, Rameau, de Pierrefeu, Sauzède, de Cogolin, Molinard, de Besse, avaient répondu à son invitation de venir le rencontrer en son château. Invitation ? Certains parlaient de « convocation » pour ce billet où on les priait d'être là le 21 septembre au matin pour étudier avec le marquis « la réponse que les patrons avaient le devoir d'opposer à la manœuvre de démolition de l'activité locale par les rouges ». La présence du plus grand nombre était qualifiée « d'indispensable ».

La plupart des invités découvraient ce que tout le monde ici appelait le « château », et qui était en fait un gros mas à deux étages encadré de deux tours rondes. Sur la droite un long bâtiment abritait les dépendances : logements des domestiques, écurie, grange, remise abritant l'alambic sur l'activité duquel le marquis se plaisait à veiller personnellement. Les murs du château avaient été crépis de frais, ce qui désolait Isabelle qui regrettait les pierres apparentes. Mais Vitalis avait jugé que le crépi était nettement plus chic, c'est du moins ce qui était en vogue chez les Anglais. On accédait à la bâtisse par une longue allée de platanes au bout de laquelle se trouvait une pièce d'eau. Quatre statues évoquant la Grèce antique encadraient le bassin. Le marquis, sur le perron, accueillait chaque arrivant, avant de le conduire au petit salon où une domestique servait le café et des pâtisseries. Puis le visiteur était introduit dans la grande salle où se tiendrait la réunion. Au bout de la pièce, le portrait en pied du lieutenant Adalbert de Vitalis, mort à Waterloo alors qu'il se battait sous les ordres de Ney, semblait, avec son regard glacé, surveiller le bon ordonnancement de l'assemblée. Les murs de part et d'autre étaient garnis d'une fresque évoquant la chasse à courre.

Quand tout le monde fut assis, le marquis exposa l'objet de la réunion.

— Messieurs, voilà presque deux mois que le mouvement de grève, emmené par quelques excités, contrarie l'activité de notre secteur. D'abord limité aux bouchonniers, sous l'effet des idées socialistes, il s'étend aux rusquiers, qui cachent ce que je prétends être de la paresse sous le noble nom de « solidarité ». Ne soyons pas dupes. Nous ne devons pas laisser se perpétuer cette agitation. Même si certains signes me laissent penser que le mouvement est sur le déclin, car d'après ce que je crois savoir, quelques ouvriers poussés par la nécessité souhaitent reprendre le travail, il ne faut plus que de telles initiatives puissent se renouveler. C'est pourquoi, après avoir mûrement réfléchi à la réponse qui pourrait être la vôtre, je vous propose deux moyens de riposter. Premièrement, c'est intenter une action en justice pour le motif suivant : la caisse dite de secours mutuel qui a été instaurée par les agitateurs est en réalité une caisse de grève, et vous n'ignorez pas que dans ces conditions elle est illégale. Je me fais fort de trouver trois ou quatre personnes pouvant attester qu'elles ont reçu des subsides de la caisse alors qu'elles ne sont nullement malades. Deuxièmement : quand les ouvriers auront repris le travail, et afin de leur ôter l'envie de recommencer, vous les réunirez pour leur dire que l'interruption d'activité a mis au plus bas vos réserves de trésorerie, et que vous êtes obligés de ramener partout le salaire à 25 sous les mille bouchons.

Rameau, sans doute enhardi par le fait qu'il n'était pas sur le territoire du marquis, se permit une objection.

— Permettez-moi de vous faire remarquer qu'en nous accordant sur un tarif unique, nous prenons le risque de nous faire à notre tour condamner pour entente illégale. Je me permets de faire observer qu'en 1836, nous avons été condamnés quand nous avons voulu instaurer ce tarif unique. La règle qui était valable il y a quinze ans est encore en vigueur aujourd'hui. Il y aura bien quelqu'un pour porter l'affaire en justice, puisque ces messieurs prennent maintenant conseil auprès d'avocats, et nous serions perdants.

— Rassurez-vous, je pense que le risque est faible. Je suis très ami avec notre nouveau Préfet, M. de Frossard, et je compte m'en entretenir avec lui. C'est un homme qui a été l'officier d'ordonnance du général Bugeaud en Algérie. On peut lui faire confiance pour mener les affaires du Var d'une façon que je qualifierai de militaire. Sa rigueur sera utile à tout le monde. Son aide ne nous fera pas défaut. Et comme il sait que je suis en relations suivies avec de Morny, il ne me refusera rien.

Mais Rameau n'en avait pas fini avec ses inquiétudes.

— À l'issue de la grève, les ressources des ouvriers seront totalement anéanties. Si nous leur annonçons qu'ils vont gagner encore moins qu'auparavant, ne risquerons-nous pas de provoquer la relance d'un mouvement encore plus dur ?

— Mon cher, la réponse est dans votre question. S'ils n'ont plus aucune ressource, ils ne pourront que travailler, et même à 25 sous.

Flamenq, lui, se sentait suffisamment proche du marquis pour aborder un aspect qu'aucun autre n'aurait osé soulever.

— Monsieur le Marquis, vous savez qu'une bonne part de l'irritation des grévistes provient de vos intentions d'acquérir une ou plusieurs bouchonneries, et que votre volonté affichée de pousser à la mécanisation leur fait craindre des pertes d'emploi. Si vous pouviez apporter un argument qui désamorce l'inquiétude, cela pourrait peut-être nous aider.

— Eh bien, Messieurs, je vous autorise à répandre le bruit selon lequel il n'est plus dans mes projets de faire de telles acquisitions, si cela peut calmer le jeu. Ceci dit, mon cher Flamenq, ou vous, cher Garino, ensuite, vous et moi nous ferons ce que bon nous semblera.

Garino n'avait pas jusqu'ici osé ouvrir la bouche, mais la réponse de Vitalis, qui paraissait de nature à lui donner un peu de temps, lui donna une audace qui surprit ses confrères.

— Vous entendez poursuivre en justice la caisse de secours ou de grève. Avez-vous toute la liberté pour le faire ?

— Qu'entendez-vous par là ?

— Enfin, Monsieur le Marquis, je répugne un peu à évoquer cet aspect, car je pense qu'il vous en coûte, mais vous n'ignorez pas que mademoiselle Isabelle y tient un rôle important.

— Monsieur Garino, et vous tous, Messieurs, sachez que je ne considère plus cette personne comme ma fille, et j'ai rendez-vous cet après-midi avec mon notaire pour examiner dans quelles conditions je peux la déshériter. C'est clair et définitif. Ainsi vous savez tout. Et cela devrait vous amener à voir les choses avec une totale indépendance. Que ces misérables affaires de famille, qui ne sont pas de mon fait, ne perturbent pas notre vision de l'avenir.

Puis le marquis sortit d'une pochette en cuir une longue lettre.

— Voici la requête qui sera adressée au procureur pour demander la dissolution par voie judiciaire de la caisse de grève. Je l'ai solidement argumentée. Je vous prie d'en prendre connaissance et de la signer chacun à votre tour. Je me charge de son expédition, ainsi que de la copie que j'enverrai au Préfet.

La lettre circula et tous les présents signèrent. Garino pensa qu'il n'avait pas le choix. Il répugnait à se distinguer, et, de plus, que deviendrait son entreprise si le marquis rompait brutalement le marché ? Il se donna bonne conscience en décidant que, pour compenser, il ne suivrait pas la décision de baisser les salaires. On se quitta sans que quiconque osât évoquer la rumeur relative à la mort de Fournier. Le sujet pouvait passer pour déplacé.

* *
*

On avait parlé à Isabelle du cas de Bérard. Honoré Bérard, un bouchonnier, et sa femme Hélène formaient un couple discret et apprécié dans le village. Depuis plusieurs jours, il n'était pas sorti de chez lui. Alité et fiévreux, il toussait à s'en déchirer la poitrine. Il refusait de se faire examiner par un médecin. Il répétait qu'avec quelques tisanes cela passerait comme c'était venu. Personne n'était dupe : si Honoré refusait de voir le médecin, c'est parce qu'il ne pouvait payer la consultation, ni acheter les médicaments. Mais pour rien au monde il n'en aurait fait l'aveu, refusant qu'on le prenne en pitié. Et chemin faisant, alors qu'elle se rendait chez lui, Isabelle se disait qu'elle ne faisait guère mieux que sa mère quand celle-ci se transformait en dame de charité. Elle allait apporter aux Bérard de quoi payer une consultation de médecin. C'était bien, pour eux, pour elle sans doute aussi, mais cet ilot de réconfort ne pouvait faire oublier un océan de misère. Ce qu'il fallait, en plus, c'était leur apprendre à se défendre, leur apprendre à exister. Une idée commençait à germer dans son esprit.

Elle poussa le portail du minuscule jardin dans lequel s'affairait Hélène.

— Je viens de la part de la caisse de secours pour aider votre mari.

Hélène la regarda avec la gêne de ceux qui n'ayant rien, et ayant besoin de tout, ne souhaitent pas qu'on se lamente sur leur propre sort.

— Oh, vous savez, je le soigne du mieux que je peux.

— Oui, je sais, avec des infusions, mais il y a des moments où il vaut mieux faire confiance à la médecine. Je peux voir votre mari ?

Hélène la conduisit dans la chambre. La pièce sentait la sueur de la maladie. Honoré, qui la connaissait, essaya de se redresser pour faire bonne figure devant une marquise. L'effort lui arracha une quinte de toux.

— Allez, Honoré, il est temps d'agir sérieusement. Pour Hélène comme pour vous, il faut s'occuper de votre santé. Personne ne le fera à votre place. La caisse de secours a décidé de vous verser vingt-cinq sous qui serviront à payer le médecin et à acheter des médicaments. J'ai vu le docteur Borrel, il passera ce soir, et suivez bien ce qu'il vous dira.

Au mouvement de ses lèvres, on comprenait qu'Honoré remerciait, mais l'expression de la gratitude était surtout dans son regard.

Hélène remercia à son tour.

— Ce n'est pas moi qu'il faut remercier, répondit Isabelle. C'est grâce à la solidarité de vos camarades que vous pourrez vous faire soigner. À l'époque où nous vivons, il est très important de s'entraider. Même le docteur Borrel le sait puisqu'il ne vous demandera que cinq sous pour sa visite. Le reste est pour les médicaments.

Quand elle prit congé, Hélène voulut la raccompagner jusqu'au portail car il était normal de recevoir aussi courtoisement que possible une fille de marquis. Une jeune femme qui parlait mieux qu'elle et qui était mieux habillée. Et elle renouvela ses remerciements.

— Ne me remerciez pas, ou alors c'est nous tous qu'il faudrait remercier. Mais vous pouvez peut-être nous aider, et vous aider en même temps. Nos hommes commencent à se fatiguer. Il faut que nous les soutenions. Ils ne veulent pas de nous dans leurs chambrées, mais nous pouvons trouver le moyen de combattre avec eux, pour eux, et pour nous. De toute façon, il y a bien des femmes employées dans les bouchonneries, cela les regarde aussi. Si vous êtes d'accord, nous pourrions organiser une grande farandole de toutes les femmes du village sur la place de l'hôtel de ville. Il faut que les patrons sachent que nous aussi nous sommes vigilantes. Parlez-en autour de vous.

Hélène répondit que cela lui paraissait bien audacieux, mais que si elles étaient nombreuses, elle ne refuserait pas.

Dès lors, Isabelle ne manqua pas de faire la même proposition à toutes les femmes rencontrées au cours de ses visites. Elle recevait partout un accueil qui se situait entre l'étonnement et le franc enthousiasme, mais aucune ne refusait. Toutes promettaient d'en parler à leurs amies. La lassitude provoquée par la durée de la grève n'était pas étrangère au sentiment que, désormais, les femmes devaient elles aussi se préoccuper de la situation. Amélie Suquet, une bouchonnière, proposa d'inviter chacune à apporter quelque chose à manger pour terminer par un pique-nique. Puis on pensa à faire passer la nouvelle dans d'autres communes où des grèves s'étaient déclarées, qu'elles soient encore en cours ou terminées. Les sept ou huit femmes de Ginestière à qui elle en avait parlé connaissaient chacune plusieurs amies qui pouvaient les rejoindre. Toutes étaient comme grisées par cette perspective qui leur donnait enfin le moyen de se faire entendre.

La manifestation fut fixée au dimanche 12 octobre. Les femmes arrivèrent toutes ensemble à 10 heures devant l'hôtel de ville. Elles déposèrent les victuailles sur le perron, puis se donnèrent la main en chantant « La Marseillaise ». Beaucoup avaient revêtu leurs habits les plus chamarrés, donnant à ce rassemblement un air de fête, un parfum d'espoir. Quelques-unes avaient emprunté un foulard rouge à leur mari. Certaines avaient eu l'idée d'apporter des fleurs. Armand et Frédéric, comme si ce territoire leur était interdit, se tenaient dans un coin de la place, regardant avec un mélange d'amusement et d'admiration les élues de leur cœur, Isabelle et Monette n'étant pas les dernières à s'activer. Arsène Robion avait fait la grimace quand il avait découvert le projet de sa fille. Mais il était revenu à plus de compréhension en apprenant que l'initiative incombait à Isabelle. Compagne d'Armand, ce qui était à ses yeux déjà une référence, elle demeurait malgré tout, quels que fussent ses rapports avec son père, une fille de noble extraction. Si même une fille de marquis se trouvait dans pareille aventure, il aurait eu mauvaise grâce à en priver la sienne.

La farandole s'engagea à petite vitesse dans les rues, pour faire le tour du village. Par moments, une femme qui se trouvait sur le pas de la porte rompait la chaîne pour se joindre au groupe. Les vieux du village regardaient passer ce bruyant et gai cortège avec une sorte de stupeur. Ils n'avaient jamais cru possible une chose pareille. Quelques commerçants aisés, connus comme appartenant au parti des blancs, détournaient le regard pour ne pas voir pareille abomination. Était-ce là la place d'une femme ? On entendait divers cris : « Vive la bonne ! », « Pendez le marquis ! », « Pour l'avenir du pays ! », « Du travail pour nos hommes ! » Des rires fusaient, comme si ces femmes se libéraient aussi bien de la tutelle du pouvoir que de celle par laquelle leurs hommes les tenaient en arrière-plan de la bataille. Revenues sur la place, sur la proposition d'Isabelle, elles observèrent un instant de silence à la mémoire d'Arnaud Fournier. « Il aurait été content de nous voir, il aurait même été fier de nous », murmura une bouchonnière. Puis on déplia comme un luxe exceptionnel des nappes à même le sol. Le maire avait sans doute l'excuse du dimanche pour ne pas apparaître à la fenêtre. Léon Bouvier continuait à observer une prudente neutralité. Par chance pour lui, et grâce à l'inexpérience des manifestantes, personne n'avait eu l'idée de demander une audience en mairie. Durant tout le repas, la place vibra de rires, d'éclats de voix, et de chansons. Au dessert on entonna le *Chant des Paysans*, dont la dernière strophe fut à maintes fois reprise :

« La terre va briser ses chaînes,
La misère a fini son bail ;
Les monts, les vallons et les plaines
Vont engendrer par le travail.
Affamés, venez tous en foule
Comme les mouches sur le thym.
Les blés sont mûrs, le pressoir coule :
Voilà du pain, voilà du vin »

Mais cette liesse ne pouvait pas effacer l'inquiétude de quelques-unes, sans doute plus clairvoyantes, qui pensaient qu'après tout ce temps de grève sans résultat visible, le mouvement ne pouvait que dépérir.

— Tant pis, dit Augustine Ladret, nous aurons au moins vécu ça aujourd'hui. Nous aurons appris à nous battre ensemble. Ça ne s'effacera pas de nos mémoires.

* *
*

Le 18 octobre, dûment informé par un rapport du juge de paix, le procureur général près la Cour d'appel d'Aix, écrivait au ministre de la Justice :

« *Monsieur le Ministre,*

J'ai l'honneur de porter à votre connaissance une nouvelle forme de socialisme dans le Var : les femmes sont appelées à se mêler de politique et à figurer dans les manifestations politiques. La commune de Ginestière a donné l'exemple de l'atteinte à la morale publique en réunissant les femmes et les filles pour les faire participer à la politique. Cette démarche a un double but : favoriser la débauche et exalter l'opinion socialiste… »[1]

Gorlier avait mal choisi son jour pour rendre visite au marquis. Il est vrai qu'il n'agissait pas de son propre chef mais sur l'injonction du juge chargé d'instruire l'affaire de l'assassinat de Fournier. C'était le lendemain de la farandole. L'accueil de Vitalis fut ce que le gendarme prévoyait.

— Monsieur le représentant de l'ordre, je ne vous félicite pas. Les femmes excitées de ce pays se sont livrées hier à un spectacle innommable. Des mères de famille participant à une telle exhibition indécente, je n'aurais pas cru cela possible ici. Celles qui se sont commises dans cette aventure ont jeté par-dessus les moulins leurs devoirs de mères, d'épouses, et de chrétiennes. C'est la honte qui s'est abattue sur notre village avec cette dépravation. Et je dois dire que vous avez failli à votre tâche, de sorte que je suis contraint d'en référer à qui je dois le faire. Après la sordide exhibition de ces prétendues obsèques dans une église profanée, rien ne nous aura été épargné dans cette commune !

Autant embarrassé qu'il était agacé par cet accueil, Gorlier essaya d'expliquer que le droit de manifester n'était pas interdit, même pour les femmes, et que si celles-ci avaient cru utile de le pratiquer, on pouvait tenter de les comprendre. Près de deux mois sans aucune rentrée d'argent, pour la plupart d'entre elles, voilà qui était de nature à attiser leur impatience, en dehors de toute préoccupation politique.

— Vous n'êtes pas payé pour les comprendre mais pour veiller à l'ordre. Deux mois sans rentrée d'argent, ce sont leurs maris qui l'ont voulu, et plutôt que de les ramener à la raison, ce qui devrait être le rôle d'épouses conscientes de leurs devoirs, voilà qu'elles les soutiennent ! Je constate seulement que l'ordre n'a pas été assuré.

— J'en ai référé aussitôt aux services préfectoraux, monsieur le Marquis. Il m'a été répondu que, dans un souci d'apaisement, il valait mieux laisser faire, sauf débordement dangereux. L'image d'une dispersion par la force de ces femmes désarmées aurait été catastrophique. C'est du moins ce qu'un chef de service m'a répondu.

Le marquis haussa les épaules.

— Apaisement ! Apaisement ! Il s'agit bien d'apaisement ! Eh bien, nous saurons sous peu quel est le gros malin qui voit les choses de cette façon. Nous aurons l'occasion de revenir sur ce point, dites-moi plutôt ce qui vous amène.

— Justement. Comme vous l'avez certainement constaté, il y a un vif sentiment dans le pays au sujet de la mort de Fournier. Vous n'ignorez pas la rumeur…

— Je n'ignore pas la rumeur nauséabonde et je sais qui la propage. Je vous trouve bien insolent de venir me questionner comme si j'étais en cause, donnant ainsi du crédit à ces racontars.

— Excusez-moi, je n'y suis pour rien, et il ne s'agit pas de vous. Dans le cadre de son instruction, M. le juge me demande d'entendre votre cocher Paulin. C'est pour cette raison que je suis là. Il pense d'ailleurs que sa déposition pourrait avoir pour effet de désamorcer plus ou moins le sentiment de colère envers vous-même, et serait de nature à ramener un peu de sérénité. Si Paulin peut expliquer avec exactitude où il se trouvait en fin d'après-midi le 20 août, la rumeur tomberait d'elle-même, et nous en serions débarrassés.

— Vous direz à votre juge, en premier qu'il n'a qu'à se déplacer en personne pour me dire les choses en face. Je le trouve bien impoli de faire comme si je n'existais pas. Je ne suis quand même pas le dernier des Ginestiérois. En second, vous lui direz que Paulin ne déposera que si j'en suis d'accord. Je n'ai pas l'habitude d'être traité de la sorte. Qu'il soit assuré que je sais à qui produire mes observations. Je vous charge de le lui faire savoir.

Gorlier ne pouvait pas ignorer, le marquis s'étant largement complu à faire connaître la chose autour de lui, que les faits et gestes des habitants de Ginestière remontaient jusqu'au conseiller de Bonaparte.

— Je suis désolé, monsieur le Marquis, mais dans ces conditions je suis obligé de transmettre.

— Ne soyez pas désolé et transmettez, mon cher, transmettez à votre guise. Nous verrons bien qui finira par payer les frais de cette infamie. Cela dit, je constate que ce crime a été commis il y a plus d'un mois et que l'enquête de ce cher juge ne paraît pas progresser bien vite. Je regrette d'avoir à lui apprendre son métier, mais il pourrait aussi chercher du côté de ces gueux à l'esprit brouillé par la politique. Vous savez aussi bien que moi qu'il existe des clans parmi eux, et que ce Fournier a très bien pu être assassiné par un de ses concurrents en révolution se croyant plus malin que lui-même, ou qui l'estimait pas assez combatif. Vous pourrez transmettre cela aussi, ce sera excellent pour l'éducation du juge.

Sur le chemin du retour, Gorlier se demandait dans quelle région il avait le plus de risques d'être muté.

* *
*

En rencontrant *Espigau* ce même 13 septembre de bon matin sur la rive du Réal Bouis, Armand eut l'idée qu'il regretta aussitôt de ne pas avoir eue plus tôt. Comme toujours, le brave idiot portait son fusil qu'il n'avait même pas pris la précaution de casser. De son carnier, dépassaient déjà les oreilles d'un lapin qui finirait le jour même dans la casserole de la malheureuse Pauline Clément.

— Tu as encore fait une bonne affaire ? dit Armand en guise d'entrée en matière, et comme pour l'apprivoiser.

L'autre hocha la tête avec une lueur dans le regard témoignant qu'il était sensible au compliment.

— Il faut que tu viennes avec moi.

Armand commença à marcher dans la direction du pont auprès duquel on avait trouvé le cadavre de Fournier. *Espigau* hésita. Manifestement, il n'avait aucune envie de retourner sur le lieu de sa frayeur. Armand lui fit signe de le suivre. *Espigau* fut pris d'un léger tremblement, mais ne pouvant rien refuser à l'un des rares qui le prenaient au sérieux, il consentit à lui emboîter le pas. Armand ralentit pour permettre à l'autre de revenir à sa hauteur. Au fur et à mesure qu'on avançait, le tremblement d'*Espigau* devenait plus perceptible. Armand s'en voulait de lui infliger cette épreuve mais pensa qu'elle était nécessaire. Le jour du crime, quand les gendarmes étaient arrivés sur les lieux, ils avaient constaté que le corps était encore tiède. Il semblait donc que l'acte avait été commis depuis peu quand l'idiot avait découvert le corps. Alors, pourquoi n'aurait-il pas été présent au moment crucial ou tout de suite après ? Bien sûr, son témoignage pouvait être sujet à caution, mais s'il existait la moindre chance de recueillir un détail utile, il ne fallait pas la négliger, ne serait-ce que pour la mémoire d'Arnaud.

Quand ils furent arrivés à la hauteur du buisson de lentisques, *Espigau* claquait des dents. Armand pointa son doigt sur lui.

— Dis-moi où, toi, tu étais. Toi. Où ?

L'idiot désigna un rocher situé à une dizaine de mètres. Ils s'y rendirent.

— D'ici tu as vu quoi ? Là-bas. Tu as vu Fournier ?

Espigau hocha la tête affirmativement.

— Et il y avait quelqu'un avec lui ?

Même réponse.

— Il était comment ?

Là l'idiot commençait à être perdu et ne comprenait pas le sens de la question. Alors, Armand dressa son bras au-dessus de lui et leva les yeux au ciel, puis les abaissa vers le sol.

— Grand ? Petit ?

Espigau hocha cette fois encore plus vivement la tête, et le bras en l'air de la même manière qu'Armand, se mit à sautiller comme s'il voulait toucher le ciel. Armand en conclut que l'individu était très grand, ce qui commençait à lui évoquer Paulin.

— Mais encore, il était comment ? Que peux-tu dire d'autre ?

Le regard de l'idiot se perdit dans le vide, puis tout à coup, il s'encadra le visage avec ses deux mains qu'il agita d'un mouvement de haut en bas, puis avec la main droite il balaya son menton à plusieurs reprises. Armand crut comprendre.

— Il avait une barbe ? Barbe ?

L'idiot acquiesça vivement de la tête et son regard avait retrouvé une lueur de vivacité. Armand pensa que ni Paulin ni le marquis ne portaient la barbe. Il tapota l'épaule d'*Espigau* comme pour exprimer sa satisfaction, ce qui rendit l'autre en quelque sorte loquace.

— Cris, cris, puis…

Et là il fit des gestes désordonnés avec ses bras comme pour simuler une bagarre. Puis il serra son cou entre ses mains. Ensuite il prit une pierre qui se trouvait là et la jeta par terre avec force. Enfin, ses deux bras en parallèle dirigés vers le sol, il fit mine de tirer quelque poids avec difficulté pour l'amener en dehors du chemin.

— Et toi, tu as fait quoi ? Toi ?

Alors il pointa son fusil dans la direction du buisson de lentisques. Puis, le rabaissant, il agita sa main vivement, comme pour illustrer une fuite.

— Homme, peur, parti, courir.

Pour Armand, tout venait de s'éclairer. *Espigau* avait assisté à l'essentiel du drame. Lorsqu'il avait pris conscience de la gravité de la scène, il avait brandi son fusil en direction de l'agresseur, sans doute bien plus à cause de la frayeur qu'il éprouvait lui-même que pour menacer celui-ci. L'autre, ne connaissant pas l'idiot, et affolé par l'arme, avait jugé préférable de prendre la fuite sans se donner le temps de faire les poches de la victime. C'était donc bien l'acte d'un rôdeur. Ce que ni les gendarmes ni le juge n'avaient su établir, dans l'incapacité qu'ils étaient de communiquer avec *Espigau*, lui venait de le découvrir.

Encore une fois, il tapota l'épaule de l'idiot pour le remercier et courut à la gendarmerie.

Gorlier l'écouta avec attention, relut son premier rapport pour le comparer avec ce qu'il venait d'entendre et vérifier que ces nouveaux éléments étaient plausibles. Il souleva des points de détail, en enquêteur scrupuleux qu'il était. Puis il se fit répéter tout le dialogue entre Armand et *Espigau* depuis le début. Enfin, il donna son avis.

— Tout est de savoir si on peut retenir un tel témoignage. Il est vrai que, si c'est bien ce que vous comprenez, il est décisif. Mais comment accorder du crédit à ce pauvre bougre ?

— Je crois bien le connaître. Il n'est absolument pas capable d'inventer une histoire pareille. Comme il n'a sûrement aucune idée de ce que peut être une agression, il n'est pas en mesure de l'imaginer. Il ne peut que restituer ce qu'il a vu.

— Le juge appréciera. Je vais lui faire tout de suite mon rapport. Il est probable qu'il vous convoquera pour vous entendre.

Armand sortit avec un intense sentiment de soulagement. Voilà qui ramènerait un peu de sérénité à la chambrée demain soir, une sérénité fort utile compte tenu de l'ordre du jour. Ce qu'il souhaitait le plus, maintenant, c'était dire à tous ce qu'il avait appris.

(1) Correspondance authentique, à l'exception de la date et du nom de la commune.

12

Armand retrouva avec plus de bonheur qu'à l'habitude les lèvres douces et les bras enveloppants d'Isabelle. Et ses premiers mots furent pour lui conter le témoignage d'*Espigau*.

— J'ai quelques raisons de détester mon père, mais je n'ai jamais cru à sa culpabilité. Il est capable d'orgueil, de mépris, d'égoïsme, mais pas de crime. Quant à Paulin, je ne peux y croire non plus. Son passé ne plaide pas pour lui, mais depuis qu'il est à notre service, il se tient à carreau. Il sait qu'il aurait peu de chances de trouver une autre place qui lui soit aussi favorable, et compte tenu de son passé, même mon père ne pourrait pas le sortir des mains de la justice.

Armand avait été un peu froissé de l'entendre dire : « depuis qu'il est à notre service ». Parlant au temps présent, elle lui avait donné brièvement l'impression de ne pas encore être tout à fait sortie de son château. Mais il pensa aussitôt qu'un certain délai était nécessaire pour qu'elle s'installe dans sa nouvelle vie où elle avait à peu près tout à découvrir. Il ne releva pas et oublia aussitôt.

* *
*

Le lendemain soir, en arrivant à la chambrée, personne ne cultivait les illusions. Depuis plusieurs séances, d'ailleurs, on remarquait une baisse dans la participation. Alors qu'au plus fort de la crise, il n'était pas rare de réunir souvent plus de cinquante participants, ils n'étaient là qu'une trentaine. La lassitude gagnait du terrain. Les nouvelles étaient mauvaises.

À Cuers, à Grimaud, à La Garde-Freinet, à Cogolin, on avait repris le travail depuis plusieurs jours. Bien pire : dans beaucoup d'autres secteurs la grève n'avait jamais démarré. Tout le monde ne se sentait pas visé par les ambitions du marquis, et lorsqu'on est pauvre, la solidarité a parfois du mal à s'exprimer. À Ginestière, l'activité reprenait partiellement mais on sentait bien que tous avaient été usés par ce conflit qui ne leur avait rapporté que le silence méprisant de Vitalis. Les derniers grévistes n'osaient pas reconnaître qu'ils se trouvaient dans l'obligation de reprendre. Marcel, après en avoir longuement discuté avec Armand et quelques autres, devait proposer le retour au travail. La tendance était la même dans les diverses chambrées. Le silence persistant du marquis sur ses prétentions d'acquisitions contribuait à démobiliser. On commençait à ne plus croire à l'imminence du danger, ou plutôt on tentait de se convaincre qu'il était passé. Mais surtout, c'est la privation de salaire qui avait eu raison de l'ardeur militante.

Quand Marcel prit place, chacun savait ce qu'il allait annoncer.

— Je n'ai pas besoin de parler longtemps. La situation, vous la connaissez tous. Nous avons voulu lutter contre les risques que les appétits de Vitalis faisaient courir à nos emplois. Si l'action a été forte au début, il a bien fallu reconnaître que les autres communes ne nous ont pas beaucoup suivis. Le marquis ne parle plus de ses projets, c'est déjà un bon point d'acquis, mais c'est à nous de demeurer attentifs. Nous avons fait ce que nous devions faire. Notre satisfaction est de penser qu'on va nous laisser tranquilles au moins quelque temps. Nous avons tout de même démontré qu'on ne pouvait pas nous imposer n'importe quoi, qu'un homme seul ne pouvait gagner contre la volonté commune. Je vous propose de reprendre le chemin des fabriques dès demain. Si quelqu'un est contre, je l'invite à prendre la parole.

Un doigt se leva, celui d'un bouchonnier, Musso.

— Je ne suis pas contre, j'avais seulement une proposition à faire.

— Nous allons voter, tu feras ta proposition ensuite.

Marcel invita donc à se prononcer sur la reprise. Elle fut adoptée sans discussion par vingt-huit voix et trois abstentions. Puis la parole fut donnée à Musso. Celui-ci se tourna d'abord vers Pons, le pharmacien démocrate de Ginestière, qui assistait chaque fois qu'il le pouvait aux réunions de la chambrée.

— Ce que j'ai à vous dire, j'y pense depuis un moment, et même avant le début de la grève. Ce n'est pas une idée en l'air. J'en ai discuté avec notre ami Pons, et aussi avec l'avocat Pascal, de Draguignan. Nous, les bouchonniers, nous ne sommes pas libres parce que d'autres fixent le salaire à notre place. D'ailleurs, il y a un bruit selon lequel les patrons sont prêts à abaisser les salaires. Nous pouvons répondre en devenant patrons à notre tour.

Il y eut des murmures dans la salle, voire quelques quolibets.

— De cette façon, tu pourras faire grève contre toi-même, ça, c'est une belle trouvaille !

— Tu pourras même te licencier !

— Et après, tu expliqueras ça à ta femme ! Reprit un autre dans un éclat de rire général.

— Ce n'est pas une plaisanterie. Il y a longtemps que je réfléchis à ça, et bien avant le conflit. Le droit nous autorise à monter une association pour l'exploitation du liège. Ce type d'industrie existe déjà dans d'autres régions, et pour d'autres activités. À ce moment-là, c'est nous qui prendrions les décisions, et qui fixerions nos salaires en fonction des revenus. Nous n'aurions de comptes à rendre qu'à nous-mêmes.

— Une chose pareille, ça ne peut pas marcher, lança Hugonnet. Il y aura toujours des patrons et des ouvriers.

— Et pourquoi pas ? Je l'ai dit, il y a déjà des exemples, en France et aussi à l'étranger. C'est nous qui serions nos propres patrons à travers l'association. Les décisions seraient prises en commun à la majorité, comme le veut la démocratie. Nous serions tous sur le même pied d'égalité. Notre ami Pascal est prêt à nous rédiger les statuts. Je répète que c'est une forme prévue par la loi. Le principe est que chacun verse une participation pour entrer dans l'association, et ensuite les décisions sont prises suivant la règle : un homme, une voix. C'est tout ce que vous réclamez à longueur d'année : la démocratie au pouvoir. Je vous propose d'essayer sur votre lieu de travail…

Des questions commencèrent à fuser.

— C'est bien joli ton machin, mais après deux mois de grève, personne n'est en mesure de verser quoi que ce soit.

— Je le sais bien. C'est pourquoi, si je vous en parle ce soir, c'est pour que nous prenions le temps d'y réfléchir, et de nous donner les moyens de réussir. Entre autres, il va falloir trouver des marchands de liège qui pourraient pratiquer des prix plus bas que ceux du marquis. Il nous faudra donc un peu de temps pour nous organiser.

— C'est peut-être bien pour les bouchonniers, mais qu'est-ce que tu fais des rusquiers ? Si le liège vient d'ailleurs, que vont devenir nos rusquiers de Ginestière ?

— Ils peuvent toujours dans un premier temps entrer dans l'association et participer aux bénéfices, et puis on peut penser qu'un jour on pourra réunir leur activité avec celle des bouchonniers.

— Ah ! Elle est bonne, réunir les bouchonniers avec les rusquiers, c'est ce que voulait faire le marquis !

— Non, parce que ce qui change tout, c'est que nous serions tous les patrons. Nous pourrions nous organiser en dehors de la notion de profit, avec seulement celle du juste salaire.

Marcel reprit la parole pour annoncer que si cette formule ne concernait que les bouchonniers, les rusquiers auraient raison de s'inquiéter. Mais si on trouvait le moyen d'associer les uns et les autres, on pouvait toujours y réfléchir. Lui-même n'avait pas encore d'avis sur la question mais celle-ci méritait d'être étudiée sérieusement. Il proposa qu'on consacre la totalité de la prochaine réunion à cette affaire et qu'on invite l'avocat Pascal pour avoir un maximum de renseignements. Et il passa la parole à Armand.

— Je voudrais vous apporter un élément important dans la disparition de notre ami Fournier. J'ai rencontré *Espigau* hier matin et je l'ai amené sur le lieu même du crime. Sachant qu'il me fait confiance, je pensais qu'il accepterait de me dire ce qu'il avait vu, si toutefois il avait vu quelque chose.

Aulanier, comme de juste, n'avait pas envie d'entendre la suite.

— Qu'est-ce qu'on peut croire de ce *repepiaïre* ?[1]. Qu'est-ce qu'il a pu inventer dans sa cervelle de moineau ?

— Justement, il n'a rien pu inventer, son pauvre cerveau n'est pas capable d'invention. Mais il est parvenu à me dire ce qu'il a vu et je tiens à le répéter ici. Quelques-uns m'ont regardé de travers quand je disais qu'il fallait se méfier des accusations hâtives. Alors, voilà des précisions. *Espigau* se trouvait à proximité quand ça s'est produit. Comme il était alors caché par un rocher, l'agresseur n'a pas deviné sa présence tout de suite. C'est quand le *repepiaïre*, comme tu dis, a entendu une dispute qu'il est sorti sur le chemin. Il a vu un homme de grande taille qui, après avoir étranglé Fournier, lui a massacré la tête à coups de pierre. Puis il a traîné le corps derrière les lentisques. Pris de peur, *Espigau* a tourné son fusil vers l'agresseur qui a pris la fuite dès qu'il l'a aperçu.

— Un homme de grande taille, trancha Aulanier. Et Paulin n'est pas de grande taille ?

— Oui, mais il y a autre chose, l'agresseur portait la barbe. Quelqu'un ici a déjà vu Paulin avec une barbe ?

— Et il a pu te dire tout ça, *Espigau*, lui qui ne sait pas parler ?

— Un peu en paroles, un peu en gestes, comme il le fait chaque fois que je parle avec lui, et que nous nous comprenons, il m'a expliqué l'essentiel. Et je n'ai aucune raison de ne pas le croire, parce que lui n'a aucun compte à régler.

— Et alors, tu l'as dit aux gendarmes ?

— Je l'ai même dit au juge puisqu'il m'a entendu ce matin.

— Et alors ?

— Et alors rien, il poursuit son enquête, lui, et ne se contente pas de désigner un coupable avant d'avoir tous les éléments. Quand il aura fini son travail, nous saurons quoi penser.

Armand s'attendait à entendre d'autres objections visant la culpabilité supposée du marquis. Elles ne vinrent pas. Aulanier restait silencieux. De l'un à l'autre on commentait cet élément nouveau. Marcel attendit que la tension fût un peu retombée avant de passer au dernier point, la lecture des extraits de presse, tâche qui était confiée ce soir à Frédéric. Il était naturellement question encore une fois de la révision de la loi du 31 mai 1850 sur la restriction du suffrage universel.

— Tout d'abord, je trouve dans *La Presse* deux phrases du Docteur Véron qui ont été publiées dans *Le Constitutionnel* :

> « *Tous les esprits pervers s'affligeraient seuls de la reprise de la loi du 31 mai. C'est la machine la plus infernale pour allumer sur tous les points de la France la guerre civile.*
>
> *Une loi qui écarte de l'urne du scrutin plus de trois millions d'électeurs comme vagabonds n'est-elle pas une loi de violence et de défi ?* »

Les conversations s'animèrent aussitôt sur le thème des risques de guerre civile. Mais Marcel demanda le silence pour permettre la lecture de l'éditorial de *La Presse*.

> « *Le 30 mai 1850, 433 représentans*[2] *du peuple ont voté pour la suppression du suffrage universel.*
>
> *Le 19 juillet 1851, 446 représentans ont voté pour la révision de la Constitution.*
>
> *Tel est le double nœud d'une situation qui ne saurait se dénouer qu'en obtenant que ceux qui ont voté pour la loi du 31 mai votent contre, et que ceux qui ont voté contre la révision votent pour. Des deux côtés, majorité et minorité, on s'accusera réciproquement pour se justifier mutuellement. Les 433 persistant dans le sentiment qui leur a fait voter la suppression du suffrage universel, et les 278 persistant dans le sentiment qui leur a fait voter le rejet de la révision, où mènent cette égalité dans la persistance et cette émulation dans l'aveuglement ?*

Elles mènent, j'en conviens, à maintenir la non-rééligibilité du titulaire actuel de la Présidence, mais à une condition fatale : la condition de la guerre civile. Or, d'une guerre civile, qui peut prévoir ce qu'il sortira ? Ce que je sais, c'est que, soit la Monarchie traditionnelle, soit la Monarchie constitutionnelle, soit le Consulat, soit l'Empire, n'ont que cette unique chance de retour ».

Marcel allait ouvrir le débat en invitant chacun à donner son sentiment sur le risque de guerre civile quand Gorlier et deux autres gendarmes firent irruption. Gorlier, d'habitude plutôt affable, paraissait nerveux.

— Messieurs, je dois vous donner communication de l'arrêté du Préfet qui odonne la dissolution de votre chambrée.

La stupeur s'abattit, plus personne ne pouvait prononcer la moindre parole. Bien sûr, à un moment ou à un autre, on avait pensé que le danger n'était pas à écarter, puisque cela s'était produit ailleurs, mais tout de même. On n'avait pas le sentiment d'enfreindre des règles, de dépasser des limites. Les discussions politiques ne sortaient pas de là. Pourquoi cette injustice ? C'était comme un mur qui s'écroulait sur eux.

Gorlier procéda à la lecture :

« Par arrêté préfectoral du 20 octobre 1851, il est mis fin ce jour aux activités de l'association dite « Les Amis de la Concorde », sur le territoire de Ginestière. Cette décision est motivée par les faits suivants :

- création, du fait des animateurs de cette association d'une caisse de grève non autorisée par la loi ;

- comportements attentatoires à la religion, et notamment organisation d'une cérémonie politique non conforme à l'ordre public à l'intérieur d'un lieu de culte ;

- propos séditieux tenus au cimetière à l'occasion d'obsèques. »

Gorlier paraissait navré d'avoir à exécuter cette tâche.

— Messieurs, comme vous l'avez entendu la prise d'effet est immédiate, je vous demande donc de quitter les lieux.

Mais personne ne semblait pouvoir s'arracher à sa chaise, la consternation était générale.

— Laissez-nous un petit moment, il faut qu'on digère ça, dit Marcel. Après, c'est promis, nous partons.

— Allez, je vous fais confiance, mais pas plus d'une demi-heure. Vous savez que nous devons apposer les scellés, donc nous allons revenir.

Quand les gendarmes furent sortis, Armand prit la parole.

— Vous avez bien entendu les motifs, inutile de dire qui les a dictés. Garino m'avait mis au courant de ce qui s'était dit à la réunion où les patrons avaient été convoqués. Le marquis n'avait pas digéré notre caisse de secours mutuel, peut-être parce que sa fille s'y trouvait mêlée. Et il devait contacter l'évêque à cause des obsèques de Fournier. Vous avez bien entendu que la cérémonie pour Arnaud était « politique ». Même pas le respect des morts. Vitalis a ses entrées chez le préfet de Frossard comme il les avait chez les prédécesseurs, et il obtient tout ce qu'il veut.

— En tout cas, reprit Marcel, ce n'est pas ce qui doit nous empêcher de continuer à nous battre. C'est regrettable si nous ne pouvons plus nous réunir, mais nous trouverons bien le moyen de décider ensemble. Plus que jamais nous devons nous battre pour empêcher la réaction de nous tenir sous sa botte.

— Voilà qui donne encore plus envie de s'intéresser à ce projet d'association pour l'exploitation du liège, lança une voix. Ce sera au moins une entreprise sur laquelle le marquis ne pourra pas dicter sa loi.

Puis les conversations reprirent par petits groupes, à voix basse. L'assemblée d'ordinaire plutôt indisciplinée semblait avoir trouvé une gravité nouvelle. Marcel invita chacun à regagner son domicile quand les gendarmes se présentèrent à nouveau.

— On nous a donné une demi-heure. Nous n'allons pas résister. Donnons l'image du sérieux et de la responsabilité. Rentrez chez vous, nous nous retrouverons d'une façon ou d'une autre car notre lutte ne peut pas s'arrêter sur un coup de tête du préfet ni sur une manigance du marquis.

Ils sortirent alors que les gendarmes revenaient. Une brume froide et humide tombait sur leurs épaules. Ils avaient le cœur lourd de tristesse et la tête lourde de colère.

(1) radoteur
(2) orthographe d'époque

13

Les premiers jours de novembre ajoutaient à la morosité des rusquiers. Aujourd'hui, peut-être à cause de la grisaille du ciel, on sentait que quelque chose allait se passer. La neige de deux ou trois centimètres n'avait pas tenu longtemps et sa fonte ajoutait à la boue dans laquelle les ouvriers des bois devaient se déplacer. On n'avait pas encore compris la fermeture de la chambrée des *Amis de la Concorde* quand, moins d'une semaine après, deux nouvelles étaient venues accroître le trouble.

Le 3 novembre, les gendarmes, accompagnés cette fois du commissaire de police, avaient fait irruption dans une autre chambrée de Ginestière, le *Cercle des Associés réunis*, pour faire connaître la décision préfectorale de fermeture. Armand ne s'en était pas trouvé surpris. Cette société s'était peut-être montrée imprudente en accueillant de façon trop ouverte des orateurs républicains venus parfois d'autres départements. Elle était animée par un rusquier intransigeant Simon Soulié, un homme cultivé qui s'efforçait de populariser les idées de Proudhon. Elle se distinguait des *Amis de la Concorde* par la présence de nombreux participants n'appartenant pas au monde des ouvriers du liège : instituteur, commerçants, artisans. Pour ces raisons on la disait plutôt « bourgeoise », bien que les idées qu'on y développait étaient tout autant révolutionnaires. Tout le monde savait qu'on y recevait le journal maudit du pouvoir, *Le Constitutionnel*, et qu'on le commentait abondamment. Naturellement, bien des membres du Cercle avaient pris toute leur part aux obsèques de Fournier. Les chambrées n'étaient pas concurrentes, mais solidaires. Toucher à l'une, c'était atteindre toutes les autres. Cette fermeture, après celle des *Amis de la Concorde* était sans doute destinée à impressionner tous les divers cercles qui avaient tendance à se développer, et à les amener à freiner leurs ardeurs.

Toutefois, cette deuxième sanction avait eu des suites inattendues. Avertis on ne sait comment de l'irruption des autorités, beaucoup de villageois se massèrent devant le local, attendant la sortie du commissaire et des gendarmes. Dès qu'ils parurent, des cris hostiles s'élevèrent, alternant avec des slogans républicains. Puis les hommes de l'ordre eurent bien du mal à se frayer un passage pour rejoindre la gendarmerie sous les insultes. Quand les officiels furent à l'abri, un groupe fourni revint devant le local de la chambrée.

— *Aqui, sian enco nostre !* (Ici, nous sommes chez nous !)

Et plusieurs se précipitèrent pour briser les scellés sous les applaudissements. Puis, dans l'allégresse, on se précipita à l'intérieur pour y tenir des discours enflammés.

— Nous n'avons que faire des scellés de Monsieur Badinguet, et chaque fois qu'il agira de la sorte, nous ne tiendrons plus compte de ce personnage, proclama un rusquier.

Mais, plus encore que cette fermeture, l'annonce, quelques jours après, de la dissolution du conseil municipal fit comprendre aux Ginestiérois qu'ils étaient désormais considérés comme des pestiférés par le préfet de Frossard. Pourtant, le maire Léon Bouvier n'avait jamais affiché une tendance républicaine trop ostensible. Comme il se plaisait à le rappeler, il se contentait de gérer les affaires de la cité en veillant à ne choquer personne, y compris parmi les amis de Louis Napoléon. Or, la sanction qui le frappait intervenait en même temps que la fermeture de plusieurs chambrées. Cela semblait signifier qu'en haut lieu on le tenait, sinon pour responsable, du moins pour complice des récents événements qui avaient secoué la cité. Il n'avait pas su tenir ses administrés, tant pis pour lui. La grève, les obsèques de

Fournier conduisant comme l'écrivait le marquis à la « profanation » de l'église, la farandole organisée par Isabelle, et la suspicion à propos du crime, voilà qui ne plaidait pas en faveur du premier magistrat. Vitalis avait certainement trouvé matière à écrire, et sans doute à dramatiser, dans ses rapports à de Morny. On en fut totalement convaincu quand la composition de la commission municipale provisoire mise en place par le préfet fut connue. Le président de cette commission n'était autre que le patron bouchonnier Flamenq. Beaucoup n'hésitaient pas à conclure que son nom avait été avancé par Vitalis. On en présagea très vite que son entreprise ne tarderait pas à passer dans les mains du hobereau.

Avoir l'impression de n'être plus que des individus servant de jouets entre les mains du marquis aggrava la blessure chez les rusquiers, les bouchonniers, mais aussi chez tous les habitants animés d'un sentiment démocrate, y compris chez quelques vénérables bourgeois qui s'étaient jusque-là accommodés du pouvoir en place.

C'est d'une façon parfaitement spontanée, non réfléchie, que beaucoup de Ginestiérois se massèrent dans la soirée sur la place de l'hôtel de ville malgré la bise glaciale. Plus ou moins consciemment, ils éprouvaient le besoin de se retrouver entre eux. Personne ne prit la parole en particulier, mais les conversations allaient bon train entre des groupes informels. Dans l'un d'eux, on évoqua le nom de Guilabert, un petit propriétaire forestier que beaucoup trouvaient encore plus détestable que Flamenq. Or, celui-là avait été nommé premier adjoint de la commission municipale. Son cas agitait la discussion d'un petit groupe au sein duquel se trouvait Jougand, un ouvrier terrassier.

— Pour fêter sa désignation, cette nuit on va lui faire un feu d'artifice, dit Jougand. Ceux qui sont intéressés viendront avec moi.

Chacun avait compris aussitôt que l'expérience professionnelle de Jougand permettrait de faire sauter une mine à proximité du domicile du premier adjoint. Dans le groupe personne n'y trouva à redire et on se donna rendez-vous à minuit sur la place.

Ils se trouvèrent alors une dizaine qui partit en veillant à ne pas faire de bruit vers le mas de Guilabert. Le terrassier portait un sac de toile contenant ses instruments de travail.

— On ne va pas lui faire de mal, tout de même. Contentons-nous de faire sauter la remise, dit Jougand.

Deux ou trois estimèrent qu'on se montrait trop aimable avec Guilabert, mais ils se rallièrent à l'avis majoritaire.

La dépendance était séparée de l'habitation par une quinzaine de mètres.

— L'essentiel, c'est que ça fasse du bruit, commenta le terrassier. Il faut qu'il comprenne qu'on ne veut pas de lui. D'ailleurs, personne ne nous a demandé notre avis. Tenez-vous à l'écart. Je prépare ce qu'il faut et je vous rejoins.

Ses compagnons se réfugièrent un peu plus loin dans un fossé pendant que Jougand disposait l'explosif devant la porte de la remise. Il alluma la mèche et courut se réfugier auprès des autres. La déflagration provoqua leur jubilation. Ils virent la porte voler en éclats et prirent la fuite. Il ne s'agissait pas de traîner sur place. Ils surent seulement le lendemain que le foin entreposé avait pris feu et que les efforts du voisinage n'avaient permis de sauver que la moitié de la bâtisse.

Le sabotage de la remise de Guilabert venant après les mouvements qui avaient accompagné la dissolution du Cercle, voilà qui appelait une mise en garde immédiate du pouvoir.

Le lendemain matin, une colonne de grenadiers du cinquantième de ligne, composée de quatre-vingts soldats, quittait sa caserne de Draguignan pour marcher sur Ginestière. Elle devait y rejoindre un groupe de vingt gendarmes qui se trouvait sur place depuis la veille. Dès qu'ils voyaient arriver la colonne, bon nombre des habitants des environs couraient prévenir les rusquiers et les bouchonniers sur le lieu de leur travail. Mieux, dans les villages traversés, quelques citoyens devinant que des faits graves allaient survenir, suivaient la colonne à distance pour prêter main-forte aux Ginestiérois en cas de besoin. En peu de temps, une foule importante se trouva massée sur la place. Certains étaient surpris du nombre inhabituel de femmes et n'hésitaient pas à voir dans cette nouveauté les résultats de l'action d'Isabelle.

Après une marche d'autant plus pénible qu'elle avait été conduite selon une cadence rapide, la colonne pénétra sur la place de l'hôtel de ville vers 16 heures. À sa tête, le tambour faisait retentir un roulement sinistre. Les soldats marquèrent un temps d'arrêt et mirent le mousqueton au pied. Pendant ce temps, le procureur de la République rejoignait le commandement. Puis la troupe se disposa en carré sur la place. Peu de villageois étaient capables de mettre sur les traits du capitaine commandant les grenadiers le nom d'Emilien de Vitalis. Le fils du marquis, parti tôt accomplir sa carrière, n'avait pas eu souvent l'occasion ni le goût de se mêler aux gens d'ici.

Dès que la troupe eut fini son installation, on entendit les cris fuser : « Vive la bonne ! », « Marquis affameur ! », « Badinguet démission ! ». Le nouveau maire, écharpe ajustée et tête haute, s'était joint au capitaine de Vitalis et au lieutenant de gendarmerie Buisson. Par son allure il semblait tirer une fierté particulière de sa nouvelle fonction. Son regard paraissait chercher dans la foule les éléments qui pouvaient lui apparaître comme suspects ou ceux qui criaient le plus fort. Tour à tour, il désigna au capitaine neuf hommes, surtout des rusquiers, qui furent aussitôt amenés de force au milieu du carré. Parmi eux se trouvait Jougand. Armand pensa que quelqu'un l'avait peut-être trahi.

Tout à coup, l'étonnement figea les spectateurs qui avaient du mal à en croire leurs yeux. Ce qu'ils voyaient était incongru : une femme sortant de la foule, tête haute, traversait le carré d'un pas résolu, pour aller s'adresser directement au capitaine des grenadiers. On reconnut alors Isabelle.

Dans le bruit ambiant, ce qu'ils se dirent fut incompréhensible pour la plupart. Seuls les plus proches crurent entendre sortir de la bouche de la jeune femme des mots comme « dignité » ou « démocratie ». On entendit clairement « honte ». Son frère restait figé, bardé dans sa rigueur militaire. Il ne sembla pas répondre, se contentant de poser un regard glacé sur cette sœur dénaturée. Elle amorça un demi-tour pour rejoindre sa place puis, se ravisant, elle revint se planter devant le capitaine et lui adressa encore quelques mots à voix plus basse. Lui ne bronchait toujours pas. Alors, le visage grave, elle retourna sans se hâter au milieu de la foule.

La colonne se remit en rang pendant qu'on amenait les neuf arrêtés en les plaçant en tête du convoi, immédiatement après le tambour. On leur lia les mains derrière le dos. Puis l'ordre fut donné de reprendre la marche en direction de Draguignan. Le roulement insupportable résonna à nouveau entre les murs.

Sur la place on resta d'abord immobile comme si on avait du mal à croire ce qu'on venait de vivre. Puis des propositions jaillirent : « on va les suivre, jusqu'à la prison s'il le faut ! », « on va prendre les raccourcis pour les attendre dans la côte de Malpertuis ! » Un groupe important resta en retrait puis s'ébranla à la suite de la colonne, dont l'arrière était protégé par les gendarmes. Mais nombreux furent ceux qui s'en allèrent en courant pour attendre les soldats dans les bosquets en bordure de la route. Certains, tout en vociférant, ramassaient des branches mortes ou des pierres.

Peu avant la côte de Malpertuis, le chemin devient plus étroit et sinueux. Des bosquets de châtaigniers plus serrés se sont formés de part et d'autre. Lorsque le cortège fut parvenu à ce niveau, des hommes et des femmes jaillirent en injuriant les soldats. Certains manifestants tentaient même de leur faire la morale : « vous êtes comme nous des enfants de la patrie, vous êtes des fils du peuple, qu'est-ce que vous faites là ? », « vous êtes fiers de ce qu'on vous oblige à faire ? », « dans ceux que vous emmenez, il pourrait y avoir votre père ». Les gendarmes quittaient leur position arrière pour se répartir tout autour du convoi, donnant des coups de crosses ici et là pour décourager les assaillants. Mais ceux-ci sortaient sans cesse des fourrés et la foule assemblée plus tôt sur la place de l'hôtel de ville paraissait se reconstituer dans son entier. Quelques pierres volaient, des branches s'abattaient sur les soldats. « Ne tirez pas ! Il y a des femmes et des enfants ! » clama le capitaine de Vitalis.

Le procureur de la République Niepce estima qu'il était temps d'intervenir pour tenter d'apaiser la colère.

— Restez calmes ! Les hommes qui ont été arrêtés seront jugés selon les lois en vigueur. S'ils sont coupables, ils seront punis. S'ils sont innocents, la justice reconnaîtra leur innocence et ils vous seront rendus aussitôt.

— Ils ne sont coupables de rien ! hurla quelqu'un. Ils n'ont rien fait de mal ! Tout ce qu'ils veulent, c'est la vraie République, pas la vôtre ! Relâchez-les !

Le procureur essaya à nouveau de prononcer quelques mots moralisateurs, mais les cris reprirent de plus belle. Le capitaine donna alors l'ordre de reprendre la marche. Un rusquier sortit un couteau de sa poche, mais il fut rapidement immobilisé par deux de ses collègues : « pas de ça, restons irréprochables, c'est notre force ! »

Le cortège allait dans la confusion, les soldats fatigués par le trajet avaient baissé le rythme et ne se seraient pas sentis disposés à utiliser la force. Certains commençaient peut-être à méditer les interpellations des villageois leur faisant observer qu'ils étaient eux aussi les enfants du peuple. Les vociférations des Ginestiérois fusaient par vagues, marquées par des accalmies. À mesure qu'on avançait, on continuait à voir sortir des manifestants des bas-côtés. Certains se contentaient de huer les soldats avant de retourner à leurs occupations, d'autres demeuraient et grossissaient la foule à l'arrière.

Parvenu sur un pont à proximité de Vidauban, le cortège fut arrêté sur l'ordre du capitaine afin d'attendre un convoi de vivres qui devait arriver de Draguignan. Il était grand temps, pour ces hommes épuisés par la marche. Cette interruption dans l'ordre des choses provoqua un curieux rapprochement entre les antagonistes, comme un retour au calme après un orage. Les injures avaient cessé. Les militaires laissèrent approcher quelques villageois qui voulaient dire un mot d'encouragement aux prisonniers. Quelques Ginestiérois retrouvaient parmi les soldats des membres plus ou moins proches de leur famille. D'hostile auparavant, l'ambiance devenait presque débonnaire. Des soldats s'étaient déchaussés pour soulager leurs pieds surchauffés, ajoutant ainsi une impression de laisser-aller, de trêve, dans cet insolite déplacement. Les conversations s'engageaient en toute liberté. Parfois, cependant, un reproche venait aux lèvres : « on vous fait faire un drôle de métier », mais il était plus de nature à excuser les militaires qu'à les accabler.

Les deux voitures amenant les vivres arrivèrent enfin. Les hommes de troupe eurent vite fait de les décharger et de s'en distribuer le contenu. Quelques-uns d'entre eux commencèrent à proposer du pain aux prisonniers. C'est alors que l'un d'eux, Masson, un rusquier, s'écria d'une voix forte :

— Nous n'avons que faire de votre aumône ! Nous ne demandons pas l'aumône, nous demandons la justice. Gardez votre pain, c'est celui de Badinguet !

Cette intervention eut pour effet de rompre le timide lien de paix qui paraissait s'instaurer entre les uns et les autres. Personne n'osait plus accepter l'offre. Chacun reprit ses distances, les villageois retournant à l'arrière.

La colonne se remit en route jusqu'à Vidauban où deux nouvelles voitures devaient arriver, non pour des vivres celles-là, mais pour prendre en charge les détenus et les emmener à la prison de Draguignan. Quand ils y montèrent, les cris reprirent de nouveau. Oubliée l'accalmie précédente, on vit encore voltiger quelques pierres.

Puis ce fut comme un découragement collectif. Sans se concerter, les villageois, amers, rebroussèrent chemin, estimant que ce qui allait survenir maintenant les dépassait, comme s'ils désespéraient de pouvoir peser sur le cours des choses. Armand et Isabelle retrouvèrent Frédéric et Monette.

— Que pourrait-on faire pour nos prisonniers ? demanda Frédéric.

— Rien d'autre que continuer à se battre. C'est en montrant notre force que nous pourrons éviter que se renouvellent des choses pareilles. Il faudra voir si nous pouvons monter une nouvelle chambrée. Le contact entre nous est plus nécessaire que jamais.

En début de nuit, un incendie dont il était difficile de penser qu'il était dû au hasard, éclata dans la grange de Guilloton, un autre adjoint de la municipalité provisoire. Cette fois, Jougand ne pouvait en être l'auteur. Et plusieurs coups de fusil étaient tirés sur la porte d'un autre adjoint, Martin. Le lendemain, on découvrait une affiche rédigée de façon malhabile, appliquée sur un mur de la place. On y menaçait le commissaire de police de lui couper le cou s'ils s'avisaient de revenir à Ginestière. Ces incidents conduisaient le procureur à solliciter un renfort de la brigade de gendarmerie.

* *
*

Depuis qu'il avait cru discerner quelques indices particuliers dans les rapports entre Frédéric et Monette, Arsène Robion ne voyait plus la politique de la même façon. Il appréciait ce garçon discret et sérieux qui réservait ses économies pour sa mère, et qui allait lui rendre visite aussi souvent que possible. Armand l'avait mis au courant de leurs activités au sein de la chambrée des *Amis de la Concorde*, et comme il portait à Armand la même considération, il avait fini par se dire que, si ces deux-là n'avaient pas obligatoirement raison, ils n'avaient peut-être pas tort non plus. Arsène ne se sentait pas en mesure de dire où était la vérité. De plus, il accordait un certain crédit à deux jeunes gens bien plus instruits que lui. On pouvait leur faire confiance pour réfléchir de façon intelligente aux difficiles questions du moment.

Amélie Robion, avec la perspicacité qui est celle des femmes dans ces cas-là, ne se faisait plus de doute sur le penchant de sa fille pour Frédéric. Et elle s'en réjouissait car c'est toute sa jeunesse qui lui revenait en tête. C'est elle qui avait eu l'idée d'inviter ce dimanche à la table familiale Armand et Isabelle, pensant que leur présence permettrait d'aborder en douceur, devant un Arsène qui n'oserait pas protester, les liens existant entre leur fille et Frédéric. Pour elle il était temps car l'idée du mariage trottait maintenant dans son esprit et elle se voyait déjà cousant la robe de cérémonie. Elle avait longuement hésité à propos de l'invitation d'Isabelle, car même si celle-ci menait une vie simple, elle resterait pour toujours la fille d'un marquis. Il s'agissait de faire bonne figure et de ne pas se tromper dans le menu. Les pluies récentes avaient provoqué une belle poussée de champignons. Ce serait donc une omelette de safranés suivie d'un lapin puis d'un gâteau aux raisins secs. Elle sortirait le service de table hérité de sa mère, qu'elle n'avait jamais utilisé.

Armand et Isabelle arrivèrent à l'heure prévue. Il fit les présentations. Les Robion se sentaient un peu intimidés par cette jeune femme qui parlait mieux qu'eux mais Isabelle sut détendre bien vite le climat en s'extasiant sur l'odeur qui montait du poêlon où mijotait le lapin. Elle alla même soulever le couvercle pour prendre une profonde aspiration, et Amélie se dit qu'une vraie marquise n'aurait pas fait une chose aussi familière. Et de plus, elle se sentait plutôt flattée de l'intérêt porté par Isabelle à ses travaux culinaires. C'était en tout état de cause un bon point pour elle. On s'assit autour de la grande table et le premier sujet fut évidemment les troubles de ces derniers jours dans le village. Depuis quelque temps Armand sentait bien que le père Robion s'ouvrait peu à peu à la situation politique, et il entendait bien le gagner à la cause. Ce n'est pas sans arrière-pensée qu'il avait amené avec lui le dernier numéro du très conservateur journal *Le Toulonnais* qui relatait les événements récents.

— Je vais vous lire ce que dit la presse réactionnaire de ce que nous avons vécu. Vous me direz si c'est ainsi que vous le voyez. Le titre de l'article, c'est « Désordres à Ginestière[1]».

« Nous apprenons que des faits d'une certaine gravité viennent de se passer à Ginestière. On sait que cette commune est peut-être celle du département qui a été le plus travaillée par les intrigues démagogiques, grâce à la réunion d'étrangers qu'amène dans ce pays l'industrie bouchonnière qui y occupe un grand nombre d'ouvriers. Les élections municipales faites dans ces mauvaises conditions, avaient donné un résultat si déplorable que l'administration supérieure s'était vue contrainte à en provoquer la dissolution. Les démagogues exaspérés de cette mesure se sont portés alors à toutes sortes d'excès, et notamment, ont essayé de faire sauter pendant la nuit, au moyen d'une mine, la maison de M Guilabert, premier adjoint de l'administration municipale provisoire »

— Voilà pour le début. Vous remarquez que les républicains sont des démagogues, et que tout le mal vient des étrangers. Il faudrait alors demander aux exploitants forestiers comment ils feraient sans les Italiens qu'ils sont allés chercher pour fabriquer le charbon de bois. Mais c'est toujours le même principe : en nous dressant les uns contre les autres, il est plus facile de régner. Il n'y a pas que ce mensonge dans cet article, il y a aussi la bêtise et la méchanceté. Celui qui a écrit des choses aussi lamentables ne manque pas d'imagination pour expliquer pourquoi les prisonniers ont refusé le pain que leur tendaient les soldats. Voici sa version :

« Les militaires eurent la générosité d'offrir aux prisonniers une partie de leurs vivres, mais ceux-ci refusèrent avec dédain. On le comprend, à Ginestière les ouvriers bouchonniers gagnent de très fortes journées et le pain du soldat n'est sans doute pas assez délicat pour eux. Règle générale pour apprécier la moralité des émeutes : les populations ouvrières les plus riches sont les plus turbulentes. Que les républicains honnêtes le comprennent et sachent répudier à temps une solidarité indigne d'eux ».

— Voilà : la division entre Français et étrangers ne suffisait pas à cet individu. Il lui faut maintenant en inventer une entre des prétendus ouvriers riches et des ouvriers pauvres. Parce qu'il y aurait des ouvriers riches. Moi, je n'en connais pas. Je ne vois pas qui sont ces ouvriers de Ginestière qui gagnent de très fortes journées. Que ces plumitifs continuent à afficher une telle mauvaise foi, un tel dénigrement, c'est ce qui peut nous servir le mieux. Ils font eux-mêmes le ciment qui réunira nos énergies pour combattre leurs amis et les chasser du pouvoir. Dans le fond, ils nous rendent service. Mais quel aveuglement imbécile ! Que les prisonniers aient refusé le pain par simple dignité, voilà quelque chose que ce scribouillard ne saurait imaginer. La dignité, ils n'en ont aucune idée. Car quand on met sa plume au service de ceux qui méprisent les pauvres, sait-on encore ce qu'est la dignité ?

Le père Robion n'était pas loin d'abonder dans ce sens, même s'il n'osait pas encore le formuler avec la même énergie.

— C'est bien vrai que les ouvriers, qu'ils soient rusquiers, bouchonniers, ou paysans, parce que moi le paysan que je suis est aussi un ouvrier, nous avons tous les mêmes soucis. Et des riches, je n'en vois pas chez nous.

Toutefois, pour le moment, son attention était retenue par un autre sujet. À plusieurs reprises, il avait cru apercevoir des frôlements de mains entre Monette et Frédéric. Il avait surpris des regards assez éloignés de la banale camaraderie. Et voilà que durant la lecture, sa fille avait laissé glisser sa tête sur l'épaule du garçon. Il ne savait pas ce qu'il fallait en penser.

Amélie Robion ne se faisait plus de souci pour la suite du repas, l'essentiel était fait.

(1) Ce texte est authentique, à l'exception du nom de la commune. Il concernait des événements de nature similaire intervenus à La Garde-Freinet.

14

Plus de chambrée, il fallait se débrouiller par tous les moyens pour faire circuler les nouvelles. Le marquis n'aurait pas aimé apprendre que ses terres se muaient soudain en un endroit de perdition où les républicains continuaient à préparer la République future. Lui qui craignait tant de voir le désordre s'installer partout ignorait qu'il s'était déjà établi chez lui. Et la cocasserie de la situation rendait les démocrates encore plus ardents. La présence sur le même lieu de travail des anciens des deux chambrées dissoutes, et des hommes appartenant à celles qui ne l'étaient pas encore, facilitait une discrète mais efficace concertation. De plus, on pouvait se tenir au courant de ce qui se passait dans les autres sociétés du département grâce à l'amitié que Marcel et Armand entretenaient avec Givaudan, le cocher de la diligence qui, chaque jour, effectuait l'aller-retour de Toulon à Draguignan. Démocrate convaincu, Givaudan, grâce à d'autres amis répartis sur tout le trajet, glanait les informations utiles, et les répercutait à qui de droit. Lorsque ce véritable agent de liaison faisait halte au relais de Vidauban, il pouvait confier les nouvelles à Justin Broquier, l'aubergiste, qui, en cas de besoin, enfourchait son cheval et venait les communiquer sur la propriété même du marquis. La surface de celle-ci rendait peu probable une rencontre inopportune avec le maître des lieux, plus enclin à se trouver dans les secteurs où l'on chassait plutôt que du côté où l'on travaillait. Au demeurant, Broquier avait toujours un alibi prêt à servir. À la recherche de son chien perdu, il s'était égaré, voilà tout. Il pouvait même donner une description précise du chien et son nom.

En cette fin novembre, la politique n'était plus le seul sujet de conversation lors de la pause du repas. L'autre grande préoccupation était cette idée lancée par Musso, d'une association pour l'exploitation du liège. Chez certains, cela tournait à l'idée fixe. Plus de patrons, ou plus exactement les ouvriers devenant patrons, les esprits commençaient à s'enflammer. Plusieurs voyaient l'affaire en grand. Pour y inclure les rusquiers, on venait d'inventer une formule. On essaierait d'acheter des bois communaux à bas prix en se tournant vers des maires sympathisants, ou, à défaut, on les louerait. Certaines municipalités républicaines se laisseraient peut-être convaincre, et déjà on en dressait la liste. Un tourbillon d'enthousiasme semblait s'être emparé de quelques ouvriers qui n'hésitaient pas à imaginer leur monde idéal. Quelques-uns en étaient à proposer la création d'une cité du liège, un ensemble de logements réservés aux rusquiers et aux bouchonniers, avec une école au centre pour leurs enfants. Tout autour de cette propriété sans propriétaires, ils imaginaient un vaste jardin collectif afin que les habitants puissent assurer eux-mêmes leur subsistance. On pouvait aussi inviter un médecin républicain, et il y en avait plusieurs, pour s'y installer à demeure car le métier entraînait souvent des blessures. Le seul point de discorde se situait entre les tenants, très minoritaires, de la construction d'une chapelle, et ceux qui reprochaient à l'Église de France ses accointances avec les possédants. En entendant les projets de tous ces visionnaires, Armand ne pouvait manquer de sourire. Il reconnaissait, plus ou moins fidèlement rapportées, les grandes lignes d'une communication qu'il avait faite un soir à la chambrée à propos du « phalanstère » de Charles Fourier. À cette occasion, il avait alimenté son propos par des exemples empruntés à la saline royale d'Arc-et-Senans. Isabelle lui avait passé un livre retraçant l'histoire de cette réalisation, comportant des croquis expliquant le caractère fonctionnel de l'ensemble industriel et illustrant le mode de vie qu'on y menait. Il se souvenait d'avoir été particulièrement écouté et soumis à de nombreuses questions. Il se dit que certains de ses camarades étaient en train de devenir des visionnaires, et n'était pas fâché de voir l'utopie alimenter l'espérance. Il fallait sans doute encore beaucoup d'utopies pour faire avancer le monde. Alors il demeurait prudent.

— Je ne vous dis pas que nous pourrons arriver jusque-là, disait-il pour les ramener aux réalités du moment. Mais si nous pouvons faire fonctionner correctement cette association des travailleurs du liège, ce sera déjà bien. Nous allons commencer avec modestie, ensuite nous verrons si nous sommes assez forts pour progresser. C'est quand nous aurons franchi une première étape, celle d'un groupement qui fonctionne, que nous pourrons avoir d'autres ambitions.

Et lui, soucieux des possibilités immédiates, ne désespérait pas de convaincre Garino de leur céder sa fabrique. Au demeurant, personne ne souhaitait faire la moindre concurrence à ce brave homme. Et on aurait de cette façon jeté une bien jolie pierre dans le jardin du marquis. L'association n'ayant pas de grands moyens pour l'acquérir, Armand réfléchissait à une sorte de rente viagère assez confortable pour assurer les vieux jours du bouchonnier et de son épouse sans mettre en péril l'association.

* *
*

Gorlier se serait bien passé de cette nouvelle mission. Il est vrai que, ce jour, sa visite chez le marquis ne serait pas aussi périlleuse que la fois précédente. En principe, elle ne pouvait pas mettre son interlocuteur en colère. En principe, car la capacité de morgue de Vitalis pouvait toujours réserver quelque surprise. Comme le gendarme devait inévitablement commencer par annoncer que c'était à nouveau le juge qui l'envoyait, il était difficile de prévoir la réaction de celui qui n'admettait pas que le magistrat ne vînt pas en personne. Le marquis ne transigeait pas avec les honneurs dus à son rang.

À peine le salut effectué, Gorlier s'empressa de rentrer dans le sujet.

— Le juge d'instruction me demande de vous communiquer une excellente nouvelle.

Le marquis souleva un sourcil et amorça un sourire laissant penser au gendarme qu'il était ce jour-là d'humeur presque badine.

— Le cher homme est trop bon. Je vois que Monsieur le Juge, qui appartient sans doute au parti des démagogues, répugne toujours à me rencontrer et vous envoie faire les commissions à sa place. Il aurait donc une excellente nouvelle ? Avec les mouvements séditieux qui se trament ici ou là, nous manquons un peu d'excellentes nouvelles en ce moment. Quand je pense à cette misérable pantalonnade qui a nécessité l'autre jour l'intervention de la force armée dans notre propre commune… Et quand je constate que les neuf voyous qui avaient été arrêtés ont été relâchés par un autre juge qui estimait les délits insuffisamment caractérisés, je me dis que nous vivons une drôle d'époque. J'ai un peu honte de me savoir Ginestiérois. Je me demande donc quelle pourrait être cette bonne nouvelle, mais si vous en avez une, donnez-la toujours.

— L'assassin de Fournier a été arrêté.

— Allons bon, voilà qui va permettre à votre juge de reconnaître enfin que ses soupçons étaient scandaleux. Aura-t-il l'humilité de faire amende honorable ? J'imagine que le coupable est un de ces démagogues dont les vociférations commencent à nous agacer les oreilles, et qui ne songent qu'à semer l'anarchie, quelqu'un qui aurait trouvé Fournier pas assez révolutionnaire, un peu trop timoré, peut-être ?

— Point du tout, ce n'est qu'un rôdeur. Il a commis à Vidauban un crime suivant les mêmes modalités que celles que nous avons connues pour Fournier : étranglement puis massacre à coups de pierre. Mais il avait été vu et il a été rapidement arrêté. Il tuait tout simplement pour voler. Il avait d'ailleurs soustrait à sa nouvelle victime, outre de l'argent, une montre gravée au nom du malheureux. C'est ainsi qu'on a pu le confondre. Quand mes collègues l'ont interrogé, il a fini par reconnaître le crime de Fournier. J'ajoute qu'il est grand et porte une barbe bien fournie, ce qui correspond à la description faite après coup par *Espigau*. Il a expliqué sa fuite ce jour-là par le fait qu'un témoin avait dirigé son fusil vers lui. Notre bon *Espigau* ne se doutait pas qu'il accomplissait un acte aussi important, et, en plus, son témoignage aura été utile, même s'il n'en a pas conscience.

Le comte affichait une moue qui pouvait passer pour de la déception. Il restait un peu sur sa faim. Un coupable sorti du rang des rouges lui eut mieux convenu.

— On est certains que c'est aussi banal que vous le dites ? L'enquête est bien sérieuse ?

— À partir du moment où les aveux rejoignent les preuves, le juge peut tirer ses conclusions.

— Les esprits malfaisants, je veux dire les démagogues excités, vont devoir renoncer à m'accuser à travers Paulin. Ils n'avaient pas admis que leur grève échoue, alors la suspicion qu'ils jetaient sur moi leur permettait de penser à autre chose. C'était un peu leur vengeance. Il va falloir qu'ils trouvent du nouveau, sinon on risque de s'ennuyer dans ce pays. Vous voilà maintenant revenus totalement disponibles pour veiller au maintien de l'ordre. Alors, faites votre devoir, et que nous n'assistions plus à ce triste spectacle de dévoyés invectivant notre armée, après que nous ayons eu à supporter une exhibition indécente de femmes qui feraient mieux de tenir leur place au foyer.

Gorlier salua en s'efforçant de maintenir un subtil équilibre entre la déférence à laquelle il se sentait professionnellement obligé et la distance qu'il entendait bien maintenir à titre personnel envers cet aristocrate présomptueux.

* *
*

Le soleil se couchait quand Armand rentra chez lui. Isabelle, affairée à préparer le repas du soir, ne l'avait pas entendu venir. À pas de loup il fut contre elle et l'enserra de ses bras. Elle sursauta. Il se mit à lui mordiller le cou, puis le lobe d'une oreille. Elle se retourna, radieuse, et ils s'embrassèrent longuement. Dans le même temps il glissa une main dans son corsage et effleura les seins. Il l'entraîna dans leur chambre et ils se laissèrent glisser sur le lit. Ils se caressèrent lentement, longuement, puis firent paisiblement l'amour en oubliant le reste du monde, le liège, les bouchons, le phalanstère et le marquis. C'est après un long moment de silence qu'Armand retrouva ses préoccupations habituelles.

— Tu veux toujours te battre avec nous ?

— Plus que jamais, comme un bon petit soldat. À vos ordres, mon capitaine !

Armand sourit. Cette seule évocation d'un capitaine ne pouvait manquer de lui rappeler Émilien de Vitalis, avec son air guindé, sa mine fermée. Il y avait tout un univers entre cet échalas sec et sa sœur, joyeuse, pétillante et pleine d'une vie débordante, cette vie qui appelait la vie.

— Je suis bien désolé d'avoir à te demander de te séparer de moi pour deux ou trois jours, mais je vais t'expliquer ce que tu pourrais faire, et qui nous serait bien utile. Il faudrait que tu te rendes cette semaine à Cuers pour une double mission. D'abord, il faut te dire que les nouvelles que nous recevons de Paris sont de plus en plus alarmantes. Il paraît se confirmer que Louis Napoléon préparerait quelque chose, on ne sait pas trop quoi ni encore pour quand, afin de se maintenir au pouvoir alors que la Constitution lui interdit de renouveler son mandat au-delà des quatre ans de règne. Il a nommé des hommes à lui aux postes importants : de Saint-Arnaud ministre de la Guerre, de Morny à l'Intérieur. Tout cela ressemble bien à des préparatifs destinés à mettre le pays sous sa coupe.

— Ah ! De Morny ministre de l'intérieur, j'en connais un qui doit se sentir pousser des ailes. Mais j'ai décidé de ne plus parler de celui-là. Continue s'il te plaît.

— En même temps, on voit que les accrochages de Bonaparte avec l'Assemblée se multiplient. Il a fait mine de vouloir abroger la loi du 31 mai 1850 et le voilà fraîchement converti au suffrage universel uniquement parce qu'il savait que les députés ne le suivraient pas. Ainsi, il se donne une belle posture mais cela n'abuse personne. Quand je dis qu'on ne sait pas ce qu'il prépare, je suis peut-être en dehors de la vérité. Beaucoup redoutent sérieusement un coup d'État de sa part. Donc, à Cuers tu rencontrerais Garcin, un camarade Montagnard venu d'Artignosc. Parce que nos amis d'Artignosc sont en liaison avec ceux des Basses-Alpes. Et dans les Basses-Alpes, ils ont déjà établi un plan pour le cas où le prince président tenterait de rester en place par la force. Garcin te communiquera leurs projets pour que nous puissions éventuellement les rejoindre dans une action commune. Tu veux bien ?

— Bien sûr, que je veux ! Si le moment est venu de faire quelque chose, il faut en être. Mais tu m'as parlé d'une double mission ?

— Pendant que tu seras à Cuers, tu pourras en profiter pour nous aider à avancer un peu dans le projet d'association des ouvriers du liège. Il y a là-bas un propriétaire qui a nos idées, ça existe, et qui serait prêt à nous vendre du liège à des conditions raisonnables, il s'appelle Féraud. Il faudrait voir avec lui comment nous pourrions nous organiser, quelle quantité il pourrait nous vendre et à quel prix. De plus, il a des activités dans une chambrée de Cuers, il te dira ce qui se passe chez eux, c'est le moment de le savoir. Tu peux faire tout ça, petit soldat ?

— Je peux faire tout ça, et plus encore, si tu me le demandes. Et puisque nous allons être séparés pendant deux ou trois jours, prenons un peu d'avance.

Et elle se blottit dans ses bras.

15

Malgré le froid dû au vent un peu vif qui balayait la colline, ce dimanche 30 novembre ne ressemblait pas trop à un jour d'hiver. À dix heures du matin, le soleil se montrait généreux. Monette marchait devant, attentive à ne pas laisser sa jolie robe s'accrocher dans les brindilles. Quand le sentier se faisait plus étroit, les romarins en rangs serrés, les asphodèles ou les buis sauvages étaient autant de pièges pour celle qui ne voulait pas abîmer sa toilette du dimanche. Frédéric venait derrière, sa musette bien garnie par les soins d'Amélie Robion. Par moments, ils s'arrêtaient pour souffler, mais surtout pour s'embrasser. Ils avaient décidé de grimper jusqu'au sommet de la colline des Esclans d'où le regard se portait jusqu'aux Alpes, du moins le pensait-on en voyant au loin le cortège de sommets blanchis par la neige. Ils mangeraient là-haut, heureux de se retrouver seuls, goûtant le plaisir du silence à deux. Il y avait déjà quelque temps qu'Arsène Robion ne trouvait plus rien à dire à ces escapades. Quant à Amélie, elle s'en réjouissait.

Parvenus au sommet, ils trouvèrent une plateforme herbeuse où quelques grosses pierres judicieusement disposées pourraient faire office de sièges et de tables. Essoufflée par les derniers mètres d'ascension, elle s'allongea à même le sol, sur un tapis de mousse. Frédéric fit de même et posa sa tête sur sa poitrine.

— J'entends ton cœur, dit-il, on dirait qu'il va exploser.

— C'est parce qu'il bat tellement pour toi qu'il manque de place.

Ils éclatèrent de rire. La fraîcheur du sol la fit frissonner. Alors, Frédéric tira de sa musette un gilet de laine qu'il avait emporté à tout hasard, et lui en couvrit le haut du corps.

— Tu penses à tout, dit Monette, je vois bien que je ne pourrais pas me passer de toi. D'ailleurs, c'est bien simple, tout ce que je ferai, je le ferai avec toi. Rien ne pourra nous séparer, jamais.

Monette avait parlé d'un ton à la fois si calme et si résolu que Frédéric en fut bouleversé. Jusque-là, entre eux, les sentiments étaient suggérés plutôt qu'avoués. Une sorte de pudeur les retenait d'en parler, et cette même pudeur venait de fondre en seulement quelques mots, tellement l'évidence s'imposait. Il lui sembla que quelques larmes allaient lui échapper malgré lui et ne trouva rien à répondre. Alors, il se tourna pour sortir les victuailles.

— Ta mère nous a préparé de quoi tenir huit jours. En plus, il y a du vin, tu vas être obligée d'en boire comme à la fête.

— Tu veux dire que ta belle-mère nous a préparé…

Et elle éclata de rire.

— C'est curieux, « ma belle-mère », c'est la première fois que tu parles de cette façon.

Et ils rirent à nouveau.

Tout en dévorant avec l'appétit de leur seize ans, ils ne pouvaient manquer d'évoquer la situation. Du temps de la chambrée, Monette se montrait intéressée par ce que lui en rapportait Frédéric. Bien que soucieux de respecter le secret auquel il s'était engagé, et veillant à ne rien révéler sur les travaux eux-mêmes, le garçon la tenait informée des événements nationaux qui, en tout état de cause, étaient de notoriété publique. Elle l'écoutait avec attention, ayant ainsi le sentiment de partager un peu plus de la vie de Frédéric. Ils n'avaient cependant pas toujours la même appréciation sur les faits et de petites chamailleries pouvaient surgir.

— Ce n'est pas parce que je t'aime que je dois avoir la même opinion que toi, objectait Monette.

Alors, Frédéric entamait une réponse en prenant un air outrancièrement suffisant car il savait qu'elle le ferait taire en plaquant sa bouche contre la sienne, et la fausse dispute prenait fin dans un fou rire.

Parce qu'il était silencieux depuis un moment, Monette s'inquiéta.

— À quoi penses-tu ?

— Je pense à ce qui se trame. Nous venons d'apprendre que le préfet du département va encore changer. Après Haussmann, de Frossard, du Bois de Romand, ce sera le quatrième en deux ans. Armand dit que c'est le signe de ce qu'il appelle l'affolement du pouvoir. Le nouveau s'appelle Pastoureau, il vient de la sous-préfecture d'Avranches. On dit que ce n'est pas un tendre. On peut penser qu'il est zélé. Un sous-préfet dans une petite sous-préfecture qui se trouve soudain promu préfet d'un département important, ce ne peut être qu'un ami bien en cour. C'est un fidèle, un chien de garde qu'on récompense. Mais il peut venir, nous nous préparons.

— Vous vous préparez, et comment ?

— Les esprits sont en éveil, si Badinguet veut violer la loi, il trouvera du monde sur sa route. Les Jeunes Montagnards sont vigilants. Tiens, jeudi Isabelle part pour Cuers où elle devrait recevoir des nouvelles de ce qui se trame dans les Basses-Alpes. Et comme il faut aussi penser à l'avenir plus lointain, elle va discuter l'achat de liège pour la future association.

— Isabelle a bien de la chance. Elle doit se sentir utile à quelque chose, elle. Pas comme moi, coincée dans les champs de mon père.

— Ne désespère pas. Le jour est peut-être proche où nous aurons besoin de toutes les bonnes volontés, y compris de la tienne.

Fatiguée par la marche et engourdie par le repas, elle se laissa aller contre son épaule et s'endormit. Il la repoussa doucement pour ne pas la réveiller, et l'allongea sur le gilet de laine. Il contempla longuement son visage apaisé, son corps doucement balancé par une respiration régulière, et se dit qu'il avait bien de la chance. Alors, c'était décidé : dimanche prochain, il l'emmènerait pour la présenter à sa mère. Comme celle-ci n'avait jamais entendu parler de Monette, il s'amusait déjà de l'effet de surprise. Il imaginait diverses façons d'arriver. Ils entreraient brutalement en se tenant par la main. Ou bien, il entrerait seul, laissant Monette hors de la vue de sa mère, puis il dirait : « je t'ai amené une surprise », et il l'appellerait. Mais il n'avait aucun souci : Monette avait ce caractère affable, cet air serein et sérieux dont il sentait bien qu'il ne pouvait que plaire à sa mère. Il souriait en pensant à des phrases que celle-ci prononçait autrefois : « quand tu auras une femme, il faudra que… » Une semaine à attendre ce jour béni, et le dimanche comme une récompense.

* *
*

Quand Isabelle avait pris place dans la diligence, étaient déjà assis un homme et une femme qui lui semblaient être des commerçants, un homme d'âge avancé dont la blouse révélait son état de paysan, une jeune fille. Sur le siège opposé, deux hommes vêtus de sombre qui parlaient entre eux à voix basse. Cependant, par moments un mot devenait audible : sous-préfecture, organisation, démagogie. Ils sortaient parfois de leur sacoche un écrit qu'ils consultaient ensemble. Elle imagina deux fonctionnaires d'importance se rendant à Toulon pour y régler quelque question en rapport avec l'agitation qui s'était emparée de l'univers politique. Puis elle s'amusa de sa supposition. Avec les mêmes mots, la même discrétion, et la même apparence, ils pouvaient aussi bien être des membres d'une société secrète travaillant au renversement de Bonaparte. Elle avait beau les scruter, rester attentive à leurs attitudes, elle ne pouvait se faire une idée de leurs personnes ni de leurs projets.

Et elle, comment la percevait-on ? Comme la fille d'un marquis, une aristocrate à qui seule la naissance avait donné ce qualificatif indélébile, malgré les efforts qu'elle menait pour s'en défaire ? Ou comme une femme éprise de liberté et se battant pour l'idée qu'elle se faisait de la cause républicaine ? Ce moment d'inactivité dans la diligence lui donnait l'occasion de se demander comment elle était arrivée là. Comment et pourquoi Isabelle de Vitalis, aujourd'hui, à cette heure précise, se trouvait dans une diligence qui l'emmenait pour entendre un membre d'une société secrète afin de connaître les projets des républicains ? Pourquoi elle, pour qui le futur s'annonçait paisible et rassurant, avait-elle choisi, à vingt-six ans, de rompre avec son milieu, de tourner le dos à ses avantages, pour s'engager dans un combat difficile où elle avait tout à perdre ? Peut-être parce qu'elle éprouvait un profond dégoût pour l'injustice, et elle espérait en défendant la République parvenir à l'instauration de l'égalité. Très tôt, elle avait acquis le sens de la justice à travers le comportement de sa mère, morte alors qu'elle n'avait que douze ans. Cette mère qui pratiquait la solidarité à sa manière, celle de son milieu, en n'omettant jamais de garnir la sébile des mendiants à la sortie de l'église, ou en organisant des ventes de charité pour les nécessiteux du village. Isabelle ne doutait pas de sa sincérité, mais pensait qu'aujourd'hui ces moyens-là devenaient insuffisants, et d'ailleurs ils n'avaient rien résolu jusqu'ici. Bonaparte n'était que le fruit de longues années de résignation, d'hypocrisie, de concessions faites aux possédants. Et sans doute Bonaparte libérait-il sa conscience en donnant la pièce aux mendiants à la sortie de la messe.

Aujourd'hui, il lui plaisait de penser que sa propre mère, placée dans la situation actuelle, l'aurait peut-être accompagnée dans son combat. Et dans cette diligence qui l'emmenait vers l'inconnu, elle avait l'impression de lui rendre une sorte d'hommage. Mais aussi, il y avait Armand, l'homme simple et généreux qui emplissait sa vie. Armand à qui elle essayait d'apporter ce qu'elle avait obtenu dès sa naissance, le privilège de l'éducation. Elle l'amenait à lire les livres utiles, à réfléchir, à se poser des questions. Elle le voyait enrichir ses connaissances de jour en jour. Elle l'aidait à accoucher de son destin. Elle en était certaine : ce modeste ouvrier deviendrait quelqu'un qui compterait, et elle en était un peu responsable.

À Carnoules, la jeune fille descendit. Montèrent deux hommes jeunes dont les vêtements laissaient penser à des paysans. Chacun portait un foulard rouge et il plut à Isabelle de les classer parmi d'authentiques républicains. Ces deux-là ignoraient que la jeune femme en face d'eux travaillait à leur émancipation. Et justement, eux-mêmes, quelle idée se faisaient-ils non seulement d'elle, mais aussi des deux supposés fonctionnaires importants dont la conversation à voix basse avait repris ? Elle les observa mais ceux-ci semblaient n'avoir fait aucun cas des nouveaux arrivants.

Le soleil commençait à décliner quand la diligence s'immobilisa sur la grande place de Cuers. Comme elle était la seule femme à descendre là, c'est sans hésitation que Clément Pastor, un jeune Montagnard à l'air résolu, accompagné de sa femme Magali, se portèrent au-devant d'elle.

— Tu viens habiter chez nous pour le temps de ton séjour, dit Pastor. Mais je dois t'annoncer une mauvaise nouvelle : ta mission est réduite de moitié. Tu ne pourras pas rencontrer Garcin, l'émissaire d'Artignosc. Nous venons d'apprendre qu'il a été arrêté hier par les gendarmes. Ceux-ci l'accusent de les avoir insultés. Ce qui ne veut pas dire grand-chose. Les forces de l'ordre sont chatouilleuses en ce moment. Il a peut-être seulement commenté à sa manière un peu brutale la façon dont on lui demandait son identité. C'est maintenant suffisant pour être traîné en justice. Pour les informations des Basses-Alpes, il nous faudra attendre quelques jours, un autre viendra à sa place et nous verrons bien.

Le repas fut surtout l'occasion d'échanger des nouvelles sur les événements de ces derniers temps dans chacune des localités. Clément expliqua dans quelles conditions le pouvoir avait chassé le conseil municipal de Cuers en juillet, le maire Roubaud ayant eu le tort de se comporter en républicain intransigeant, refusant de se plier aux injonctions du préfet. On l'avait remplacé par une commission dirigée par un « blanc », Barralier, que Pastor traitait de fantoche. Il parla aussi des activités de sa chambrée, La Jeune Pomone. Isabelle refit l'histoire de la longue grève des rusquiers et des bouchonniers, elle évoqua les incidents lors de l'enterrement de Fournier, et la façon dont les villageois avaient reconduit la troupe après la fermeture d'une chambrée. Quand elle parla de la farandole de la liberté qu'elle avait organisée, Magali se montra admirative.

— Ah, mais c'est une bonne idée ! On pourrait faire pareil ici, je vais m'en occuper.

Le repas fini, la conversation dura encore longtemps tant les nouvelles, qu'elles fussent locales, ou en provenance de Paris, se bousculaient et se recoupaient. En les rapprochant, on essayait de deviner si un coup d'État était à craindre. Quand Isabelle bâilla, Pastor jugea qu'il était préférable d'aller se reposer.

— Tu vas dormir, et demain je te conduirai chez Féraud, qui envisage de vous vendre le liège. Je crois savoir que si vous faites affaire, il proposera même d'embaucher des rusquiers de Ginestière car nous en manquons un peu par ici. Tu vois, malgré la défection obligée de Garcin, tu ne repartiras pas les mains vides.

Magali conduisit Isabelle à la grange où un coin lui avait été préparé.

— J'ai pensé que tu risquais d'avoir froid, alors j'ai posé la paillasse dans la paille, et tu en as une autre pour servir d'édredon.

Tant de prévenance toucha Isabelle. Elles eurent un peu de mal à se séparer tant il leur semblait qu'elles avaient encore beaucoup de choses à se dire. En réalité la conversation tourna surtout autour du rôle que jouaient leurs hommes respectifs et de la vénération qu'elles leur portaient. Magali lui souhaita enfin une bonne nuit et l'embrassa.

Isabelle se glissa entre les deux paillasses et pensa à Armand en se remémorant son visage quand il l'avait conduite ce matin à la diligence. Elle était déjà pressée de le retrouver, de lui dire ce qu'elle avait vu et entendu, et elle lui demanderait s'il voulait bien lui décerner le brevet de messagère efficace. Toutefois, faisant un premier bilan de son voyage, elle ressentit un peu de déception à l'idée qu'elle ne pourrait ramener des nouvelles sur les Basses-Alpes. Mais sa courte expérience lui avait permis de découvrir que les événements ne se produisent pas toujours comme on l'espère et qu'il faut faire la part de l'imprévu.

Puis elle se dit qu'elle était sans doute la première fille de marquis à dormir dans la paille et se demanda quelle tête ferait son père s'il l'apprenait. Elle regrettait presque d'avoir totalement coupé les ponts avec lui. Quel plaisir elle aurait éprouvé en voyant sa tête à l'énoncé de son hébergement. « Après tout, ce chrétien zélé ne saurait s'en offusquer. Ce fut ainsi pour la naissance de Jésus à Bethléem, et encore il n'avait pas de paillasse ».

Elle dormait depuis moins d'une heure quand une sorte de rêve lui fit entendre des appels et des coups frappés à une porte. Mais elle sortit de sa torpeur et se rendit à l'évidence : il ne s'agissait pas d'un songe mais de cris bien réels et de poings qui tambourinaient sur la porte de Clément. Bondissant de sa paillasse, elle entrouvrit la grange. Deux hommes gesticulant et portant chacun un fusil se tenaient sous les fenêtres des Pastor.

— Clément ! Clément ! Réveille-toi ! Bonaparte a fait son coup d'État avant-hier ! Il faut réagir !

Se saisissant de sa cape, elle courut vers les deux hommes et ils entrèrent tous les trois ensemble chez Clément.

Le plus âgé des deux, qui avait à peine dépassé la trentaine, disait ce qu'il savait.

— Nous venons de recevoir la nouvelle par Givaudan qui revenait de Toulon. Avant-hier, Bonaparte a signé la dissolution de l'Assemblée et il a annoncé la préparation d'une nouvelle constitution. Il est clair maintenant qu'il veut confisquer le pouvoir. À Paris les républicains se sont soulevés. Il y a des barricades, des combats. À Toulon, le coup a été connu hier, mais les choses se présentent mal. Il y a bien eu une assemblée de républicains mais la présence de l'armée a maté tout de suite les tentatives. Nous devrons nous battre sans eux.

— Eh bien, voilà, Mourre, c'est arrivé. Tu as raison, nous n'allons pas rester les bras ballants. Il faut faire vite !

— Nous faisons le tour des démocrates pour les prévenir d'avoir à se trouver demain matin à l'aube à *La Pomone*. Là, nous verrons ensemble ce que nous pourrons décider. Tu as raison, il faut faire vite, car on n'imagine pas que les militaires se contentent d'étouffer la révolte à Toulon. Ensuite, ils progresseront certainement vers Draguignan, et nous sommes sur leur route.

Puis les hommes se partagèrent les quartiers où ils devaient porter l'alerte aussitôt et convoquer pour le lendemain matin. Clément s'adressa à Mourre.

— Cette jeune femme que tu vois là, c'est Isabelle, la compagne d'Armand Gautier, de Ginestière. Elle venait ici pour recueillir des nouvelles des Basses-Alpes, mais aussi pour des achats de liège chez Féraud. Je pense qu'elle va devoir remettre la chose à plus tard. Je suppose qu'à Ginestière ils vont être occupés comme nous par d'autres priorités.

Mourre serra la main d'Isabelle.

— Moi, c'est Marius Mourre, on m'appelle aussi *Le Pacifique*, et lui, c'est Louis Rampin. J'ai entendu parler d'Armand, un jour on se rencontrera peut-être. Je connais votre projet d'association pour le liège. Quelques-uns ici commencent à y réfléchir. Quand les choses se calmeront, je veux dire quand nous aurons gagné, nous pourrons nous réunir pour voir tous ensemble comment nous y prendre.

Isabelle dut s'asseoir. Elle éprouvait soudain une fatigue, une sorte de langueur qu'elle ne connaissait pas. Avec ce coup de tonnerre, voilà que l'Histoire s'accélérait, la retenant loin d'Armand. Malgré la chaleur de l'accueil, elle se sentait prisonnière. À Ginestière connaissait-on la nouvelle ? Qu'allaient décider les amis de là-bas ? Se pouvait-il qu'elle en fusse absente ? Et, surtout, que deviendrait Armand si la guerre civile tant redoutée se déclarait comme cela paraissait désormais probable ? Le reverrait-elle vivant ? Pour la première fois depuis qu'elle s'était engagée aux côtés des démocrates, une sorte de doute la tenaillait, une vague angoisse jetait une ombre sur sa ferveur. Maintenant, il ne s'agissait plus de discuter sur des théories, l'heure de l'action s'imposait avec brutalité. Elle voulait peser sur les événements, le moment était venu. Saurait-elle se montrer à la hauteur ?

Magali qui avait décelé son trouble, tenta de l'apaiser.

— Allons, pendant que les hommes font leur tournée, profitons pour retrouver des forces en dormant. Demain, il sera bien temps de prendre les décisions importantes. Je te réveillerai pour que tu viennes avec nous à *La Pomone*, car vu la situation, j'ose espérer qu'ils accepteront pour une fois la présence des femmes !

16

Alors qu'elle cherchait pour la deuxième fois de la soirée à se laisser glisser dans le sommeil, Isabelle ignorait qu'à Ginestière trois cents personnes étaient rassemblées dans la salle et l'arrière-salle du café Migeaud, rebaptisé par certains « le café des prolétaires ». On avait dû pousser les tables et les chaises pour héberger tous les participants debout. Aucun d'eux n'aurait admis de devoir rester à l'extérieur, dans un moment si crucial. Les rusquiers et les bouchonniers s'y trouvaient en nombre, mais n'étaient pas les seuls à se montrer ardents. On remarquait Amalric, un ancien sous-officier de cavalerie, des propriétaires, tels Jaume, des commerçants qu'on n'avait jamais vus dans les chambrées, comme si les barrières entre les corporations étaient soudainement tombées.

La nouvelle du coup d'État était arrivée ici par un émissaire républicain travaillant à la préfecture de Draguignan.

Marcel essayait d'organiser un tour de parole, beaucoup de villageois se découvrant soudain une vocation d'orateur. C'est Guilbaud, un instituteur, qui prononça l'intervention décisive, celle qui allait faciliter les décisions à prendre. Il tenait en mains le texte de la Constitution.

— Il y a au moins deux raisons dans ce texte pour justifier notre défense. L'article 45 indique que « le président de la République est élu pour quatre ans, et n'est rééligible qu'après un intervalle de quatre années ». C'est déjà suffisant pour contester le coup d'État, mais l'article 68 est encore plus éloquent : « Toute mesure par laquelle le président de la République dissout l'Assemblée nationale, la proroge, ou met obstacle à l'exercice de son mandat est un crime de haute trahison. Par ce seul fait, le président est déchu de ses fonctions ; les citoyens sont tenus de lui refuser obéissance ; le pouvoir exécutif passe de plein droit à l'Assemblée nationale ». Voilà, mes amis, qui est bien clair et qui nous donne raison. En prononçant la dissolution de l'Assemblée, Bonaparte s'est de lui-même, et de plein droit, déchu de ses fonctions. À partir de maintenant, nous n'avons plus à reconnaître son autorité, et ceux qui exécuteront ses ordres n'incarneront plus la légitimité populaire. Dans ces conditions, je vous propose que nous allions prendre possession de l'hôtel de ville et que nous installions une commission municipale.

Ce fut une acclamation effrénée, comme si les présents venaient de découvrir le moyen de se débarrasser définitivement du prince président.

— On y va tout de suite ! hurla une voix.

Isidore Guichard, un rusquier qui n'intervenait pas souvent, se porta en avant.

— Bien sûr que nous allons y aller ! Ici, il y a eu presque deux mois de grève pour rien. Nous avons lutté contre le mépris que nous opposent les possédants, et nous n'avons rien obtenu ! En violant la constitution, Bonaparte manifeste le même mépris à notre égard. C'est normal, il est du même monde. Nous allons lui faire savoir qu'il ne peut pas se permettre n'importe quoi. De la grève à l'insurrection, c'est la même lutte que nous allons continuer !

Certains se dirigèrent vers la sortie. D'autres demeuraient sur place, tournaient sur eux-mêmes comme s'ils avaient du mal à croire qu'on allait de ce pas s'emparer de la mairie. Comme s'ils avaient des difficultés à admettre que la chose dont ils avaient souvent rêvé, le renversement de ce système honni, était là, à leur portée. Armand, que tant de précipitation rendait sceptique, demeurait dans un coin de la salle, pensant à Isabelle, et à ce qu'elle allait devenir, elle qui serait peut-être confrontée à Cuers, loin de lui, à la bataille véritable. Elle lui parut soudain bien plus fragile et bien plus vulnérable. Il commençait à regretter de l'avoir précipitée dans cette aventure dont on ne pouvait prévoir les conséquences. Mais le sort était jeté, il n'allait pas reculer devant une action qui était devenue indispensable. Il sortit, et rejoignit le groupe d'une vingtaine qui se dirigeait vers l'hôtel de ville.

La mairie se situait au premier étage d'un petit immeuble dont le rez-de-chaussée était l'école. L'entrée était commune. Le groupe, suivi de loin par les habitants qui peu à peu quittaient le café ou sortaient de chez eux, parvint devant la porte, mais celle-ci demeurait fermée.

— Le maire n'est pas là. Je l'ai aperçu au café Alexandre avec quelques-uns des conseillers. Allons le chercher !

Trois hommes partirent et revinrent accompagnés du maire qui ne paraissait pas inquiet. Flamenq, sûr de ses appuis, estimait sans doute qu'il se trouvait là en présence du coup de colère passager de quelques illuminés. Le rusquier Simon Soulié, l'ancien responsable du *Cercle des Associés Réunis*, s'adressa à lui.

— Citoyen, la constitution ayant été violée, les autorités mises en place par le pouvoir qui s'est déchu de lui-même n'ont plus de légitimité. Vous ne représentez plus rien que vous-même. Dans ces conditions, il vous appartient de nous ouvrir l'hôtel de ville et de nous remettre votre écharpe.

À la surprise générale, le maire par intérim n'opposa aucune résistance et tendit à Soulié les clés et l'insigne de la fonction. Mais pendant que le groupe se précipitait dans l'escalier, lui courait vers la gendarmerie, espérant qu'une intervention du maréchal des logis pourrait suffire à ramener l'ordre. Et surtout, toujours soucieux de paraître dans la bonne ligne, il ne voulait pas se voir reprocher d'avoir laissé faire les insurgés. Quand les deux hommes revinrent, dès leur arrivée au premier étage ils se trouvèrent aussitôt ceinturés sous les quolibets. Gorlier, qui persistait à ne pas se sentir très éloigné de ceux qui l'arrêtaient, paraissait très ennuyé du rôle qu'il était contraint de jouer. Puis on fit descendre à l'école Flamenq et Gorlier et on les enferma dans une salle de classe transformée en prison provisoire.

Les neuf autres gendarmes de la brigade arrivèrent à leur tour. Impressionnés par la détermination de la foule qui s'exprimait devant la mairie, ils n'osèrent en l'absence du chef, ni donner un ordre de dispersion, ni encore moins faire usage de leurs armes, ce qui aurait pu conduire à un dénouement tragique. N'opposant aucune résistance, ils furent désarmés et conduits dans le cachot improvisé.

Puis le groupe, sous l'impulsion de Soulié, se proclama commission municipale et décida de siéger en permanence. L'un des présents fut chargé d'inscrire sur le registre des délibérations la décision d'instaurer cette commission. On discuta des premières mesures à prendre. Les propositions, dont certaines étaient ridicules ou irréalisables, fusaient dans le désordre, beaucoup de participants découvrant alors que l'exercice du pouvoir n'était pas chose facile. Puis Soulié s'avança à la fenêtre pour donner à la foule le compte rendu des décisions. Il invita tous ceux qui le pouvaient à se répartir dès le lendemain matin devant les portes du village. L'objet du dispositif était de demander à ceux qui allaient travailler à l'extérieur de demeurer sur place et de se tenir prêts pour la suite. Plus aucun habitant ne devait s'éloigner de Ginestière, il y allait du salut commun.

Dans la foule une voix s'éleva.

— Maintenant que les gendarmes sont arrêtés, allons récupérer les armes à la gendarmerie ! Nous allons en avoir besoin !

Une douzaine d'hommes partirent. En quelques minutes, ce symbole jusque-là redouté de l'ordre officiel était mis à sac. Toutes les armes et munitions disponibles étaient saisies, les armoires éventrées, les dossiers dispersés. Les encriers étaient vidés sur le sol. Quelqu'un eut l'idée de se rendre à l'écurie pour détacher les trois chevaux qui s'y trouvaient. Affolées par l'agitation, les bêtes se précipitèrent dans les rues. Le butin était ramené à l'hôtel de ville pour être placé sous le contrôle de la commission municipale qui fit entasser le tout dans la salle du conseil.

— Ces armes sont la propriété du peuple, il est normal de les recueillir dans la maison du peuple, déclara Soulié en manière de justification.

Et il désigna trois hommes pour en assurer la garde afin de ne pas les laisser entre les mains de n'importe qui. Malgré le sommeil qui commençait à gagner certains, la commission décida de se remettre en séance.

— Il nous faut avoir connaissance des dépêches de Paris, lança quelqu'un. Rendons-nous chez le receveur des postes.

Il était bientôt trois heures du matin quand Désiré Courchet, le receveur, qui s'était bien gardé de se montrer dans la rue, fut tiré de son lit par les coups frappés à sa porte. On connaissait sa préférence pour le parti des blancs et on sut lui faire sentir qu'il aurait désormais à se plier aux volontés du nouveau pouvoir.

— Les temps changent, citoyen Courchet. Le gouvernement n'a plus d'existence légale. L'administration ne dépend plus de lui. Vous êtes désormais au service de la volonté populaire, lança le premier qui entra. Dans ces conditions, donnez-nous communication des dépêches.

Devant la résolution de ces hommes armés, le receveur ne chercha pas à résister.

La première dépêche, datée du 2 décembre, était arrivée dans la journée. C'était l'acte par lequel le président de la République prononçait, dans l'article premier, la dissolution de l'Assemblée nationale. Ce premier article, lu par Soulié, provoqua des huées. Ce qui suivait retint moins l'attention, bien que rétablissant le suffrage universel, et annonçant de nouvelles élections du 14 au 21 décembre. Le quatrième alinéa, instaurant l'état de siège dans la première division militaire suscita l'inquiétude. État de siège ? La plupart n'avaient pas une idée précise de ce qui en découlait, mais l'appellation à elle seule, dans sa sécheresse toute militaire, n'annonçait rien de bon. Elle leur évoquait seulement un pouvoir sur la défensive, cherchant à museler l'opposition, et prêt à utiliser la violence pour se tirer d'affaire.

La dépêche suivante était un appel au peuple accusant l'Assemblée d'avoir cherché la guerre civile. Puis le prince président énumérait les grandes lignes de ce que devait être la future constitution. Le passage prévoyant « un chef responsable nommé pour dix ans » ranima la colère.

— Dix ans ! Comme il va se débrouiller pour que le chef en question soit lui-même, nous voilà fixés ! Ce n'est pas un chef, ni un roi, ni un empereur qu'il nous faut, mais un démocrate président de la République élu par le peuple, et au service du peuple !

Armand n'écoutait plus vraiment. Ce brouhaha devenait étranger à sa préoccupation immédiate. Comment savoir ce que vivait Isabelle en ce moment même ? Allait-il partir pour la retrouver ? Mais ses camarades ici lui tiendraient peut-être rigueur de ce qui aurait pu ressembler à une fuite dans un moment aussi important. Toutes les forces étaient nécessaires, chacune à sa place habituelle. Depuis qu'il s'était engagé dans la Jeune Montagne, il n'avait jamais éprouvé de doute sur la nécessité de son action. Mais cette nuit, quelque chose ne correspondait plus entre sa vie personnelle et sa vie politique. À ses côtés Frédéric ne disait mot mais devinait bien son trouble.

On reprit le chemin de la mairie non sans avoir ordonné à Courchet d'y porter désormais, et sur-le-champ, les prochaines dépêches qu'il était susceptible de recevoir.

— Votre fonction vous fait obligation de transmettre sans délai toute dépêche officielle au maire de la commune. Prenez note une fois pour toutes que le maire est déchu et que la commission municipale en place assumera toutes ses fonctions. Vous avez obligation de lui obéir.

Le ton de Soulié était sans réplique possible.

La commission se remit au travail. La salle avait été envahie par de nombreux villageois, curieux de suivre les travaux. L'un d'eux demanda si la commission ne voyait pas d'inconvénient à ce que le public assistât aux débats.

— Ce qui se passe ici regarde toute la population, répondit Soulié. Il n'y aura plus de décisions prises en secret, les démocrates n'ont rien à cacher, et chacun pourra le constater. Comment serions-nous la voix du peuple si nous nous cachons de lui ?

Un membre suggéra qu'il était utile de prévoir pour le lendemain une visite au bureau du receveur des contributions pour s'emparer du stock de poudres et de plomb nécessaires à la fabrication des balles. On approuva à l'unanimité. Puis on décida que des petits groupes armés se rendraient chez les notables du village connus pour leurs positions favorables à Bonaparte. On leur poserait la question de savoir s'ils reconnaissaient l'autorité démocrate qui se mettait en place. Dans la négative, on les ferait prisonniers. La difficulté surgit au moment de dresser la liste. Tout le monde était d'accord pour y noter Flamenq, le patron bouchonnier, déjà incarcéré en tant que maire, le notaire Grimaud, le percepteur Tournel, l'éleveur Gosset, le boucher Dauchard, Alphonse Voiron. Mais les avis divergèrent quand il fut question du curé Sanier et du marquis de Vitalis.

— Sanier n'a pas encore digéré les obsèques de Fournier, et il ne cesse dans ses prêches de mettre en garde contre nos idées. Il tente de monter la population contre nous, il a sa place sur la liste, dit un bouchonnier.

Cependant, quelqu'un fit remarquer que, malgré la position du curé qui rejoignait celle, officielle, de l'Église, il y avait encore dans les rangs des démocrates quelques catholiques et que ce n'était peut-être pas opportun de prendre le risque de se priver de leur concours. On pouvait même citer un ou deux noms dans le département de curés membres de chambrées. Bien sûr, ils ne s'en vantaient pas. On finit par se ranger à l'avis d'ignorer l'existence de Sanier, à contrecœur pour certains.

Au sujet du marquis, la discussion fut plus confuse encore.

— Rien qu'un seul des articles de son journal justifierait qu'on l'emprisonne, dit l'un. Nous sommes pour la liberté d'expression mais nous ne sommes pas obligés d'accepter l'insulte.

Pourtant, personne ne renchérit. Le marquis devenait-il une espèce d'institution à laquelle on n'osait s'attaquer, ou plutôt incarnait-il une survivance de ce passé infâme qui allait s'effondrer de lui-même ? Était-il vraiment nécessaire de s'occuper encore de lui comme s'il n'allait pas sombrer avec l'ensemble des bonapartistes ?

— Si c'est à cause de moi que vous hésitez, reprit Armand, je vous rappelle qu'il a cessé tout contact avec sa fille, ne vous gênez pas.

Mais la difficulté ne paraissait pas être là. Soulié mit fin au débat en indiquant qu'on reviendrait sur le cas du marquis dans les jours à venir car tout le monde avait besoin d'aller se coucher et il avait une proposition plus urgente à mettre en débat.

— Depuis que la menace du coup d'État se faisait plus précise, nos amis des chambrées de la région estimaient qu'il faudrait marcher sur les préfectures pour exiger le retour à la République. Aux dernières nouvelles, cela se disait dans les Basses-Alpes, dans la Drôme, dans le Vaucluse, et sans doute dans d'autres départements. Nous ne devons pas rester en dehors de ce combat. Je propose que demain matin nous prenions un ordre de réquisition pour saisir toutes les armes présentes à Ginestière. Il nous faudra aussi collecter des vivres, et quand nous estimerons que nous sommes prêts, nous lèverons une armée qui marchera sur Draguignan. Au passage, notre troupe se grossira des bataillons de républicains venus des autres villages. J'ai appris que Le Luc et Brignoles se préparaient. Tous ensemble, nous vaincrons !

Soulié avait terminé son intervention sur un ton emphatique, qui amena aussitôt dans l'assistance une longue série de vivats enthousiastes : « Vive la République ! En avant ! Vive la bonne ! »

Armand, qui avait été inscrit comme membre de la commission municipale sans que quiconque eut songé à lui demander son accord, pensa qu'Isabelle aurait été heureuse de se trouver là en ce moment. Et que lui-même aurait bien mieux apprécié ces instants décisifs en les partageant avec elle. Il se demanda si les républicains de Cuers prenaient des décisions identiques. Au fond de la salle, à l'abri de la pénombre que procurait un pilier, Frédéric et Monette avaient le sentiment qu'un grand changement se produisait dans leur existence, et qu'ils le vivraient ensemble. « Tout ce que je ferai, je le ferai avec toi », avait-elle dit. Frédéric pensait avec amertume qu'ils ne pourraient aller voir sa mère ce dimanche. Tous deux avaient cependant bien fait les choses en demandant ensemble à Arsène Robion l'autorisation de s'y rendre. Arsène, qui était maintenant parfaitement fixé sur les relations qu'ils entretenaient, avait accepté en souriant. « Et si je dis non, qu'est-ce que vous allez faire ? » Devant leur air décontenancé, il avait donné une tape dans le dos de Frédéric qui valait approbation. Arsène avait dit oui, mais tout à coup, c'étaient les événements qui disaient non. Ils s'étreignirent tendrement.

17

Il n'était pas encore sept heures et les locaux de *La Pomone* étaient déjà bondés. Beaucoup de Cuersois durent se contenter de se masser devant la porte, qu'on laissait ouverte malgré le froid, afin que chacun puisse entendre au moins des bribes du débat. Magali avait raison : des femmes, parfois accompagnées de leurs enfants, s'y étaient introduites sans demander d'autorisation à quiconque. Et aucun des hommes présents n'aurait pu trouver leur présence déplacée. C'était bien la preuve qu'il se déroulait des événements exceptionnels.

À leur arrivée, une place en bout de banc se trouvait encore disponible, que Magali et Isabelle se partageraient à tour de rôle. La réunion tardait à commencer. On attendait quelques-uns des principaux animateurs de la chambrée, partis à travers la campagne pour répandre la nouvelle du coup d'État et appeler à la mobilisation. Isabelle venait de céder sa place à Magali quand elle eut l'impression que le sol se dérobait sous elle. Son regard se troubla. Prise d'un coup de fatigue, elle chancela, et eut juste le temps de s'agripper à l'épaule de son amie. Deux hommes qui étaient voisins sur le banc se levèrent pour qu'on puisse l'allonger. Magali lui donna quelques petites tapes sur son visage blême. Peu à peu, elle revint à elle et se remit en position assise. Une femme s'était précipitée pour lui apporter un verre d'eau.

— Tu es un peu fatiguée, ma pauvre fille, dit Magali. C'est normal, avec ce voyage, le souci de ne pas savoir ce que fait Armand, et puis la nuit a été courte.

— Je pense que c'est autre chose, répondit Isabelle. Maintenant, j'en suis certaine, je suis enceinte.

Le visage de Magali s'illumina.

— Ah, mais c'est merveilleux, ça ! Tu te rends compte ? Enceinte, maintenant ! Tu ne pouvais pas mieux choisir le moment ! Il faudra que tu l'appelles République !

Isabelle répondit qu'elle n'avait pas choisi le moment mais qu'elle en était bien contente. Ce qui la désolait, c'était de devoir attendre encore avant de le faire savoir à Armand.

Un petit groupe d'hommes se fraya difficilement un passage pour s'installer au centre de la salle. Isabelle reconnut parmi eux Mourre et Rampin, les deux d'hier soir. Magali fit signe à un des arrivants de venir vers elles. Elle le présenta.

— C'est notre ami Féraud, qui doit vous fournir le liège.

Féraud répondit qu'il ne perdait pas la promesse de vue, mais qu'à Ginestière comme à Cuers, on allait certainement s'occuper d'abord de la défense de la République, ce dont Isabelle convenait.

Un homme dont elle ne comprit pas le nom prit la parole.

— Dès que nous avons connu la nouvelle, hier en fin d'après-midi, deux camarades se sont rendu à Toulon pour savoir ce qu'il s'y passait. À Toulon, la nouvelle a été connue hier. Les Toulonnais s'étaient rassemblés en début de soirée sur le Champ de Bataille. Mais ils étaient sans armes. Ils ont bien essayé de former une colonne pour marcher vers la sous-préfecture, mais la troupe du général Levaillant est intervenue tout de suite et la révolte a été matée. Plus de soixante-dix des nôtres ont été arrêtés et enfermés au fort Lamalgue. La répression s'est vite mise en mouvement. C'est une raison de plus pour que nous nous engagions dans le combat.

Cette proposition fut bruyamment approuvée.

Puis on discuta longtemps pour savoir quelle allait être la marche à suivre. Isabelle pensa que leurs débats étaient bien confus. Personne ne semblait devoir se détacher pour prendre la direction des opérations. Ce fut une longue succession d'avis personnels d'où n'émergeait aucune idée directrice. C'est seulement en fin de matinée qu'on s'accorda sur la nécessité de destituer le maire et de pourvoir à son remplacement. Là encore, les avis divergeaient sur la manière dont le successeur serait élu, et par qui. Le principe, cependant semblait recueillir l'unanimité. Pour la mise en pratique, on verrait plus tard.

C'est alors que Mourre intervint.

— Quoi que nous fassions par la suite, nous serons en position de force si nous commençons par exercer les voies légales. Notre premier travail doit être de désigner une députation pour aller demander au maire de nous donner connaissance des dépêches. Il n'a pas le droit de refuser. Une fois que nous saurons ce qu'elles contiennent, nous pourrons prendre des décisions.

On désigna Marius Mourre, son frère Paul, Rampin, et François Gueit, un jeune cultivateur, pour se rendre chez le maire.

— Nous les suivrons, dit Magali, ainsi tu pourras voir ce cher Barralier que Clément ne peut pas supporter.

Au même moment, le maire, inquiet des attroupements et des déplacements qu'il constatait parmi ses administrés, s'était rendu à la gendarmerie et s'entretenait avec le brigadier Lambert. Barralier parlait d'une voix chevrotante, trahissant la fatigue dont l'accablait le poids des ans. Il n'aurait jamais pensé à solliciter la charge de maire si la suspension par le préfet de son prédécesseur en juillet ne l'avait fait désigner par le pouvoir. Il n'avait pas osé refuser, et s'était même réjoui de voir sa vie consacrée par ce titre. Après tout, cette charge qu'il n'aurait jamais pensé à solliciter était son bâton de maréchal. Selon lui on reconnaissait ainsi en haut lieu son goût de l'ordre et de l'intérêt bien compris de ses concitoyens.

— Brigadier, il se déroule des événements graves. J'avais fait afficher ce matin les dépêches devant l'Hôtel de Ville et sur l'église paroissiale. Des esprits malintentionnés les ont déchirées. Maintenant, la foule s'amasse sur la place de l'Orme, devant la mairie. J'entends des cris hostiles à

Bonaparte, et des paroles séditieuses. Nous avons besoin de vous et de vos compagnons. Je ne sais ce qui doit arriver, mais il faut vous montrer.

— Monsieur le Maire, vous pouvez disposer de moi et de la brigade. Quel que soit le danger, nous défendrons l'autorité.

Le garde champêtre pénétra alors dans la gendarmerie.

— Monsieur le Maire, une députation demande à vous rencontrer. J'ai reconnu les Mourre et François Gueit.

Barralier fit un geste vague entre l'indifférence et la lassitude.

— Nous y allons. Brigadier voulez-vous m'escorter ?

— Je vous l'ai dit, nous sommes à votre disposition. Je désigne quatre gendarmes pour nous accompagner.

Quand ils arrivèrent sur la place de l'Orme, la foule avait encore grossi et chantait La Marseillaise. Elle s'écarta sans difficulté pour laisser passer l'escouade, puis se resserra spontanément quand les hommes eurent atteint le perron de la mairie. À l'intérieur, les délégués attendaient, escortés d'une trentaine de villageois parmi lesquels Magali et Isabelle avaient réussi à se faufiler. On entendait des détonations venant de coups tirés en l'air comme à l'occasion des bravades, et les deux femmes pensèrent que certains étaient pressés de fêter une victoire pas encore acquise. Dans la salle, un grand silence se fit aussitôt car chacun paraissait conscient de la gravité de cette entrevue.

Personne n'avait daigné saluer Barralier à son arrivée. Les cinq gendarmes se placèrent autour de lui.

— Monsieur le Maire, vous nous cachez les dépêches, déclara Mourre. Nous exigeons que vous nous en donniez connaissance.

— Je les cache si peu que je les ai faites afficher ce matin, et qu'elles ont été aussitôt déchirées. Et vous le savez bien puisque celui qui les a arrachées se trouve ici.

Le gendarme Cauvin qui pensait savoir à qui s'adressait la remarque crut bon d'intervenir avec un air narquois.

— Allons bon, Rampin, que feriez-vous des dépêches ? Tout le monde sait que vous ne savez pas lire !

Vexé par la remarque, Rampin répliqua.

— Taisez-vous ! Vous n'êtes plus rien ici ! Seul le peuple est souverain ! Votre avis ne nous intéresse pas !

Barralier pensa apaiser les esprits en commençant la lecture de la première dépêche. Sa voix était tremblante et son teint livide. C'est alors que Mourre lui arracha les feuillets des mains.

— De toute façon, ces dépêches sont anticonstitutionnelles ! La Constitution est violée, il faut la défendre ! Tout ceci est mensonge puisqu'il n'y a plus de gouvernement ni de maire !

— Jusqu'à nouvel ordre, celui que vous n'arriverez pas à établir, il y a bien un maire, et c'est moi !

Barralier, les yeux exorbités, offrait alors un visage énergique qu'on ne lui connaissait pas. Ses bras battaient l'air comme s'il s'apprêtait à se battre. Il s'ensuivit une grande confusion, des coups de poing partant vers le maire qui, dans les mouvements désordonnés des manifestants se trouva ballotté et précipité dans l'escalier. Il se retrouva au-dehors, cerné par la foule. Les gendarmes purent avec difficulté le rejoindre en sortant leurs sabres des fourreaux. On entendait des cris : « aux armes ! » Une sorte de roulis agitait la place. Et déjà, le maire, les mains liées, était conduit au sous-sol de la mairie où un cachot avait été improvisé. Trois hommes étaient désignés pour en garder l'issue. C'est alors qu'Isabelle, comme tous ceux qui se trouvaient près du groupe des gendarmes, entendit une nouvelle détonation, plus proche. Mais elle vit au même moment le brigadier Lambert s'effondrer, la tête en sang. Plus loin, elle aperçut le jeune Jacquon, un cultivateur de 22 ans connu pour sa gentillesse, son fusil en mains. Mais elle n'aurait pu dire si le coup était parti de cette arme.

Au même moment, Mourre et quelques autres que la houle avait amenés à l'autre bout de la place, ignorant le drame qui venait de se jouer, dansaient une farandole autour de la fontaine portant le buste de Marianne. Puis, au fur et à mesure que la nouvelle circulait d'un rang à l'autre, le silence revint. La consternation s'abattit sur la place, chacun comprenant bien que ce qu'il fallait appeler un meurtre ne servirait pas la cause des insurgés. La foule commença à se disperser tandis qu'on entourait le corps de Lambert en attendant un médecin qui ne pourrait que constater le décès.

Un groupe d'une quarantaine d'hommes était cependant bien disposé à continuer le combat. Les insurgés, profitant de l'absence des gendarmes, pénétraient dans la gendarmerie pour récupérer les armes. Puis ils allèrent mettre à sac l'appartement du receveur buraliste, et celui du receveur des contributions indirectes. Les bureaux furent vidés. Le feu était mis aux livres de comptes. « Plus de registres, plus d'impôts ! », « nous payons et nous n'avons rien, les impôts ne profitent qu'aux riches », « le nouveau pouvoir mettra de l'ordre dans les impôts ! » entendait-on.

Dans l'affolement général, on n'avait pas remarqué que le gendarme Cauvin avait sellé un cheval pour se précipiter à Toulon où le nouveau préfet Pastoureau venait d'arriver et prenait contact avec les autorités militaires avant de rejoindre son poste à Draguignan.

Magali avait fermement invité Isabelle à rejoindre le domicile.

— Ce n'est pas comme ça que je voyais les choses, dit Magali. Et puis toi, tu dois te surveiller, tu n'es plus seule à affronter le danger. Tu as un petit être à préserver, tu n'as plus le droit de te trouver au milieu des bagarres. Rentrons.

En l'absence de Clément, retenu au village par ces soubresauts, les deux femmes passèrent l'après-midi aux travaux de la ferme. Magali se mit à fendre du bois, refusant avec énergie l'aide d'Isabelle.

— Il faut que tu te surveilles, pas de fatigue inutile.

Isabelle répondit qu'elle n'en était qu'au début, qu'elle n'était pas infirme, et qu'elle pouvait encore travailler. Puis, malgré les efforts qu'elle faisait pour cacher sa déception, elle se mit à pleurer.

— Quoiqu'il arrive tu devrais plutôt être joyeuse maintenant.

— Je suis venue ici pour accomplir deux tâches : avoir des nouvelles des Basses-Alpes, et acheter du liège. Je n'ai rien fait de cela, et en plus me voilà coupée d'Armand en ne sachant pas comment se passent les choses à Ginestière. Cette mort du gendarme m'a déboussolée. Nous avons pensé tout le temps que le droit triompherait, mais nous avions oublié que c'était parfois dans la violence. Je me dis que ce pourrait être aussi bien quelqu'un des nôtres qui se fasse tuer, et que celui-là serait Armand tout comme un autre. Ce qui me ronge, c'est de ne pas savoir comment on vit en ce moment à Ginestière.

Magali essaya de trouver quelques mots pour la tranquilliser, mais elle avait bien conscience que l'angoisse d'Isabelle ne disparaîtrait pas aussi facilement. Puis elle lui proposa d'aller préparer avec elle le repas du soir.

Il était presque dix heures quand, à travers la nuit noire, Clément revint de *La Pomone*.

— Les nouvelles sont mauvaises. Un camarade de Solliès-Pont est venu au grand galop nous prévenir que le préfet a constitué une force d'intervention sous le commandement du colonel Trauers. Il s'agit d'un bataillon du 50ème de ligne, avec un détachement de hussards, et des éléments de la gendarmerie. Ils sont entrés sans difficulté à Cuers parce que la plupart des habitants se terraient chez eux à cause de la mort de Lambert. Cette mort semble avoir paralysé même les plus actifs. Les soldats sont allés directement à la mairie où ils ont délivré Barralier, mais surtout ils ont arrêté les frères Mourre et deux autres qui gardaient le cachot. Nous avons alors quitté *La Pomone* pour nous cacher un moment dans les bois. Nous avons quand même été informés que les militaires avaient arrêté beaucoup de démocrates, sur les indications données par Barralier. On dit qu'ils seraient au moins quatre cents qui seront emmenés au fort Lamalgue, à Toulon. Le docteur Long, Roubaud l'ancien maire, le notaire Rolland, le chirurgien Béguin sont parmi eux. Mais il y a pire. Dans la rue de la Queirade, notre ami le jeune Simon Panisson, qui avait préféré regagner son logis plutôt que de se cacher dans les bois, s'est trouvé face à l'avant-garde du 50ème de ligne. Il a pris peur et il a commis l'erreur de partir en courant. Il a été abattu aussitôt par les militaires. Il n'y a que dans la guerre qu'on puisse tuer quelqu'un sans le juger.

— Tu vois, chaque camp a son mort maintenant, laissa tomber Magali avec une sorte de détachement.

Isabelle restait muette, comme prostrée, ce que ne manqua pas de remarquer son amie qui s'adressa à Clément.

— Il faut faire quelque chose pour elle. Elle ne vit plus depuis qu'elle est sans nouvelles de son homme. Et puis elle doit lui dire qu'il va être père. Je pense que pour elle, c'est plus urgent que de s'occuper de Bonaparte. Il faudrait qu'elle puisse rentrer chez elle au plus vite.

— Pas facile. Désormais, le trafic de la diligence est interrompu entre Toulon et Draguignan, on ne sait pas jusqu'à quand. Mais j'ai peut-être une idée.

— Ce doit être la même que la mienne, c'est pourquoi je t'en parle. Manceron ?

— Oui, je vais aller voir Manceron. Il ne fera aucune difficulté pour me prêter sa carriole et son cheval. Mais il faut faire vite. Toutes les portes de la cité sont maintenant gardées, et on ne sort plus. Heureusement, les militaires ne connaissent pas tous les chemins environnants. La lune est belle, en partant maintenant nous pouvons être à Ginestière en fin de matinée.

Isabelle se précipita dans les bras de Magali puis elle embrassa Clément qui fila aussitôt chez son voisin.

18

La commission municipale révolutionnaire de Ginestière avait repris ses travaux à neuf heures. Il s'agissait de se répartir la liste des notables dont on devait se saisir, et d'organiser la collecte des armes et des vivres, conformément à ce qui avait été décidé.

Un rusquier suggéra de libérer les gendarmes arrêtés la veille.

— Ils ont toujours été loyaux avec nous, et maintenant que nous avons récupéré leurs armes, ils ne sont plus bien gênants. En plus, nous allons manquer de place pour ceux que nous allons arrêter aujourd'hui.

Chacun pensa que c'était surtout Gorlier qui se trouvait visé par cette mesure de faveur, et on décida de l'appliquer aussitôt. On allait passer à la suite de l'ordre du jour quand Louis Bérenguier, un émissaire venu de Cuers, se présenta. On lui donna aussitôt la parole.

— Je suis venu vous informer de ce qui se déroule chez nous. La commission municipale a été mise en place hier. Mais quand nous avons voulu l'installer, nous avons eu des difficultés. Au cours d'une grande manifestation, un brigadier de gendarmerie a été abattu. On accuse l'un des nôtres, Jacquon. Quand je suis parti hier soir, des amis de Solliès-Pont nous prévenaient qu'une colonne militaire était en marche. Je me suis échappé avant que toutes les portes soient surveillées, mais à l'heure qu'il est le village est certainement bouclé.

On soumit le visiteur à de nombreuses questions. La mort du brigadier Lambert parut surprendre et inquiéter nombre de participants. On la commentait par petits groupes.

Devant de nouvelles questions, Berenguier s'excusa de ne pouvoir décrire qu'une situation partielle puisqu'il ignorait ce qui avait pu survenir après son départ. Puis il prit congé.

— Il faut que j'aille informer les amis du Luc et de Vidauban.

Quand il se dirigea vers la porte, Armand le rattrapa.

— Tu as peut-être eu l'occasion de rencontrer une fille d'ici, Isabelle ?

— Oui, on me l'a présentée, c'est celle qui venait pour le liège.

— Donne-moi des nouvelles, c'est ma compagne.

— La dernière fois que je l'ai vue, c'était pendant la manifestation devant la mairie, quand le brigadier a été tué, nous n'étions pas très loin l'un de l'autre. Nous avons parlé de cette affaire. Elle était certaine que celui qu'on accuse, Jacquon, ne pouvait pas être le meurtrier. Pour elle, s'il avait tiré de l'endroit où il se trouvait, d'autres personnes auraient été atteintes. Elle disait que les gendarmes étaient peut-être pressés de trouver un coupable pour faire un exemple. Elle parlait d'aller voir un juge pour témoigner. Mais avec cette situation, je ne sais pas ce qu'elle a pu faire.

En regagnant sa place, Armand se sentait pris d'une sorte de vertige. Non seulement Isabelle se trouvait dans un endroit devenu dangereux, mais en plus elle était prête à se jeter dans la gueule du loup en allant voir un juge. Ce n'était sûrement pas le moment d'attirer l'attention sur elle. On lui demanderait qui elle était, pourquoi elle se trouvait là, et elle était incapable de raconter un mensonge. Toujours ce souci de la justice qui l'amenait à prendre des risques sans se préoccuper d'elle-même.

Pendant qu'il s'entretenait avec l'émissaire, on avait constitué les groupes devant se rendre chez les notables. Il ferait équipe avec Marcel et Gabriel Lotard, un autre rusquier dont il n'appréciait pas beaucoup la compagnie, mais il fallait bien s'en contenter. Il n'était pas temps de faire la fine bouche, la guerre se faisant avec les moyens du bord. Eux devaient se rendre chez Alphonse Voiron, un propriétaire connu pour être un affidé irréductible du marquis de Vitalis.

L'homme, visiblement, s'attendait à cette visite et les avait vus venir. Il ouvrit sa porte avant même qu'on frappât. Aussitôt, Marcel lui posa la question primordiale.

— Reconnaissez-vous que Bonaparte a violé la constitution, et acceptez-vous le pouvoir légitime du peuple ?

Avant de répondre, Voiron prit le temps de dévisager posément ses visiteurs, un léger sourire aux lèvres comme pour leur signifier qu'il ne les prenait pas au sérieux.

— Ni l'un, ni l'autre. Le pouvoir de Bonaparte est parfaitement légitime et il ne tombera pas entre les mains des socialistes et des semeurs de désordre.

— Eh bien, alors, lisez ceci, répondit Lotard en lui tendant l'ordre portant une signature illisible : « *Le citoyen Voiron Alphonse est prié de se rendre immédiatement à la mairie avec ses armes et munitions* ».

Voiron haussa les épaules.

— Ce torchon n'a rien d'un document officiel, mais je m'y plie car je sais qu'il ne sera pas longtemps valable. Quand vous aurez fini de jouer avec les institutions, ce ne sera plus qu'un souvenir, un bon pour moi, un mauvais pour vous. Mon fusil est chargé. Voulez-vous attendre que je le décharge ?

Le trio accepta et Voiron apporta une lenteur exagérée à la pratique de l'opération. Pour Armand, c'était là sa façon d'exprimer sa réprobation. Lotard, lui, ne put contenir son irritation.

— Mais c'est qu'il faut faire vite, dépêchez-vous !

— Faire vite ? Allons bon ! Votre République a bien le temps d'attendre, laissa tomber l'interpellé avec une moue de mépris.

Armand eut juste le temps de retenir le poing que Lotard s'apprêtait à envoyer dans la figure de son interlocuteur.

— Nous avons le droit pour nous, il est stupide d'employer la force quand ce n'est pas nécessaire.

Muette et paralysée par la frayeur, l'épouse assistait à la scène depuis le seuil de la pièce en tordant son mouchoir.

On entassa toutes les cartouches dans un carnier, et Voiron embrassa sa femme en essayant de la rassurer : « ne t'inquiète pas, on me fera vite droit, je n'ai rien à me reprocher. Et puis, si on ne me le fait pas, l'armée légale saura vite remettre un peu d'ordre dans cette folie délirante ».

Les quatre hommes prirent la direction de la mairie, sous les regards des voisins dont plusieurs se réjouissaient et en profitaient pour dire à l'otage ce qu'ils pensaient de lui. Voiron ne cillait pas, gardant obstinément son regard vers l'avant.

Alors que le groupe arrivait devant l'hôtel de ville, Armand aperçut une carriole qui débouchait sur la place. Une joyeuse bouffée de chaleur, comme un brutal soulagement, l'envahit quand il reconnut Isabelle qui s'apprêtait à en descendre. Il fit signe aux autres de poursuivre et se dirigea vers l'attelage. Elle était donc là, bien là, bien vivante, et il se précipita vers elle les bras ouverts. Elle s'y précipita, ses mains parcourant le corps d'Armand comme pour s'assurer qu'il n'était pas blessé. Clément, resté un peu en arrière, n'osait pas troubler leur étreinte. Elle dit à Armand qui était cet homme et conta de quelle façon ils s'étaient enfuis, comment elle avait passé la nuit enroulée dans une couverture sur la carriole. Armand s'approcha de Clément et les deux hommes se serrèrent la main avec chaleur.

— J'avais bien entendu parler d'Armand de Ginestière, mais je ne savais pas que nous nous rencontrerions dans ces conditions. On ne peut pas tout prévoir, mais ce qui est sûr, c'est qu'il va falloir nous battre.

— Nous avons eu des nouvelles de Cuers ce matin par Bérenguier.

— Oui, mais quand il est parti, il ne savait pas tout. Bien des choses se sont déroulées par la suite. Isabelle va t'expliquer. Moi, il faut que je retourne, je ne serai pas de trop là-bas.

Isabelle raconta alors le déroulement de la soirée, l'irruption de la troupe, les arrestations, la mort de Panisson, la chape qui s'était abattue sur la cité, réduisant à néant toute velléité d'insurrection. Elle lui dit aussi sa déception de n'avoir pu remplir correctement les missions qui lui avaient été confiées.

— Ne te désole pas, avec ce qui nous tombe dessus, tu vas trouver bien d'autres missions à accomplir.

Armand lui expliqua la situation de Ginestière, la commission municipale, et le rôle qu'il y tenait presque par hasard.

Ils s'embrassèrent à nouveau comme s'ils oubliaient l'urgence du moment. Puis Isabelle se recula doucement.

— Je vais aller me reposer un peu. Toi, Monsieur le conseiller municipal, va faire ton travail avec les autres puisqu'ils comptent sur toi. Moi aussi, je compte sur toi et j'ai encore quelque chose à dire, mais j'attendrai que nous soyons vraiment seuls parce que ça ne concerne que nous.

En remontant vers la salle du conseil, Armand se demanda ce qu'elle avait encore à lui dire. Peut-être voulait-elle lui proposer de l'épouser. Jusqu'ici, ni l'un ni l'autre ne s'était posé la question, mais si elle le souhaitait, pourquoi pas ? Ils avaient même eu l'occasion d'en sourire. Pourquoi pas en effet, un mariage dans la tradition bien bourgeoise, le passage à l'église en moins ? Il pensait à la tête du marquis, et envisageait déjà une belle fête avec ses amis rusquiers et bouchonniers. Une fête au milieu des bois, chacun lèverait son verre à leur santé, et des charbonniers italiens assureraient la musique avec leurs inévitables accordéons.

Quand il rejoignit la table du conseil, Soulié dressait l'état du mouvement insurrectionnel d'après ce qu'on pouvait en connaître grâce aux quelques émissaires qui, tels Bérenguier, portaient la parole de village en village. Il précisait qu'au Luc une colonne venait de se former et se tenait prête à partir vers la préfecture. Il en était de même à Grimaud, Cogolin, Vidauban, Collobrières, Saint-Tropez. Il ne fallait plus compter sur Toulon où l'armée avait pris le contrôle. On n'avait que quelques nouvelles peu encourageantes d'Hyères, solidement tenue par la municipalité cléricale du comte David de Beauregard. Pour lui, il ne fallait pas trop espérer sur la côte, peuplée plus bourgeoisement, mais les ruraux du centre et du nord du département seraient capables de soulever une force considérable. De plus, le bruit courait qu'on commençait à se soulever dans les Basses-Alpes, dans la Drôme, l'Yonne, la Nièvre...

Puis on discuta longuement pour savoir si Ginestière devait à son tour former une colonne révolutionnaire. Le conseil se divisait entre ceux qui souhaitaient attendre encore un peu pour voir si Bonaparte oserait étendre la répression entamée à Cuers, et ceux qui estimaient qu'il n'y avait plus une minute à perdre. Finalement, il fut décidé à une large majorité de continuer à s'équiper en armes et en vivres jusqu'au lendemain midi, puis de partir en début d'après-midi pour se joindre à la colonne du Luc. Ce délai ne serait pas superflu pour préparer et équiper de la façon la plus favorable le bataillon des Ginestiérois.

Armand rentra chez lui en milieu d'après-midi en pensant qu'il pourrait ainsi rattraper un peu du sommeil perdu ces derniers jours. Et il était surtout pressé de retrouver Isabelle et ses bras. Au fur et à mesure qu'il s'approchait de son domicile, sa tête s'emplissait des gestes, des mimiques, et des rires de son aimée. Enfin, il attendait avec amusement la révélation du secret. C'est sûr, si elle se mettait à parler de mariage, ils éclateraient de rire ensemble.

Il n'eut pas à attendre longtemps. À peine était-il entré qu'elle se précipita vers lui, rayonnante. « Tu vas être père ! »

Il éprouva alors un sentiment qu'il aurait eu du mal à définir, où se mêlaient la joie et une sorte de reconnaissance à l'égard de celle qui allait lui donner un enfant, et créer ainsi une nouvelle vie, une vie qui serait leur œuvre commune. Curieusement, s'il avait d'abord pensé au mariage, l'idée qu'Isabelle put être enceinte ne l'avait pas effleuré. Il la couvrit avec frénésie de baisers dans le cou, sur la bouche, les joues, le front, comme s'il craignait de ne pas en déposer assez sur cette peau dont il retrouvait la douceur après la séparation.

Sans mot dire ils se dirigèrent vers le lit pour y retrouver le bonheur de n'être qu'un corps unique.

Quand ils revinrent à eux, les réalités du moment reprirent le dessus. Il l'informa du projet de départ de la colonne révolutionnaire pour le lendemain.

— Nous allons être encore un peu séparés, dit Armand. Mais nous essaierons de faire en sorte de gagner rapidement.

— Comment, séparés ? Mais je viens avec toi !

— Dans ton état ?

— Mon état ? Mais je ne suis pas malade, et ce n'est que le début, je peux encore marcher et chanter La Marseillaise ! Je ne veux pas manquer la victoire de la République.

— Ne te fais pas d'illusions, c'est une véritable armée qui va se constituer. Est-ce que les femmes ont leur place dans une armée ?

Isabelle éclata de rire.

— Eh bien, je crois que nous les femmes, nous avons encore une grande tâche devant nous. Celle de nous faire admettre par les hommes comme leurs égales. Tu feras bien de lire le livre de mon amie Flora Tristan. Ce n'était pas une amie personnelle, mais c'était l'amie de toutes les femmes, même si beaucoup d'elles ne le savaient pas. Un an avant sa mort, en 1844, elle a publié « *l'Union ouvrière* », où elle démontre que le salut de la classe ouvrière passe par le combat commun des hommes et des femmes.

Elle se leva pour aller à l'étagère où se trouvait la quinzaine de livres - ses trésors, disait-elle - qu'elle avait emportés en venant s'installer ici. Elle feuilletait, à la recherche d'une page précise.

— Tiens, ouvre tes oreilles et écoute bien :« *D'après un calcul fort simple, il est évident que la richesse croîtra indéfiniment le jour où l'on appellera les femmes (la moitié du genre humain) à apporter dans l'activité sociale leur somme d'intelligence, de force, et de capacité. Ceci est aussi facile à comprendre que 2 est le double de 1. L'Église ayant dit que la femme était le péché ; le législateur, que par elle-même elle n'était rien, qu'elle ne devait jouir d'aucun droit ; le savant philosophe que par son organisation elle n'avait pas d'intelligence, on en a conclu que c'était un pauvre être déshérité de Dieu, et les hommes et la société l'ont traitée en conséquence. Croyant que la femme, par son organisation, manquait de force, d'intelligence, de capacité, et qu'elle était impropre aux travaux sérieux et utiles, on en a conclu très logiquement que ce serait perdre son temps que de lui donner une éducation rationnelle, solide, sévère, capable d'en faire un membre utile à la société. On l'a donc élevée pour être une gentille poupée et une esclave destinée à distraire son maître et à le servir* ». Faut-il que je continue ?

— Pitié ! J'abdique ! J'en ai assez entendu pour aujourd'hui, répondit Armand en riant.

— Eh bien, Monsieur le conseiller municipal, quand nous aurons fini la guerre, tu veilleras à donner aux femmes la place qui est la leur dans la société. Et d'abord, tu liras ce livre, et tu le feras lire à quelques-uns de tes amis qui en ont bien besoin.

Armand la connaissait assez pour savoir qu'il ne servirait à rien d'essayer de la dissuader de s'engager dans la colonne insurrectionnelle.

— Tu ne porteras pas d'arme, pour éviter une fatigue supplémentaire.

— Nous verrons bien. Je ne ferai que ce que je pourrai faire. C'est sûr, je ne porterai pas un canon, mais un lance-pierres, c'est possible.

Puis il lui donna les noms de quelques-uns qui étaient disposés à s'enrôler dans la colonne. On y trouvait Frédéric et Monette, ce qui la ravit. « Il y aura même les frères Robion, leur père les laisse faire, il vieillit bien cet Arsène ! »

— Il faut dire, reprit Isabelle, qu'ils ont tout de même l'âge de décider ce qu'ils doivent faire. Ce ne sont pas des femmes, eux.

Et ils rirent ensemble.

19

Le matin du 6 décembre, un silence inhabituel régnait dans Ginestière, et la fine couche de neige tombée dans la nuit ne suffisait à l'expliquer. Chacun avait conscience que des événements décisifs suivaient leur lente et inexorable gestation. Un mouvement venu de loin, qui les dépassait tous, s'apprêtait à mettre en marche des actions que les villageois ne pouvaient deviner. On voyait par moments des petits groupes d'hommes portant à la mairie les armes qu'ils venaient encore de saisir. Vers onze heures, la cité s'anima vraiment avec l'ouverture de la séance de la commission municipale. Dans le même temps, une équipe s'installait au bureau de poste après avoir conduit le receveur à la prison provisoire.

Marcel avait pris la direction de l'opération. Il avait estimé qu'on ne pourrait pas compter sur Courchet pour communiquer à la nouvelle municipalité les dépêches télégraphiques qui arriveraient. Le plus sûr était donc de prendre sa place après l'avoir mis hors d'état de rendre quelque service que ce fût au parti des blancs.

Il lut la première dépêche qui lui tomba sous la main. Elle était datée du 3 décembre et sa réception avait eu lieu hier à 14 heures. C'était un communiqué du ministre de la guerre indiquant qu'un début d'insurrection avait été constaté dans la capitale, mais qu'il avait été jugulé. « *Paris est tranquille* » en était la dernière phrase.

— Nous ne sommes pas obligés de le croire, lança quelqu'un. En tout cas, si on prend le soin de nous dire que la ville est tranquille, c'est que d'autres ont bougé, c'est bien la preuve que le coup d'État ne satisfait pas tout le monde.

Puis il demanda le silence pour lire la deuxième. Elle était datée du 4 et était arrivée la veille à 16 heures. Elle émanait du ministre de l'Intérieur :

« Le ministre de la guerre a fait afficher une proclamation portant que tout individu qui sera pris, construisant ou défendant une barricade, ou les armes à la main, sera fusillé sur-le-champ.

Je vous remercie de prendre la même mesure dans votre département »

Marcel ajouta que la dépêche était signée pour copie conforme par le nouveau préfet, T. Pastoureau.

— Eh bien, voilà, c'est sa façon à lui de nous signaler sa prise de fonction. C'est son premier contact avec le peuple d'ici, il est trop aimable, ce garçon…

— Il ne va pas nous impressionner avec ses menaces, lança une voix. De toute façon, la bonne triomphera, et c'est lui qui risque d'être fusillé sur-le-champ. Ce qu'ils ont fait à Cuers à Panisson ne doit pas être oublié. Assassiné pour être parti en courant, on ne lui a laissé aucune chance, même pas celle de pouvoir expliquer pourquoi il courait. Et c'est bien Pastoureau qui était aux commandes là-bas. Quand les comptes se régleront, on pensera d'abord à lui.

Une autre dépêche, reçue dans la nuit, mettait en cause le rôle des sociétés secrètes dans le mouvement insurrectionnel, affirmait que l'armée avait repris la situation en mains, et concluait : « *Lille, Amiens, Bordeaux, Brest, Rennes, Poitiers, Châteauroux, Bourges, Blois, Caen, sont calmes* ».

— Vous ne trouvez pas la chose un peu bizarre ? demanda une voix. C'est un peu comme pour Paris. Si on nous dit que ces villes-là sont calmes, c'est qu'il s'y est forcément passé quelque chose, sinon pourquoi les nommerait-on ? Donc, il est certain que nous ne sommes pas seuls. Et les villes en question ne resteront peut-être pas calmes éternellement.

Enfin, on apprit à cette occasion que le département lui-même venait d'être déclaré en état de siège. « Ce n'est pas ça qui nous fera changer nos projets, lança une voix. Ce serait même une raison supplémentaire ».

On commençait à commenter bruyamment le contenu des dépêches quand un cri : « Taisez-vous ! Écoutez ! » fut lancé par une femme proche de la fenêtre, qu'elle ouvrit aussitôt.

Il y eut un instant de stupeur. C'était bien un roulement de tambour qui se rapprochait. Chacun pensa que la colonne militaire du colonel Trauers arrivait plus tôt que prévu. On entendit : « Aux armes ! À la mairie tout de suite ! » Et on se précipita vers l'hôtel de ville afin de s'équiper en hâte pour faire face à l'armée régulière.

Quand les premiers arrivèrent sur la place de l'Orme, un immense soulagement les gagna. Ils sentirent monter la vague douce de l'espérance. L'armée qui venait d'apparaître à leurs yeux n'était pas celle de Trauers, mais celle des insurgés de Saint-Tropez, Gassin, Cogolin et Grimaud qui venait pour se rassembler avec le bataillon de Ginestière. Les drapeaux rouges agités derrière le tambour ne laissaient aucune illusion sur sa nature. L'équipement hétéroclite de ces soldats disait aussi bien à quel camp ils appartenaient : fusils de chasse, lance-pierres, simples gourdins, vêtements disparates, c'était l'armée des opprimés, mais aussi l'armée des grandes espérances. Ils devaient être environ quatre cents, le visage déjà creusé par la fatigue. Au premier rang, un soldat bien particulier montrait aussi que cette armée n'était pas ordinaire : une femme brune, jeune, belle, le port droit, vêtue d'une robe bleue et coiffée d'un bonnet phrygien. Marcel, qui la connaissait déjà, donna l'explication.

— Il s'agit de Césarine Ferrier, la femme du maire insurrectionnel de Grimaud. On la surnomme la *déesse Raison*, c'est notre belle déesse, elle nous portera chance.

On la remarquait d'autant mieux que les femmes étaient rares dans les rangs. Les occupants de la mairie, qui avaient été eux aussi alertés par le son du tambour, accueillaient les nouveaux avec force embrassades. Il fut convenu qu'on allait marquer un temps d'arrêt pour permettre aux arrivants de se reposer, et à tous de prendre un repas avant la marche de l'après-midi. Un émissaire était venu dans la matinée apporter le mot d'ordre. L'objectif était de rejoindre Vidauban où on se regrouperait avec les bataillons venus de Brignoles et du Luc, puis on irait chercher ceux des Arcs pour marcher sur Draguignan.

Tout en mangeant on fit connaissance. Armand découvrit ainsi celui qui semblait être le chef, Campdoras. C'était auparavant un chirurgien de marine à bord du *Pingouin*, un navire qui mouillait dans la rade de Saint-Tropez. Dès l'annonce du coup d'État, il avait renoncé au confort d'une brillante carrière par conviction républicaine. Ce grand brun aux cheveux noirs et à la forte barbe, au regard franc, s'exprimait avec aisance. Il raconta comment, en passant à Gassin, il avait enlevé les fusils de la municipalité pour en équiper ses compagnons. Frédéric suivait ses paroles avec admiration.

Pendant que les hommes mangeaient, peu à peu des habitants avertis du départ imminent venaient les rejoindre avec, pour beaucoup d'entre eux, l'intention de les suivre. Armand essaya de compter à peu près le nombre de Ginestiérois qui allaient se lancer dans la bataille, et il l'estima à plus de trois cents. Mais ceux qui ne partiraient pas se trouvaient déjà sur le pas de leur porte pour encourager leurs représentants et leur souhaiter bonne chance.

Il arriva un autre émissaire du Luc informant que la colonne révolutionnaire de cette localité s'apprêtait maintenant à partir pour Vidauban. Il signala aussi que l'armée de Trauers était toujours stationnée à Cuers où plus aucune action n'était possible. Mais différents mouvements laissaient craindre que la majeure partie allait faire route vers la préfecture. Isabelle pensa alors au malheureux Jacquon, dont elle revoyait le regard angoissé. Il se trouvait peut-être déjà fusillé sans qu'on ait instruit son procès.

Deux hommes armés descendirent au sous-sol de la mairie pour inviter les onze prisonniers à les suivre. Revenus à l'extérieur, les otages furent aussitôt cernés par les baïonnettes volées à la gendarmerie, puis on les disposa au milieu de la colonne.

L'ordre du départ fut donné. Armand éprouva une certaine satisfaction en constatant que ceux qui marchaient devant, et qui paraissaient les plus déterminés, étaient pour la plupart des rusquiers et des bouchonniers. Il en fit part à Marcel.

— C'est explicable répondit Marcel. Isidore Guichard avait vu juste l'autre soir. Ils ont mené une longue grève qui n'a rien rapporté. Ils se sentent exploités, humiliés. Ce coup d'État qui leur donne le sentiment d'être encore plus méprisés les conduit à exprimer leur colère, une colère qu'ils ont trop longtemps remâchée. Aujourd'hui, ils veulent surtout retrouver leur dignité.

Dans les rues, certains villageois lançaient des encouragements. À la sortie du bourg, un groupe de femmes s'écria : « Bon voyage, citoyens ! Revenez bientôt avec la bonne ! Vive les rouges ! Vive la République ! ». Monette se dit que ces gens qui les acclamaient leur avaient en quelque sorte délégué leur confiance et qu'il ne fallait pas les décevoir. Puis elle pensa à son père qui avait longuement hoché la tête avant de finir par donner son accord, et qui lui avait dit : « sois prudente, je ne veux pas te perdre ».

Il fallut quatre heures pour atteindre Vidauban où attendait le bataillon constitué dans la cité. Les arrivants furent acclamés, des drapeaux rouges étaient agités aux fenêtres. On entendit chanter *La Marseillaise* et *La Lanterne*. On s'arrêta sur la place de l'Hôtel de Ville. Moins d'une heure après, ceux du Luc arrivaient, emmenant avec eux ceux des Mayons, du Cannet, de Flassans et de Pignans.

En tête de cette colonne marchait un riche propriétaire du Luc, que sa condition aisée n'empêchait pas de se battre pour la République, Alix Geoffroy. Malgré ses soixante-dix ans, il se montrait l'un des plus vaillants dans l'action. Geoffroy raconta l'histoire de son concitoyen, le vieux père Mineur qui, malgré son grand âge et ses forces défaillantes, avait tenu à s'engager dans la colonne. « Je ne veux pas mourir sans m'être battu pour une noble cause, disait-il. Chacun devrait avoir fait ça au moins une fois dans sa vie ». À la sortie du Luc, Mineur avait incité ses camarades à édifier une barricade. Et comme personne n'en voyait l'utilité, ce têtu s'était retrouvé seul à commencer à entasser des branchages, du vieux bois et des pierres. Mais voyant la colonne le distancer, il avait fini par mettre fin à son projet et avait rejoint ses camarades au prix d'un tel effort qu'il avait ensuite fallu se relayer pour le porter jusqu'à Vidauban. On en sourit mais tous pensèrent que Mineur était un bel exemple de dévouement à la République.

Les Vidaubanais se montraient d'une exceptionnelle hospitalité. Certains apportaient de la nourriture, ou offraient à boire, d'autres proposaient de loger pour la nuit les soldats de fortune chez eux ou dans leurs granges. Beaucoup engageaient la conversation en affirmant leur certitude de voir l'aventure couronnée par la réussite. Après le repas, les chefs des différentes unités décidaient de se réunir à la mairie pour envisager la suite.

Une grave divergence ne tarda pas à éclater. C'est Maillan, le chef des Vidaubanais qui avait soulevé le problème.

— D'après ce que nous savons, Draguignan est sévèrement protégée. La troupe occupe la ville, et des détachements sillonnent les rues. Les entrées sont gardées. Nous n'aurons pas la capacité de lutter. Il faut renforcer nos effectifs avant de nous y rendre, sinon nous sommes perdus.

Campdoras lui répondit.

— Nous sommes tous partis avec comme objectif la prise de Draguignan, en sachant quels étaient les risques. Nous savions bien que nous ne partions pas pour aller cueillir des champignons. D'après mes comptes, dans tout le département, il y a environ six mille hommes qui se soulèvent.

Nous sommes l'avant-garde et nous nous trouvons à quelques kilomètres du but, ce n'est pas le moment de reculer. De plus, il y a là-bas un comité républicain puissant, qui nous communique des informations sur ce qu'il s'y passe malgré l'occupation par l'armée. Il nous apportera son soutien, son renfort sera décisif. Quand nous nous présenterons, le comité ouvrira la lutte de l'intérieur. Pas de reculade !

La discussion s'envenima, certains accusant Maillan de défaitisme alors que d'autres prétendaient que Campdoras manquait de réalisme. Des injures ne tardèrent pas à fuser, provoquant la consternation de beaucoup de participants.

— Voilà bien notre problème, dit Armand à Frédéric. Nous sommes nombreux, nous avons tous le même but, mais nous sommes une armée sans chef. Chacun veut appliquer ce qu'il croit être légitime et personne ne dirige vraiment les opérations. Bien fort celui qui pourrait dire ce que nous allons faire demain.

À ce moment, un homme fit dans la salle une entrée remarquée. Sa seule apparition fit taire les divergences. Cheveux en bataille, le regard vif, il portait une épée au côté et il était suivi d'un individu curieusement vêtu en spahi. Maillan lui demanda de se présenter.

— Je m'appelle Camille Duteil, certains d'entre vous connaissent mon nom puisque je suis journaliste au *Peuple*, à Marseille.

Quelques-uns mirent alors un visage sur les écrits énergiquement républicains qu'ils avaient eu l'occasion de lire dans ce journal.

— J'ai décidé de me mettre au service de votre cause. Je suis porteur d'une lettre de Paulin David, votre camarade du Luc, dont je vous donnerai connaissance, qui m'engage à prendre le commandement des forces insurrectionnelles du Var. Je crois pouvoir affirmer que je connais la guerre et la stratégie militaire pour avoir été jadis officier du génie. J'ai notamment servi au siège d'Anvers. Je suis prêt à prendre la direction du combat si vous me faites l'honneur de m'en confier la charge.

Dans l'assistance un mouvement sembla se faire jour en faveur de cette proposition. Au souvenir de ce que cet homme avait déjà écrit, il n'était pas question de mettre en doute ses sentiments républicains. De plus, il disait avoir une expérience militaire, et il savait parler. C'était l'homme dont on avait besoin. « Nommons-le général ! », suggéra quelqu'un. Campdoras confia à Armand : « celui-là ne m'inspire pas confiance, je ne crois pas trop aux hommes providentiels qui tombent du ciel au bon moment. Mais enfin, si c'est un moyen de mettre fin à cette discussion inutile, et si on peut ainsi arriver à une direction unique, acceptons-le. Nous verrons bien sur le terrain ce qu'il y aura lieu de faire ».

C'est ainsi que la nomination de Duteil au grade de général fut votée à une large majorité des participants. Il présenta alors le spahi qui l'accompagnait comme étant son aide de camp. Invité à s'asseoir au bureau où se trouvaient les animateurs de la réunion, il fit part de ses priorités. Après quelques considérations générales sur la situation, il manifesta un désir qui surprit.

— Que l'on me trouve des éperons, des bottes et un cheval. Celui qui m'a amené depuis le Luc est bien trop fatigué.

Campdoras ne put plus se contenir.

— Nous avons déjà perdu un temps précieux en discussions et vous ne trouvez rien d'autre à faire qu'à chercher des bottes et changer de cheval ? Est-ce la première nécessité pour un général ?

— Si c'est ainsi qu'on me respecte, je peux donner ma démission sur-le-champ, et vous vous débrouillerez !

Martel, le responsable de Saint-Tropez, trouva des paroles apaisantes qui amenèrent un semblant de réconciliation. Alors Duteil pensa qu'il était temps pour lui de se mettre dans la peau du général.

— Que tous les chefs fassent mettre leurs contingents sous les armes, je vais effectuer une revue des troupes.

Les dix-huit cents républicains présents furent alors rangés en ordre de bataille sur la place et une longue attente commença sous la lune que le froid rendait plus éclatante.

Malgré leur conviction de se battre pour une noble cause, avec les aléas qui s'y rattachaient, les hommes commençaient à s'impatienter. Le général se faisant désirer, Armand prit Isabelle dans ses bras pour la réchauffer. Césarine Ferrier, qui connaissait l'état d'Isabelle, se défit de son bonnet phrygien et l'en coiffa. « Garde-le, il te va très bien », ajouta-t-elle.

Ce n'est que deux heures plus tard que Duteil commença son inspection. Ce long délai résultait du fait que dans la mairie, la discussion avait repris entre lui et quelques responsables sur l'opportunité de se diriger le lendemain vers Draguignan. Le nommé Imbert, venu de cette ville, évoquait le dispositif mis en place pour repousser les républicains. « Ce serait une folie que de tenter un siège dans des conditions aussi défavorables ». Un autre républicain venu lui aussi de Draguignan, comptait sur le concours de la ville, mais aussi sur les habitants des communes environnantes qui ne manqueraient pas, dès les premiers coups de feu, de venir renforcer les démocrates. Duteil, lui, se montrait hésitant, et peu pressé en réalité de s'affronter à l'ennemi. Il tenta une démonstration confuse, selon laquelle il pouvait être profitable de se mettre momentanément à l'écart, pour la raison que la colonne menée par le colonel Trauers marchait sur Draguignan. Quand elle aurait rejoint les forces stationnées au chef-lieu, il suffirait de revenir et de prendre la ville en tenaille pour s'assurer de la victoire.

C'est pourtant Achard qui finit par emporter la décision.

— Prendre le chef-lieu, c'est se rendre maître du département tout entier. C'est pourquoi il ne faut pas tarder. S'il faut affronter des barricades pour y pénétrer, quelle importance ? Nous ne sommes pas réunis pour une promenade militaire. On doit avoir confiance dans le courage des républicains, ils sauront faire leur devoir.

Ces paroles déclenchèrent l'enthousiasme des nombreuses personnes encore présentes dans la salle. On entendit aussitôt des cris : « A Draguignan ! À Draguignan ! »

Imbert essaya de reprendre la parole, mais il ne parvint pas à se faire entendre. Quelqu'un avait ouvert la fenêtre, pour informer la troupe massée sur la place. « Demain, nous allons à Draguignan ! »

Duteil essaya à son tour de s'exprimer, mais le roulement du tambour et les cris « A Draguignan ! » lancés du bas comme de la salle l'amenèrent à se rasseoir, une expression de lassitude sur le visage.

C'est ainsi que le général Duteil prit malgré lui sa première décision, celle d'accompagner sa troupe à Draguignan.

Personne n'osa lui dire que, durant la discussion, un groupe d'une cinquantaine d'hommes venus de Saint-Raphaël, sous la direction du nommé Hennequin, s'était présenté pour se joindre aux insurgés. Armand les avait informés de la situation.

— Il nous manquait jusqu'ici un chef pour coordonner toutes nos actions. C'est fait, nous avons désigné un général.

— Qui est-ce ? avait demandé Hennequin.

— C'est un journaliste marseillais, Camille Duteil.

— Lui ? Mais c'est impensable ! Un paltoquet de cette espèce ! Il est bon pour écrire de jolies phrases, mais quand il faut agir, c'est autre chose. Vous ne le connaissez pas ! Moi, je le connais trop ! Avec lui vous n'arriverez à rien ! Ce n'était pas la peine que nous nous déplacions.

Et Hennequin, furieux, se tourna vers son groupe.

— Allons, les amis, ce qui se passe ici est une mascarade ! Nous pouvons retourner chez nous !

Et le groupe repartit comme il était venu.

20

— Il faut que nous nous dépêchions si nous voulons être à Draguignan avant Trauers, avait dit Duteil.

Pour cette fois, l'ensemble des combattants s'accordait avec son général. C'est pourquoi, vers cinq heures du matin, pas encore remis du cheminement de la veille, les soldats de l'armée des gueux se remettaient tant bien que mal en ordre de marche. Entendant les bruits des préparatifs, les habitants des environs se pressaient pour saluer une nouvelle fois cette colonne qui portait leurs espoirs.

On alla chercher dans une salle de classe où ils avaient été enfermés les trente-deux otages arrêtés dans les différentes localités. Alors qu'ils étaient arrivés là au sein de leurs bataillons respectifs, sur ordre de Duteil on les maintint regroupés au milieu de la colonne afin de faciliter leur surveillance.

Au début de la marche, Isabelle, coiffée de son bonnet, se laissa rattraper par les prisonniers. L 'un des gardiens, alors qu'un prisonnier se plaignait, malgré le froid, de la chaleur que procurait le rythme du déplacement, se tourna vers elle : « *se fouié, suzarié ben maï* » (S'il piochait, il transpirerait bien plus). Elle éprouva un certain plaisir à toiser du regard Alphonse Voiron. Celui-ci donna un coup de coude à son voisin qui se trouvait être le patron bouchonnier Flamenq, et commenta à voix suffisamment haute pour être entendu : « Quelle honte ! Se livrer à des singeries de cet ordre quand sa famille a un rang à tenir… » Isabelle ne répondit rien mais un regard appuyé en direction de Voiron obligea celui-ci à tourner la tête.

À huit heures du matin, la colonne arriva aux Arcs. L'accueil des habitants était aussi chaleureux qu'à Vidauban, à en juger par la distribution spontanée de nourriture. On attendit quelques instants que se joignent les contingents venus du Muy, de Bagnols en Forêt et du Puget-de-Fréjus, ce qui renforça l'effectif de plus de 400 hommes. Ceux-là apportaient des bonnes nouvelles de leurs cités et il apparaissait que partout les municipalités réactionnaires avaient été renversées et remplacées par les commissions républicaines. Tous évoquaient l'enthousiasme des habitants, leur volonté d'aider la colonne par tous les moyens, en donnant des vivres, en prêtant des armes, en offrant des couvertures, en fournissant l'hébergement.

Avant de repartir, Duteil réunit les chefs de chaque contingent pour décider de la suite.

— Voici mon plan : nous allons nous diviser en deux colonnes. L'une marchera sur le Muy, la seconde sur Salernes, afin de rallier toutes les communes voisines. Puis les deux colonnes ainsi augmentées marcheront sur Draguignan où s'effectuera la jonction pour l'attaque finale.

Estimant qu'il était utile de se renforcer de la sorte avant l'assaut décisif, tous les chefs se trouvèrent immédiatement en accord avec cette stratégie. Imbert et Achard, les émissaires de Draguignan, furent invités à se porter immédiatement dans leur ville pour informer les patriotes de là-bas, et préparer au mieux l'entrée des insurgés.

— Nos camarades sur place seront prêts, ils le sont déjà depuis un moment, assurait Achard. Ils n'attendent plus que vous.

Duteil sépara alors la colonne en deux, conservant avec lui l'effectif le plus important ainsi que les prisonniers, cette première partie devant se rendre à Salernes. Sa route étant plus longue à accomplir que celle devant se rendre au Muy, il fut décidé que la seconde demeurerait encore un moment aux Arcs en attendant les ordres. Le contingent de Ginestière était de la première, et Armand, Isabelle, Marcel, Frédéric et Monette eurent à plusieurs reprises l'occasion de côtoyer leur général qui leur paraissait bien nerveux.

— Il donne l'impression de partir dans tous les sens, critiqua Marcel. Ce qui est la meilleure façon d'arriver nulle part.

Ils étaient aux côtés de Duteil quand un représentant du Luc vint lui apporter une nouvelle qui le mit en joie.

— Nous avions un camarade, Méric, enfermé au pénitencier de Belle-Isle. Nos amis qui ont pris le bureau de poste nous ont fait savoir que Méric a envoyé un télégramme à son épouse pour lui annoncer qu'il allait être libéré. C'est bon signe, le pouvoir recule.

Duteil n'attendit pas plus d'explication, et bondit.

— Mais alors, cela signifie que les républicains ont pris Paris ! Nous sommes en train de gagner ! Je vais voir nos prisonniers aussitôt pour leur parler.

Alors que le général se mettait par côté pour se laisser rejoindre par le groupe des otages, Campdoras se tourna vers Armand.

— Il m'inquiète. Comment peut-il tirer des conclusions pareilles sur un simple racontar ? Qui a vu la dépêche de Méric, et qui a rapporté la nouvelle ? Et même si elle est fondée, comment en conclure que Paris est pris ? Ce n'est pas un chef, c'est un gamin, il prend ses désirs pour la réalité. Et puis, à quoi cela peut-il bien servir d'aller parler aux prisonniers ? Il y a peut-être mieux à faire en ce moment.

Armand rejoignit alors Duteil pour entendre sa déclaration. Le général fit stopper le groupe des otages.

— Citoyens, les dépêches nous annoncent que Paris est au pouvoir des ouvriers, Napoléon est enfermé au fort de Vincennes. Je ferai tout mon possible pour alléger votre position car l'humanité est l'arme de la démocratie. Vous n'aurez pas à souffrir de votre séjour parmi nous car notre victoire appellera notre clémence.

Les prisonniers se regardèrent sans un mot, comme incrédules.

Quand Armand rejoignit son groupe et relata ces paroles, Campdoras entra en rage.

— Mais où a-t-il entendu que Napoléon était à Vincennes ? Et que Paris était pris ? Personne n'a dit une chose pareille. Si son imagination est aussi féconde, il est capable de prendre une défaite pour une victoire. Je me demande jusqu'où va nous conduire son aveuglement.

La suite de la marche fut émaillée d'annonces contradictoires. D'abord, Duteil envoya un émissaire aux Arcs pour ordonner à la colonne qui s'y trouvait encore d'entamer la marche sur Le Muy. Mais peu de temps après, il en envoyait un autre pour annuler l'ordre précédent et demander à la même colonne de rejoindre la sienne afin de marcher ensemble sur Salernes. Et on marqua même un temps d'arrêt, sur lequel chacun s'interrogeait, facilitant ainsi l'éventuelle poursuite par l'armée de Trauers.

Inquiets devant l'incohérence de cette attitude, certains chefs commençaient à dire qu'ils allaient agir à leur guise sans plus tenir aucun compte de la présence de Duteil. Quelques-uns en étaient même à supposer que ce prétendu général n'était qu'un traître à la solde du pouvoir, envoyé là pour faire échouer l'insurrection.

— Je n'y comprends plus rien, disait Armand. Nous devions marcher sur Draguignan. Voilà que maintenant il nous faut aller à Salernes, et donc nous nous éloignons du but. Nous allons faire un détour qui nous fera perdre du temps. Certes, c'est pour nous regrouper avec ceux de Salernes. Mais nous aurions gagné des heures précieuses en demandant à ceux-là de nous rejoindre. Nous faisons l'inverse de ce qui était le plus simple.

Plusieurs rusquiers et bouchonniers de Ginestière vinrent trouver Marcel, Armand, et Amalric, en leur faisant part de leur souhait de créer un bataillon dissident qui essaierait d'en entraîner d'autres dans une marche immédiate sur Draguignan.

Les trois hommes, tout en les comprenant, eurent bien du mal à les calmer en leur expliquant qu'il était important de demeurer unis. « Si nous commençons à nous diviser dès maintenant, c'est la meilleure arme que nous puissions fournir à l'ennemi ».

C'est alors que parvint par un émissaire une nouvelle qui, par la force des choses, mettait tout le monde en accord. La colonne de Trauers, ayant à sa tête le préfet Pastoureau et le procureur de la République, était sur le point d'arriver au Luc. Dans les villages qu'elle avait traversés, elle avait rétabli les municipalités loyalistes et procédé à des arrestations. C'était une raison supplémentaire pour se protéger en se dirigeant au nord-ouest vers Salernes, ce qui permettrait de se renforcer avec les républicains de cette cité, mais aussi de Taradeau, Lorgues, Cotignac, Villecroze, Barjols, Carcès.

— Je ne sais pas comment nous serons accueillis à Lorgues, dit Marcel. On ne doit pas trouver là-bas beaucoup de démocrates. C'est une cité plutôt riche, vouée aux moines, aux capucins, et aux congrégations, les idées républicaines n'y ont pas tellement cours.

La cité fut atteinte vers 16 heures. Ayant entendu dans la plaine le roulement du tambour, le curé fit sonner le tocsin, et de nombreux villageois se rendirent à l'hôtel de ville pour le protéger. En hâte, le maire légitimiste monta sa propre armée d'une centaine de personnes dont la moitié fut disposée devant la mairie, l'autre dépêchée à l'entrée de Lorgues à la rencontre des républicains, sur le chemin du Plan. À la tête de cette dernière, le maire avait délégué le juge de paix.

Quand Duteil, en avant de sa colonne, se présenta à lui, le représentant du maire intervint.

— Qui êtes-vous ? Que voulez-vous ? Je vous préviens que nous sommes déterminés à nous défendre jusqu'à la mort.

— Nous sommes des démocrates, et comme tels défenseurs de la Constitution. Nous ne ferons rien si nous ne sommes pas attaqués. Je demande seulement un peu de pain et de vin pour rafraîchir mes hommes.

— Si ce n'est que cela, on vous en donnera, mais arrêtez votre colonne car sinon il arrivera malheur.

— Nous n'avons pas besoin de nous battre puisque nous sommes du côté du droit. En votre qualité de juge, vous devez être pour le droit, et par conséquent pour la Constitution.

— Je suis pour qui je suis, cela ne regarde personne. Et d'ailleurs, dans un pareil moment, on ne doit pas s'occuper de politique. Je vais vous faire apporter du pain et du vin, mais n'avancez pas car nous sommes bien déterminés à vous repousser, je vous mets en garde.

— Soit, je ne veux pas d'un conflit, nous allons contourner la ville, à condition que vous nous fassiez apporter le pain et le vin.

Pendant que le juge de paix remontait vers l'hôtel de ville pour rendre compte, Amalric, que ses anciennes fonctions de sous-officier de cavalerie avaient fait considérer comme le chef naturel du contingent de Ginestière, fut pris d'une rage soudaine.

— Mais que signifie cette ignominie ? Il suffit qu'on nous le demande pour que nous acceptions d'éviter la ville. Où est notre détermination ? Avons-nous encore un chef ? Voilà un général qui ne veut pas d'un conflit ! Comment croit-il faire la guerre ? En la jouant aux cartes ? C'est une capitulation ! Nous ne capitulerons pas ! Nous entrerons dans Lorgues ! En avant !

Et la colonne le suivit jusque sur la place de l'hôtel de ville, Duteil se tenant prudemment à l'arrière. Un groupe de chefs des contingents, parmi lesquels Amalric et Campdoras pénétrèrent dans la mairie où les Lorguais s'étaient repliés. Le maire s'avança vers eux.

— Vous avez violé la promesse de votre général de faire le tour de la ville !

C'est Campdoras qui lui répondit.

— Nous ne sommes pas responsables des fautes de notre général. Pour le moment, notre général est à l'arrière, ce qui n'est pas sa place. Au surplus, je vous confirme que nous ne demandons que quelques vivres et la possibilité d'être hébergés. Nous n'avons rien contre les habitants de Lorgues.

Devant l'afflux d'une nouvelle partie de la colonne, conduite par Alix Geoffroy, le maire se fit plus conciliant.

— Soit, je vais prendre les dispositions utiles, mais je vous invite à ne commettre aucune exaction dans cette ville.

— Il n'y en aura pas si tout le monde comprend que nous ne faisons que passer. Nos ennemis ne sont pas les citoyens d'ici.

Pendant que, demeuré dans un coin sur la place, Duteil affirmait sans toutefois s'y résoudre qu'il allait briser son épée, on organisait un défilé sur le Cours, dont on ne savait qui l'avait décidé. Les badauds s'étonnaient de voir en tête plusieurs femmes dont Césarine Ferrier et Isabelle. Monette aussi s'était portée devant, ravie de se trouver dans une sorte de fête. Leur présence à cet endroit ne fut sans doute pas étrangère au ralliement de plusieurs hommes de Lorgues, estimant que si des femmes montraient un tel courage, ils ne pouvaient faire moins que de participer. Ainsi, pendant que les insurgés se partageaient le pain et les fromages distribués par un adjoint au maire, on vit arriver des hommes équipés de fusils de chasse, de faux, et de fourches, déclarant leur intention de se joindre à la colonne.

On allait partir vers Salernes quand un incident éclata. Au balcon de l'hôtel de ville apparurent plusieurs partisans de Bonaparte en armes, et les révolutionnaires crurent à une provocation. Aussitôt un groupe d'insurgés conduits par Fernand Giraud, du Luc, se dirigea vers l'immeuble. Duteil chercha à les retenir, ne trouvant d'autre argument que sa promesse faite quelques heures plus tôt de contourner la cité sans violence. Cette remarque sembla renforcer la détermination des assaillants qui s'engouffrèrent dans la mairie. Sans avoir besoin de faire usage des armes, ils s'emparèrent des seize hommes se trouvant encore sur le balcon, qu'ils firent prisonniers. Fernand Giraud arbora le drapeau rouge sous les acclamations de la foule. Le maire et les principaux adjoints avaient déserté les lieux depuis longtemps.

La nuit commençait à tomber. Les tambours battirent le rappel. Retrouvant un semblant de direction de la troupe, Duteil monta sur son cheval, fit disposer l'avant-garde, et la colonne se mit en marche vers Salernes. Les otages étaient maintenant au nombre de soixante-dix. Les deux haies d'insurgés qui les encadraient étaient désormais placées sous le commandement de Paulin David, du Luc, celui-là même qui avait cru voir en Duteil un général possible.

— *Nous an mena coumo de poaur en fiero* (Ils nous ont conduit comme des porcs en foire) se plaignait un prisonnier.

David lui fit observer qu'il subissait le même sort que les insurgés, et que les victimes du régime étaient moins bien traitées.

En fin de colonne venaient plusieurs chefs dont Campdoras et Amalric, qui avaient pour mission de rallier les traînards. Ils furent rejoints par le maître de poste de Vidauban venu annoncer le départ du Luc de la troupe régulière lancée à leur poursuite.

Amalric se porta à l'avant pour en informer Duteil.

— Eh bien, qu'ils viennent, nous les attendons.

Il n'échappa pas à Amalric que, disant cela, le général avait un tel air de fatigue, qu'il se trouvait encore tellement bouleversé par le camouflet subi à Lorgues, qu'il acceptait peut-être l'éventualité du combat comme le seul moyen de mettre fin à ses soucis. Personne n'aurait pu dire s'il avait à ce moment-là le désir de se battre, et surtout celui de gagner.

Arrivant à onze heures du soir à Salernes, la colonne reçut un accueil encore plus triomphal que dans les cités précédentes. La mairie insurrectionnelle mise en place la veille avait décidé l'organisation d'une bravade. Les coups de feu qu'entendaient les révoltés en pénétrant dans la cité étaient ceux de la joie, de la paix et non du combat. De nombreux drapeaux rouges avaient été disposés aux fenêtres. Des gerbes de fleurs encadraient la porte de la mairie. Aux quatre coins de la place de grands feux avaient été allumés, et sur la braise des quartiers de moutons rôtissaient en attendant que les soldats affamés leur fissent un sort. Des pommes de terre et des châtaignes cuisaient sous la cendre. Des tables supportaient des centaines de bouteilles de vin. La cité semblait ainsi plongée dans une fête de village.

Aidé par la douzaine d'hommes qui se trouvaient sous ses ordres, Paulin David fit mettre en rang les prisonniers et leur ordonna de se diriger vers une pièce au rez-de-chaussée de la mairie où une salle avait été prévue pour leur détention. Quelques-uns des otages regardaient avec envie une des tables où des vivres étaient déjà prêts à être dévorés.

— Ne vous inquiétez pas, leur dit-il. Il y en aura aussi pour vous, nous sommes des républicains. Vos amis nous accusent d'être des partageux, c'est vrai, nous allons partager les vivres, et vous n'aurez pas à vous en plaindre.

21

Le 8 décembre, pour les habitants de Salernes, la fête continuait. Dès neuf heures du matin, une farandole s'était formée, on dansait tout autour de la place. Puis au bout d'un moment on décida de défiler dans la commune. À l'avant du cortège une jeune femme portait au bout d'une perche un mannequin fait de papier et de chiffons. À cause d'une paire de moustaches effilées et d'une brosse au menton, il était facile d'y voir une caricature de Louis Napoléon. Lorsque le défilé passait devant la maison que les Salernois désignaient comme étant celle d'un blanc, les cris « Vive la République ! » se faisaient plus insistants. Lorsque le blanc en cause était connu pour ses activités politiques plus affirmées, on allait jusqu'à marquer un temps d'arrêt devant sa porte en le traitant de tous les noms.

Laissant les hommes de la troupe révolutionnaire s'occuper de l'intendance, les femmes s'étaient jointes à la manifestation. Isabelle et Monette avaient rejoint Césarine Ferrier, et quelques autres dont elles avaient fait connaissance au fur et à mesure qu'étaient arrivés les contingents des villages traversés.

— Nous sommes quand même peu nombreuses, reconnaissait Isabelle. On dirait que les femmes ont peur, on leur a fait croire trop longtemps qu'elles n'étaient pas capables de s'intéresser à leur propre avenir.

— Eh oui, reprit Césarine. On leur a enseigné que leurs hommes pensaient et agissaient pour elles. Peut-être sont-elles un peu coupables d'avoir accepté cette idée, après tout c'était plus facile pour elles. Il faudra encore des dizaines d'années pour qu'elles apprennent à vivre par elles-mêmes.

Silencieuse, Monette se demandait si Frédéric appartiendrait à cette catégorie d'hommes qui ne laissaient pas la parole aux femmes. Cela lui sembla impossible puisque ce garçon avait toutes les qualités. Et aussi, c'était bien lui qui l'avait convaincue de s'enrôler dans la colonne républicaine.

Sa réflexion fut interrompue par des cris de joie qui montaient d'un coin de la place. Elle s'en approcha : Louis Napoléon était en train de flamber au milieu d'un des brasiers qui, la veille au soir, avaient rôti les quartiers de moutons. Une nouvelle farandole dansait autour du feu. Son exubérance pouvait passer pour un témoignage d'insouciance mais peut-être aussi pour le reflet d'une excitation nouvelle, chacun prenant conscience de l'imminence du combat. Et la bravade reprenait avec ses détonations amplifiées par l'écho venu des façades environnantes.

Pour les insurgés, cette journée avait été annoncée comme celle de l'ultime préparation avant l'assaut. Pendant que de nouvelles compagnies arrivaient des villages des alentours, on s'employait à améliorer l'équipement. Devant le faible nombre de baïonnettes, Duteil avait ordonné de forger des piques et les forgerons comme les maréchaux-ferrants de la cité avaient été réquisitionnés, sans grande difficulté puisqu'ils penchaient tous du côté de l'insurrection. Plusieurs hommes étaient occupés à fondre des balles. Avec toute la poudre qui avait pu être trouvée ici et là, la fabrication de cartouches se poursuivait dans la fébrilité. Des rusquiers étaient venus avec leurs haches. Tout en les affûtant, ils comparaient les mérites respectifs du modèle catalan, au tranchant droit, et du modèle Extremena, venu d'Espagne, au tranchant en demi-lune. « Tu vois, disait l'un le tranchant d'Extremena est plus long, c'est plus facile d'atteindre l'ennemi ». Les plus exaltés allaient jusqu'à d'audacieuses comparaisons : « quand tu entailles l'écorce avec ça, tu fais attention à frapper doucement pour ne pas abimer la mère qui est dessous. Mais quand tu veux tuer un blanc, là il vaut mieux taper fort ». Les bouchonniers, eux, n'avaient pas omis d'emporter leurs couteaux. « Avec celui-là, je tourne mille deux cents bouchons par jour, je peux bien tourner dix ou douze têtes », disait Passerin.

Duteil avait demandé à tous les boulangers présents dans les rangs de se charger du rangement et de la conservation des vivres. Outre les provisions qui avaient été emmenées par les contingents de chaque village, les habitants de Salernes, mus par une rare ferveur, apportaient sans cesse des nourritures de toutes sortes. En peu de temps il fallut en refuser, les charrettes destinées à leur transport se trouvant pleines.

Dans la matinée, le général avait réuni l'ensemble des chefs pour leur demander d'organiser au sein de leurs unités l'élection des officiers et sous-officiers.

— Enfin, dit Armand, cela ressemble à un début d'organisation. Il était temps qu'on s'y mette, mais il n'est jamais trop tard. Tout n'est pas encore perdu et nos chances sont intactes.

Il sembla alors que cette armée serait prête au plus tard le lendemain matin pour marcher sur Draguignan et porter l'attaque décisive. Mais les émissaires venus dans l'après-midi devaient apporter deux nouvelles qui allaient bouleverser l'ordre des choses.

La première était que, dans les Basses-Alpes, les démocrates avaient réussi à faire tomber la préfecture et qu'ils l'occupaient. Mais des combats continuaient dans les rues comme dans les campagnes, et on redoutait l'arrivée d'une colonne régulière venue de Marseille. Les camarades souhaitaient l'aide des Varois et s'engageaient, une fois leur lutte achevée, à venir en renfort sur Draguignan.

L'autre nouvelle sema la consternation. La colonne partie de Toulon sous les ordres de Trauers et du préfet était arrivée à Draguignan, soit bien plus tôt qu'on ne l'attendait. Il est vrai qu'elle n'avait pas rencontré beaucoup d'obstacles. Dans les villages qu'elle avait traversés, les républicains actifs n'étaient plus présents puisque partis avec la colonne des insurgés. Le bataillon de Trauers renforçait ainsi les mesures de sécurité déjà prises et faisait de la ville une place forte apparemment imprenable.

Cette nouvelle mit Marcel et Armand hors d'eux.

— Voilà où nous ont conduit les hésitations de notre général de fantaisie, disait le premier. Si plutôt que de nous avoir fait perdre du temps en nous faisant monter ici nous étions allés directement à Draguignan, nous serions arrivés avant Trauers.

— Je me suis déjà demandé, ajouta Armand, si Duteil avait bien la volonté de se battre. Je n'arrive pas à comprendre sa stratégie, mais peut-être n'en a-t-il pas du tout. Depuis le début, il ne fait qu'improviser.

Dans l'après-midi, les officiers et sous-officiers fraîchement élus furent réunis pour examiner la situation. Duteil essuya un bon nombre de critiques, mais la réalité s'imposait maintenant à tous. La prise de Draguignan était impensable sans renforts supplémentaires. Le général, après avoir écouté les observations, fit part de son sentiment.

— Nous sommes maintenant plus de six mille. Mais notre armement, bien sûr, est loin d'égaler celui de la troupe régulière. Aidons d'abord nos camarades des Basses-Alpes en confortant leur victoire à Digne. Puisque là-bas la victoire est possible, il faut la parachever, ne serait-ce que pour lui donner la valeur de l'exemple. Ensuite, avec leur concours, nous pourrons être au moins dix mille pour revenir sur Draguignan, et ce sera ainsi plus facile pour nous.

Quelques officiers craignaient que cette attitude fut encore une façon pour Duteil d'éluder les difficultés. Cependant ils trouvaient malgré tout la démarche cohérente, et le principe fut adopté à la quasi-unanimité. Dès le lendemain, on mettrait le cap au nord, en prévoyant une étape à Aups où un nouveau bataillon devait venir grossir les rangs.

Les prisonniers avaient été logés dans deux grandes chambres contiguës de l'Hôtel Basset. Pour eux, jusque-là retenus dans des salles peu appropriées des mairies, c'était presque le luxe. Des matelas avaient été répandus sur le sol et ils s'y entassaient comme ils pouvaient, ce qui les changeait des bancs de bois habituels, voire du sol de terre battue. Dans le couloir, des volontaires gardaient les portes en se relevant toutes les trois heures. Parfois, l'un d'entre eux entrait un moment et conversait tranquillement avec les otages. Ce soir, à l'occasion du tour de rôle, Frédéric et Monette avaient été désignés pour distribuer le repas des prisonniers.

En entrant dans la première salle, ils furent agréablement surpris par la chaleur qui y régnait. Les cheminées avaient été abondamment garnies. Pendant qu'ils servaient la soupe, un homme bien habillé qu'ils ne connaissaient pas s'avança vers eux.

— Pourquoi mettez-vous le pays sens dessus dessous ? Pourquoi arrachez-vous à leurs familles de braves gens qui ne vous ont rien fait ?

— Nous n'avons arrêté que ceux qui refusaient la République.

— Et alors, qu'allez vous faire de nous ? J'ai l'impression que personne ici ne le sait.

— Rassurez-vous, répondit Frédéric. Bientôt nous ferons en sorte que Draguignan se rende sans combat. Vous serez dans notre colonne et vous ne risquerez rien puisqu'on ne tirera pas sur nous. Et vous serez libérés.

— Vous êtes bien jeune, mon ami, et votre jeunesse excuse votre naïveté.

Monette se serra contre Frédéric. Ce notable au costume de riche n'avait pas le droit de sous-estimer la compétence de son amoureux. Mais les deux hommes reprenaient leur conversation, chacun imaginant à sa manière l'avenir immédiat.

Leur débat fut interrompu quand l'abbé Jaume entra. Un des otages avait insisté pour que ceux qui le souhaitaient fussent entendus en confession et on avait appelé à cet effet le curé de Salernes. Il entra avec un regard circulaire sur la pièce, et s'exclama : « mes pauvres enfants ! ». Aussitôt, Frédéric, Monette, ainsi que deux gardiens qui se trouvaient là, se levèrent pour sortir. Ce qui allait se passer ne les concernait pas et, de plus, appartenait à un monde en train de s'écrouler.

Le lendemain, les heures s'écoulaient dans une attente imprécise. Personne dans les rangs ne pouvait s'expliquer pourquoi le départ vers Aups n'avait pas encore été ordonné. Une longue réunion s'était tenue tout le matin entre Duteil et ses officiers, et rien n'en avait transpiré. Dans l'incertitude où l'on se trouvait, le bruit avait même couru que le général avait été menacé d'être destitué par les officiers, mais aucun élément ne permettait d'étayer cette affirmation. On continua donc, pour être utile à quelque chose, à vérifier des armes qui l'avaient été la veille, et à disposer d'une façon différente sur des charrettes surchargées les vivres dont la quantité donnait la possibilité d'affronter un siège de plusieurs jours. Un boulanger hilare s'exclama : « je vais finir par croire qu'on a plus à manger en temps de guerre ! »

Enfin, vers seize heures, Duteil fit mettre l'armée en ordre et sous les roulements du tambour, la colonne quitta Salernes entre deux haies de villageois enthousiastes. Contrairement à l'épisode de Lorgues, il avait retrouvé la tête du convoi, fièrement campé sur son cheval. Un peu en arrière suivait son spahi.

La route était pénible, étroite, sinueuse et parsemée d'ornières. Un otage ne cessait de se plaindre. Un des hommes chargés de la surveillance, s'énerva.

— *Qué fen d'aquélo salouparié qué nous géno per marcha ? Qué lei fassoun sorti deis rangs, et men finissen !* (Que faisons-nous de cette saloperie qui nous gêne pour marcher ? Qu'on le fasse sortir des rangs et finissons-en !)

Paulin David, qui avait entendu la réflexion, réprimanda vertement son adjoint en lui disant que son attitude était inadmissible et indigne d'un républicain.

Il n'était pas dix-neuf heures quand, après avoir gravi le chemin plus escarpé, entre deux rangées de collines, le début de la colonne se présenta sur la grande esplanade plantée d'ormeaux. Aups, malgré l'obscurité qui s'avançait, affichait encore son aspect d'une ville coquette alanguie sur le plateau, avec à l'est la montagne des Espiguières qui semblait veiller sur elle. Ici aussi, des drapeaux et des bougies ornaient les fenêtres, des fleurs et des branchages avaient été disposés de part en part. Les villageois étaient accourus en entendant le premier roulement du tambour.

À l'ouest de la place, l'élégant bâtiment de la mairie était couvert de drapeaux et son balcon avait été abondamment fleuri par la commission provisoire mise en place la veille d'une manière inattendue. En effet, une colonne de deux cents hommes venue d'Entrecasteaux, emmenée par le cafetier Alter, de Draguignan, était venue s'installer devant la mairie pour attendre les insurgés. Là, un Aupsois partisan de Louis Napoléon avait eu la mauvaise idée, en même temps que le courage, d'invectiver les arrivants.

— *Sias de pantaïaire !* (Vous êtes des rêveurs). Vous n'irez pas loin, et quand on vous aura arrêtés, j'espère que vous finirez votre vie en prison !

Les insurgés l'avaient arrêté aussitôt, et, voulant pousser leur avantage, avaient investi la mairie, ce qu'ils n'envisageaient même pas quelques instants avant. Dans l'angle nord-ouest de la place se dressait l'hôtel Crouzet qui devait servir de confortable prison pour les otages, ce qu'ils ne savaient pas encore.

Mais ce soir-là, parmi les insurgés, on ne retrouvait pas la ferveur des précédentes arrivées dans les villages. La fatigue de la longue marche, malgré le stationnement prolongé à Salernes, commençait à miner les organismes. Et un doute sur la suite du combat, parvenait à s'insinuer dans les esprits à cause des précédentes hésitations du général. La nouvelle de l'arrivée de Trauers à Draguignan avait surtout frappé les plus ardents autant que les autres.

Le charbonnier Aulanier retrouvait son goût pour la critique, qu'il démontrait souvent autrefois dans la chambrée, mais il était loin d'être le seul.

— Ce général nous conduit à la perte. Nous ne savons plus ce que nous faisons, où nous allons, et pourquoi. Si les choses continuent ainsi, nous n'aurons plus qu'à filer de notre propre gré sur Draguignan, ou rendre les armes et rentrer chez nous.

Marcel et Armand, tout en comprenant au fond d'eux-mêmes cette attitude, eurent du mal à le convaincre que le regroupement avec ceux des Basses-Alpes était la seule possibilité envisageable pour le moment et qu'elle pouvait conduire au succès.

Comme chaque soir les insurgés se logèrent chez les habitants, volontaires ou réquisitionnés, dans des granges, à l'hospice, ou dans des locaux municipaux. Les otages pouvaient goûter à la tranquillité de l'hôtel Crouzet, mais toujours sous bonne garde.

La nouvelle parvint alors qu'un bataillon parti de Marseille sous la conduite du colonel de Sercey était arrivé à Brignoles. On pouvait penser qu'il progresserait à la poursuite des insurgés, et que, de plus, la colonne de Trauers ne resterait pas l'arme au pied à Draguignan.

— Dans ces conditions, il faut disposer des avant-postes sur les routes menant à Aups. Il est souhaitable que de petits groupes, mais en grand nombre, occupent les diverses hauteurs pour attaquer l'ennemi par surprise s'il se décide à venir ici, et cela dès cette nuit, suggéra Campdoras. On pourrait tirer profit à la fois du terrain escarpé et de l'obscurité.

— Je sais ce que j'ai à faire, rétorqua Duteil sur un ton qui marquait l'irritation de recevoir une suggestion d'un subordonné, mais aussi semblait empreint d'une extrême lassitude. Je viens d'envoyer un détachement conduit par Arambide sur les hauteurs de Tourtour pour surveiller la route de Draguignan. Je fais confiance à l'énergie d'Arambide. Je vais désigner des patrouilles pour cette nuit dans les rues d'Aups et dans les chemins environnants. Cela suffira, si nous devions être attaqués, l'ennemi ne sera pas prêt pour demain. Je m'en vais me coucher dans la maison de M. de Gassier. Qu'on vienne me réveiller s'il y avait une alerte.

Armand se tourna vers Isabelle.

— J'ai bien peur que la fin soit pour bientôt.

22

Ici comme dans les hébergements précédents, les femmes étaient séparées des hommes durant la nuit. Même les couples légitimes n'échappaient pas à cette morale rigoriste héritée peut-être des chambrées. Peu nombreuses, guère plus d'une vingtaine, les femmes étaient généralement regroupées dans une salle municipale où des matelas avaient été disposés en hâte, ou, comme à Lorgues sur tout l'étage d'un hôtel. À Aups, elles s'étaient vu attribuer la salle du conseil, que la commission révolutionnaire avait consenti à leur laisser en attendant la reprise de ses travaux.

Armand se trouvait déjà sur la place en compagnie de Frédéric quand Isabelle et Monette les rejoignirent. Eugène et Fernand Robion arrivèrent à leur tour.

— Il y a du nouveau ce matin. Un émissaire est venu prévenir que la colonne de Sercey vient de quitter Brignoles pour se rendre dans les Basses-Alpes. Il y a donc tout lieu de penser qu'elle va passer par Aups.

À ce moment on entendit un roulement de tambour venu de l'autre bout de la place.

— C'est Duteil qui fait battre la diane, précisa Armand, ce qui signifie que nous devons nous tenir prêts.

À ces mots, Monette attrapa le bras de Frédéric et le serra comme si elle voulait se rassurer. Frédéric ne disait rien mais il sentait monter l'inquiétude. Jusqu'ici s'était déroulé un jeu bizarre, un peu irréel, qui consistait à préparer une guerre plus ou moins imaginaire. On prononçait le mot mais on ne pouvait lui donner un aspect. Or, la guerre était en train de passer dans la réalité. Elle se rapprochait maintenant, elle s'annonçait avec plus de précision. Tout autour, les visages se fermaient, les gestes devenaient rares, les voix faiblissaient comme par crainte de réveiller la bête.

Toutefois, dans un coin de la place un groupe d'hommes n'avait pas craint d'entonner « *L'Unita* », une chanson qui annonçait douloureusement la suite.

« Anen si réjouissen ben
Stans eissi touté'i republicains
Parmi naoutré l'egalita
Régno et mé la fratrenita
La Republiquo la vouren
Jusqu'à la mouart la soustenen »

Allons réjouissons-nous bien
Nous sommes tous ici républicains
Parmi nous l'égalité
Règne avec la fraternité
La république nous la voulons
Jusqu'à la mort nous la soutenons.

Le général rassembla quelques hommes à cheval autour de lui et un détachement partit en inspection dans les environs.

Au retour, Campdoras qui l'avait accompagné était furieux. Il confia ses états d'âme à Armand avec qui il s'était lié d'amitié au cours de ces derniers jours.

— C'est de la folie. Il aurait dû disposer des hommes sur les hauteurs pour surveiller la route de Draguignan. Il s'est contenté de désigner quelques observateurs sur la route de Sillans, à Fox-Amphoux et à Bauduen. J'ai voulu lui expliquer que le danger immédiat n'était pas la colonne de Sercey venue de Brignoles, mais celle de Trauers qui est partie de Draguignan, et qui sera là bien plus vite à cause de la moindre distance et d'une route plus facile. Il m'a ri au nez en me disant que le détachement d'Arambide à Tourtour était suffisant pour tenir la route de Draguignan. Je ne sais si c'est de l'incompétence ou de la bêtise pure et simple.

Avec son effectif réduit et ses armes de fortune, Arambide ne pourra pas tenir. Je ne sais plus ce qu'il faut penser de ce général. Il nous conduit au désastre.

Dès son retour, Duteil avait rejoint la mairie où la commission révolutionnaire était en séance. On lui présenta un jeune homme qui venait d'arriver.

— Je m'appelle Ferdinand Martin, je suis peigneur de chanvre à Barjols. On me dit Martin Bidouré. Je viens de la part du colonel Arambide pour vous remettre un message.

Le général eut vite fait de le lire en raison de sa brièveté : « j'attends vos ordres. Signé : Arambide ». Duteil eut l'air embarrassé et demanda quelques minutes pour pouvoir réfléchir dans un coin. Un de ses officiers l'aborda, il le pria de le laisser seul. Puis il se fit remettre du papier et une plume, et rédigea sa réponse.

« Ordre au colonel Arambide, commandant du 5ème bataillon révolutionnaire, de se rendre tout de suite à Aups avec son bataillon. Le général commandant l'armée révolutionnaire : Duteil »

Martin Bidouré, conscient de l'importance qui était celle d'un porteur de document capital, dévala le plus vite qu'il put les marches de la mairie, enfourcha son cheval, et partit au galop sur la route de Tourtour.

Quand le contenu de l'ordre fut connu, la consternation gagna un peu plus la troupe. Comment pouvait-on se défaire ainsi de la seule défense présente sur la route de Draguignan ? Contre toute logique, Duteil paraissait redouter la colonne de Sercey alors que la priorité résidait de toute évidence dans celle de Trauers. Et on repensait avec amertume à cette irruption à Vidauban de Duteil bizarrement flanqué d'un spahi, et qui avait affirmé avoir été officier du génie, connaître la stratégie militaire, et s'être illustré au siège d'Anvers. Qui pouvait encore le croire ?

Pendant qu'une nouvelle fois on tuait le temps en astiquant les armes, les conversations allaient bon train dans les rangs. La plupart des chefs de l'insurrection estimaient maintenant que, devant l'impéritie du commandement, la moins mauvaise solution était de marcher aussitôt sur les Basses-Alpes où la révolution paraissait triompher. Ils allèrent en délégation le proposer à Duteil.

— C'est une bonne idée. Nous pourrions franchir la rivière du Verdon et bivouaquer juste après pour nous préparer à renforcer ceux des Basses-Alpes. Je vais envoyer Paul Cotte avec cinq cents hommes du contingent de Salernes en reconnaissance sur le pont d'Aiguines.

Ce fut alors une réprobation unanime de la part des chefs. Quelle était l'utilité d'envoyer cinq cents hommes sur le pont d'Aiguines, alors que se rapprochait le risque d'une attaque par le colonel Trauers ici même ? Pourquoi se défaire de ce contingent ? Mais Duteil insista, rappela qu'il détenait le commandement, et Paul Cotte dut prendre la route avec les hommes de Salernes, non sans avoir au préalable livré son sentiment.

— J'exécute les ordres de l'autorité qui me commande, mais je trouve cette manœuvre inutile et nuisible.

Quelques instants après, Marcel, Armand et Frédéric cherchaient Duteil pour le supplier de mettre l'armée en mouvement. « Nous avons déjà perdu trop de temps », répétait Marcel. On leur apprit alors que le général s'était rendu à l'hôtel Crouzet pour parler aux prisonniers.

— Mais c'est décidément une manie ! Quel besoin avait-il de s'adresser à eux, maintenant, et pour leur dire quoi, alors qu'il y a plus urgent à faire ? Cet homme est fou ! Peut-être les prisonniers sont-ils les derniers à croire qu'il est général.

Comme beaucoup, les trois hommes s'inquiétaient aussi de ne pas voir revenir le contingent d'Arambide. Tourtour n'était pas bien loin, et depuis que Martin Bidouré était reparti, le regroupement aurait dû se faire.

C'est ce qu'ils firent observer à Duteil quand celui-ci fut de retour.

— Je suis d'accord avec vous, il est l'heure de partir. Je vais effectuer une revue des troupes avant de prendre le départ, et Arambide devrait arriver pendant ce temps.

Les insurgés se massèrent sur la place. La vision qu'ils offraient était autant porteuse d'espoir que pathétique. On lisait dans les yeux la détermination, et aussi la satisfaction de mener enfin à bien la tâche pour laquelle ils s'étaient engagés quelques jours avant. Mais, même s'ils étaient en majorité, les vestes bleues et les chapeaux de feutre gris ne présentaient pas l'aspect rassurant d'un uniforme. Les armes hétéroclites marquaient déjà une terrible infériorité comparées à l'équipement de l'armée régulière. Que pouvaient valoir ces pistolets, ces fusils de chasse, ces fourches, face à l'artillerie du colonel Trauers ?

Les tambours battirent aux champs alors que Duteil entamait la revue. Des cris jaillirent des poitrines : « Vive la République ! »

Cette armée en guenilles avait la volonté qui soulève les montagnes. Elle avait besoin d'oublier toutes les hésitations qu'elle avait rencontrées jusqu'ici. Elle n'éprouvait plus de doutes sur la capacité de son chef quand celui-ci, à l'issue de la revue, s'adressa à elle en parlant de la Constitution violée, et de la légitimité du combat. Elle vibra en l'écoutant et une immense clameur monta pour célébrer à nouveau la République. Peut-être ces soldats de fortune voulaient-ils seulement se donner du courage.

C'est alors qu'un cavalier déboula sur la place et se précipita sur Duteil.

— La colonne de Trauers est à proximité ! Le détachement d'Arambide a été défait à Tourtour, il y a des morts, ses hommes s'enfuient dans tous les sens à travers les bois. Martin Bidouré a été abattu d'une balle dans la tête par Pastoureau lui-même. Il n'avait pas encore rejoint Arambide.

Duteil blêmit. Voilà qui expliquait l'inaction d'Arambide, mais voilà surtout qui signifiait l'imminence de la bataille. Sautant sur son cheval, il alla se poster à la sortie d'Aups pour examiner les environs. Tout de suite, il aperçut au loin, à travers les oliviers, les casques et les fusils du 50ème de ligne. Il restait alors aux poursuivants moins d'un kilomètre à parcourir.

Le général revint, invita les combattants à faire preuve de courage, puis demanda à la compagnie de Ginestière, parce qu'elle était la plus vaillante de toutes, de se rendre derrière lui aux abords de la porte Saint-Sébastien par où devrait arriver Trauers. Alix Geoffroy, commandant la compagnie du Luc, exprima tout de suite son désaccord sur la tactique. Il y avait sur un côté de la place un parapet, et de ce point on dominait la route par laquelle monterait l'armée de répression. Pour lui, il suffisait de s'abriter derrière le parapet pour ouvrir le feu avec une position avantageuse. Geoffroy ordonna donc à ses hommes de s'y placer, mais beaucoup, jugeant que la dispersion était néfaste, préférèrent suivre Duteil. Cette mésentente jeta un nouveau trouble dans les rangs, provoquant un accès de colère de Geoffroy : « si ce pantin n'a pas compris que nous avions l'avantage en nous massant derrière le parapet, c'est qu'il n'a même pas reconnu les lieux depuis notre arrivée ! »

Puis le général fit faire mouvement vers un champ d'oliviers le long duquel un mur de pierres sèches constituait un faible abri. Les hommes de Trauers furent à portée de feu alors que quelques hommes attardés rejoignaient le champ d'oliviers. On entendit les premières détonations et les insurgés ripostèrent. Armand vit tomber deux hommes dont Aulanier. Soucieux d'éviter un désastre, Imbert se lança au milieu de la tourmente en brandissant un mouchoir blanc. Mais il disparut aussitôt dans la fumée. Campdoras et quelques autres, voyant que la colonne de Trauers continuait à progresser inexorablement, donnèrent l'ordre de se replier sur un monticule boisé. Sur l'esplanade, en un éclair la déroute devint totale. La cavalerie débouchait au galop et se ruait sur les insurgés. Les sabres des gendarmes voltigeaient, des malheureux furent piétinés par les chevaux. On commença à entendre des cris « Sauve-qui-peut ! », et Geoffroy constata avec effarement que la presque totalité de son bataillon était en fuite, seule restant avec lui une vingtaine d'hommes.

Sur le monticule où s'étaient repliés ceux de Ginestière, la bataille reprenait, un détachement de l'armée régulière continuant la poursuite. Les tirs nourris se firent à nouveau entendre. Armand et Frédéric avaient eu le même réflexe : veiller à demeurer en permanence l'un devant Isabelle, l'autre devant Monette, en protection dérisoire. Frédéric vit à quelques mètres de lui un homme de Ginestière partir à la renverse, sa chemise rougie par une balle. L'homme tomba lentement, comme dans un mauvais rêve, tout en gardant sur son visage le rictus énergique qu'il avait en montant au combat. Le jeune homme fut pris d'un tremblement irrépressible. On vit encore tomber trois insurgés. Très vite, les munitions vinrent à manquer. Ici et là, quelques combattants désorientés semblaient ne plus savoir que faire de leur fourche. La guerre maintenant se menait à sens unique, de l'armée de Trauers vers celle des révoltés. Les soldats de l'armée régulière ceinturaient maintenant la place. En haut du monticule, des groupes importants se massaient, décourageant toute tentative de fuite. Le piège inexorable était en train de se refermer. Quand ils furent assurés que plus un seul coup de feu ne partait dans leur direction, les gendarmes se précipitèrent, sabre en avant. Un rusquier, Morel, se rua vers l'un d'eux en brandissant un gourdin, mais le combat était trop inégal. Morel roula au sol son bras entamé par un sabre. On semblait prendre conscience du désastre, découvrir enfin la différence de moyens, et plus un insurgé n'osait bouger. C'est alors qu'un officier, sabre au clair, s'avança d'un pas résolu vers Isabelle et lui arracha son bonnet phrygien. D'un geste sec, elle voulut le lui reprendre en criant : « vous ne savez pas ce que c'est, c'est un symbole de la République ! » Mais l'homme lui imposa une torsion du bras qui la fit hurler de douleur.

C'est alors qu'Armand, pointant son fusil vers l'officier, bondit face à lui.

— Arrêtez, cette femme porte un enfant ! Votre comportement est indigne !

Surpris, et sans doute peu habitué à être traité de la sorte, l'officier lui jeta un regard mauvais.

— Si elle porte un enfant, sa place n'est pas ici. Il y a mieux à faire dans ces cas-là.

Puis il se tourna vers ses hommes.

— Saisissez-vous de cet individu ! Nous allons le calmer !

Trois gendarmes le ceinturèrent, prirent son fusil, et lui lièrent les mains derrière le dos. L'un des hommes, ouvrant le fusil, s'exclama : « mais il n'est même pas chargé ! ». À quoi l'officier rétorqua : « aucune importance ! C'est pareil ! »

Isabelle, Frédéric et Monette ne purent retenir leurs larmes. Il fallait se rendre à l'évidence. Au cours d'une guerre qui n'avait pas duré vingt minutes, et en un éclair, Armand venait d'être fait prisonnier. Isabelle voulut s'avancer vers lui, le tenir encore une fois dans ses bras, mais les militaires la repoussèrent avec rudesse. Il y avait dans les yeux d'Armand toute la détresse d'être séparé d'elle et de son futur enfant. Les questions déjà encombraient son esprit : pour combien de temps ? Quelle peine lui appliquerait-on ? Et elle, qu'allait-elle devenir ?

Réfugiée dans les bras de Frédéric, Monette laissait aller ses larmes. Tous venaient de comprendre que leur guerre était finie et qu'ils se trouvaient dans le camp des vaincus, des humiliés. Entre les uns et les autres, les moyens étaient bien trop inégaux. Les autres se battaient en avançant leur artillerie, eux n'avaient lutté qu'avec leurs espérances. Un lourd silence s'était emparé d'Aups, une odeur entêtante flottait, une odeur de poudre et de mort. La plupart des habitants s'étaient terrés chez eux. Le village aussi venait d'être assassiné. Au milieu de la place toute la fumée n'était pas encore dissipée et des corps étaient étendus sur le sol, les soldats interdisant qu'on s'en approchât.

À coups de crosse dans le dos, on orienta Armand vers un coin de la place où, sous la surveillance des soldats, étaient déjà rassemblés de nombreux prisonniers. Il les connaissait presque tous. Ils eurent un pauvre sourire à son arrivée, comme s'ils s'excusaient d'être là.

Au même moment, arrivaient les otages qu'on venait de libérer de l'hôtel Crouzet. L'un d'entre eux se détacha du lot et s'avança vers le groupe. « C'est la loi de la guerre, honneur aux vainqueurs, malheur aux vaincus. Mais je dois reconnaître que nous avons été traités correctement. Je souhaite qu'il en soit de même pour vous ».

Isabelle fut prise de nausée. Toute cette ardeur, toute cette foi dans la justesse du combat, pour en arriver là. En moins d'une heure bien des projets s'étaient écroulés. Il restait à espérer que dans les autres départements le résultat serait différent. Elle ne pouvait détacher ses yeux du groupe de prisonniers et des gestes d'Armand. Elle lui faisait par moments un signe, le cordon des soldats interdisant toute approche. Malgré la présence fraternelle des autres combattants, malgré Frédéric et Monette, malgré cette espérance qu'elle portait au creux de son ventre, elle se sentait bien seule. Elle se dit à ce moment-là seulement que son frère était peut-être avec la colonne de Trauers et qu'elle ne l'avait même pas reconnu. Mais quelle importance, puisqu'il était devenu un étranger ?

Les vainqueurs aboyaient des ordres. Ils demandaient à ceux qui n'avaient pas fui de se regrouper par commune d'origine. Demain, sous bonne escorte, ceux qui avaient la chance de ne pas être prisonniers seraient reconduits chez eux.

Un compagnon de combat désigna un homme en costume qu'on voyait arpenter la place en compagnie des gradés. Il portait une petite barbe et semblait se satisfaire du spectacle.

— C'est lui, c'est ce salopard de Pastoureau, dit-il. Voilà qui nous promet de beaux jours.

Avisant un officier, Isabelle lui demanda ce qu'il allait advenir des prisonniers.

— Nous allons les emmener dès cette nuit à Toulon, et ils seront détenus au fort Lamalgue en attendant que la justice s'occupe d'eux.

Elle sentit monter en elle une bouffée de haine et d'impuissance. Elle porta sa main sur son ventre comme pour se rassurer.

23

Et maintenant tombait sur eux le poids du silence. Isabelle revoyait ce retour à Ginestière avec les autres, entre deux rangées de soldats. Ces villages qu'on traversait à nouveau, mais dont la vie semblait s'être retirée. Les cités étaient comme paralysées par une sorte de frayeur. Plus un seul drapeau rouge devant des fenêtres fermées. Peu de gens dans les rues, et ceux qu'on rencontrait encore n'osaient plus les saluer. Peut-être même n'en avaient-ils plus envie, comme s'ils leur reprochaient d'avoir été vaincus. Isabelle avait mesuré l'ingratitude de ses semblables.

Mais le pire avait été cette scène peu avant la traversée des Arcs. Une scène qui ne sortirait plus jamais de sa mémoire, une tragédie qui la marquerait à jamais, mais qui, aussi, lui donnerait la force de continuer à se battre. Plusieurs soldats chargés de l'escorte des prisonniers s'étaient concertés à voix basse ; on aurait dit qu'ils montaient quelque complot. Puis l'un avait désigné deux hommes du Luc. « Toi, et toi, vous venez avec nous », leur avaient-ils dit. Elle avait vu dans les yeux des interpellés leur regard de bête traquée. Eux avaient compris tout de suite. Ils avaient été conduits au creux du bosquet qui bordait la route. Les coups de feu qu'elle avait entendus aussitôt l'avaient glacée. Puis les soldats étaient revenus prendre leur place dans le cortège, sans les prisonniers. L'un d'eux riait comme s'il venait de jouer un bon tour. Combien de morts faudrait-il encore compter ? Après les morts officiels de la bataille, voilà que s'ajoutaient les morts clandestins des règlements de comptes, pour une parole de travers, pour un regard trop appuyé, pour un excès de zèle des nouveaux geôliers, ou peut-être pour rien. Les soldats de cette république qui n'existait déjà plus prenaient des allures de soudards à qui la victoire donnait de l'arrogance.

Aussitôt, l'angoisse l'avait saisie au sujet d'Armand. Qui pouvait lui garantir que dans le convoi le conduisant au fort Lamalgue des dérives de même nature ne s'étaient pas produites ? Que des imbéciles de la même trempe n'usaient pas ainsi de leur pouvoir illusoire ? Et dans de telles conditions, était-il encore vivant ? Elle voyait alors son emprisonnement comme un moindre mal. Elle aurait donné cher pour le savoir en prison. Elle était revenue depuis trois jours et n'avait pas de nouvelles. Oui, c'était bien le silence qui s'était abattu sur elle comme sur beaucoup d'autres. Elle était certaine qu'Armand lui écrirait, dès que possible, mais lui en laisserait-on le droit ? Et quand ? Elle projetait de se rendre au fort Lamalgue pour lui rendre visite. Mais Marcel l'avait convaincue qu'on ne la laisserait pas approcher. Les gens du pouvoir étaient trop nerveux pour autoriser pareilles libéralités.

Déjà, elle avait reçu des conseils qu'elle avait sèchement repoussés. Puisque son père était un ami, et même un relais du pouvoir, ne pouvait-elle lui demander d'intervenir, malgré leurs divergences, pour faire adoucir le sort d'Armand ? Ou alors, si c'était plus facile pour elle, pourquoi ne pas demander à son frère, le capitaine des grenadiers Émilien de Vitalis ? Elle avait répondu sur un ton qui n'admettait pas la réplique qu'elle aurait honte d'avoir recours à ces moyens. Elle ne voulait en aucune manière leur être redevable de quoi que ce fut. Et de plus elle savait qu'en procédant ainsi, elle aurait profondément déçu et choqué le principal intéressé, Armand.

Un nouvel ordre régnait, qui n'était que la reproduction de celui qu'on avait connu avant. Les rusquiers avaient retrouvé la hache. Les bouchonneries retentissaient à nouveau de leurs bruits familiers. Les charbonniers reprenaient la construction de leurs tas de bois. Les frères Robion étaient retournés à la terre. Il semblait seulement que les gens se rencontraient moins, qu'on ne discutait plus en petits groupes sur les places, qu'une sorte de lourdeur s'était emparée des humains. Une parenthèse venait de se refermer, mais Armand demeurait en dehors.

Alors, il lui faudrait plus que jamais ne compter que sur elle-même. C'est ce qu'elle avait entrepris dès hier en allant voir Garino pour se faire embaucher. Plusieurs hommes manquaient désormais à l'appel dans cette entreprise : deux étaient morts, deux autres allaient croupir en prison. Il lui fallait penser à ses moyens d'existence et surtout à l'avenir de ce fruit qui poussait dans son ventre. Ses économies de fille de riche étaient déjà lointaines. Le bon Garino l'avait regardée d'un air surpris : « mais comment, avec l'éducation que vous avez, vous pourriez espérer autre chose, comme institutrice, par exemple ». Elle lui avait répondu qu'il n'y avait aucune chance pour que le maire désigné par le pouvoir accepte sa nomination. Et, en plus, depuis la loi Falloux votée l'an dernier, les instituteurs avaient l'obligation de veiller à la prière quotidienne des enfants et de leur enseigner le catéchisme. Elle ne se voyait vraiment pas dans ce rôle. Et Garino, presque en s'excusant de ne pouvoir lui proposer mieux, l'avait engagée pour un emploi au bouillissage, qu'elle occuperait à partir du mois prochain. « Et puis, vous savez, j'ai décidé de conserver ma bouchonnerie, parce que je ne peux pas m'en passer, de sorte que vous ne craindrez pas de vous trouver un jour dans une situation difficile, si vous voyez ce que je veux dire ». Elle était tellement persuadée que Garino ne céderait pas son entreprise qu'elle n'avait même pas songé à l'hypothèse d'avoir un jour son père comme patron.

Son gagne-pain assuré, il lui restait à trouver le moyen de se sentir encore aux côtés d'Armand, de vivre avec lui malgré la séparation. Elle se trouvait là, dans sa maison, sans lui, et n'avait pas voulu toucher à ses affaires comme s'il allait rentrer d'un moment à l'autre. Sa blague à tabac était encore posée sur la cheminée. Son couteau à sa place dans le tiroir habituel. Sa veste de pluie accrochée à la patère de l'entrée. Tout ici l'attendait, tous les objets parlaient de lui.

Quant à elle, elle devait agir plus encore pour le faire revivre à la place qui était la sienne. L'idée lui vint tout naturellement, tellement évidente qu'elle s'étonna de ne pas y avoir pensé plus tôt. Ce soir, elle irait rendre visite à Marcel, qui serait sans doute d'accord, au moins au nom de l'amitié qui unissait les deux hommes.

Marcel vivait seul dans un cabanon à la sortie de Ginestière. Il la vit arriver alors qu'il changeait son pansement. Un coup de sabre, lors des corps à corps sur le monticule d'Aups lui avait provoqué une belle estafilade. Elle l'aida.

— Le docteur Borrel m'a arrangé ça au mieux, dit-il en souriant. C'est un brave homme, il n'a pas voulu que je le paye. Il a dit que puisque c'était en défendant la République, ce serait à l'État de payer. Je vais peut-être écrire au prochain empereur pour lui demander de régler les honoraires du médecin.

Puis il éclata de rire, ajoutant aussitôt comme pour s'excuser : « Badinguet peut tout nous prendre, il n'arrivera pas à confisquer notre besoin de rire, ni celui de lui dire merde ».

— Il ne confisquera pas non plus notre envie de République, ajouta-t-elle.

Alors elle lui exposa son idée en parlant très vite comme si elle pouvait ainsi hâter sa réalisation. Il s'agissait tout simplement de remettre sur pied une chambrée. Aucune position officielle ne paraissait pouvoir l'empêcher. Les anciennes, du moins celles qui avaient jusque-là échappé à l'interdiction, semblaient recommencer à fonctionner. Donc, rien n'interdisait la création de nouvelles. Celle-ci s'appellerait *Les Amis d'Armand*, puisqu'elle souhaitait lui rendre hommage. Et enfin, elle ne l'avait pas encore précisé mais c'était tellement évident, cette chambrée accepterait les femmes.

— Puisque nous n'avons pas pu faire la grande révolution, commençons par en faire une petite, celle qui ferait leur place aux femmes. Ce sera un début, en attendant la suite. D'ailleurs, avec les femmes, on peut espérer que la révolution viendra plus vite, parce qu'elles perdront moins de temps dans des discussions stériles.

Marcel fut aussitôt séduit par le principe, mais semblait douter de la participation massive des femmes.

— Essayons toujours, reprit-elle, personne ne le leur a jamais proposé. Nous serons les premiers. Et puis j'ai une autre idée qui me vient à l'esprit maintenant. Si nous arrivons à être un peu organisés et forts, nous pourrions relancer le projet d'association pour l'exploitation du liège. Après ce qu'ils viennent de vivre, les rusquiers et les bouchonniers devraient à nouveau s'y intéresser.

— Tu ne t'arrêteras donc jamais ?

— Si, si, je m'arrêterai un peu, quand j'aurai mon enfant, mais quelques jours, pas plus.

Ils se répartirent alors le travail. Marcel prendrait contact avec les hommes revenus valides de leur guerre de quatre jours. Isabelle irait voir toutes les femmes qui lui paraissaient susceptibles de venir à la chambrée et qu'elle énuméra : celles qui avaient suivi la colonne de l'insurrection, Hélène avec qui elle avait organisé sa première farandole de la liberté, Monette bien entendu… Et même d'autres qui ne s'étaient pas fait remarquer jusqu'ici. Avec fébrilité, elle revenait sans cesse sur l'innovation que représenterait une chambrée mixte.

Puis on échangea des nouvelles des uns et des autres. Ils évoquèrent la mort d'Aulanier, les blessures de huit combattants de Ginestière, plus le devenir des cinq du village, dont Armand, qui avaient été faits prisonniers sous des prétextes divers. Ils essayaient de deviner comment et par qui ils seraient jugés, et à quelle peine ils pouvaient s'attendre. Et Marcel l'informa de ce qu'il venait d'apprendre à propos de Martin Bidouré.

— Tu te souviens de ce jeune émissaire d'Arambide qui était venu chercher des ordres auprès de Duteil à Aups juste avant la bataille ? Lorsqu'il est reparti, il est tombé sur l'avant-garde de la troupe emmenée par Pastoureau. On l'a capturé et on l'a fouillé, ce qui a permis de trouver l'ordre de Duteil, puis on l'a interrogé. Ensuite, on ne sait pas dans quelles conditions, il a reçu un coup de pistolet dans la tête, dont on dit qu'il a été tiré par Pastoureau lui-même. Ils l'ont laissé sur place en le croyant mort, après lui avoir quand même donné quelques coups de sabre puis jeté dans un vallon. Ce qui explique pourquoi le détachement d'Arambide n'est pas revenu sur Aups : il n'a jamais vu l'ordre de Duteil. Mais au bout de plusieurs heures Bidouré a repris connaissance et il a pu se traîner jusqu'à une ferme. Il a reçu les premiers soins de la part du fermier. Mais quand celui-ci a eu connaissance d'un bruit selon lequel toute personne donnant asile à un insurgé se verrait appliquer la même punition qu'à l'insurgé lui-même, il a jugé prudent d'en parler à son propriétaire, un M. de la Baume. Celui-ci a aussitôt averti en toute charité la gendarmerie d'Aups qui a fait envoyer Martin à l'hôpital. Là, les autorités l'ont informé qu'il était condamné à être fusillé, et on lui a même fourni un prêtre pour recueillir ses dernières volontés. Le lendemain, il a été traîné au cimetière pour y être exécuté. L'exécuter en plein cimetière, voilà déjà qui donne une idée de la pitié et de l'élégance de ses bourreaux. Il est tombé courageusement sous une pluie de balles en criant que la démocratie triompherait.

Isabelle venait de ressentir la même douleur au fond de la gorge qui l'avait saisie quand elle avait assisté à la liquidation des deux prisonniers sur le chemin du retour. Pauvre Martin Bidouré, qui avait l'âge d'Armand, assassiné deux fois. Exécuté sans jugement sur l'ordre de qui ? Elle avait bien aperçu, le sinistre matin d'Aups, ce jeune homme qui lui paraissait plein de fougue et de naïveté. Ainsi, la répression ne reculait devant aucune bassesse. Et son angoisse revenait à propos du sort d'Armand.

En voyant son visage crispé, Marcel comprit qu'il aurait mieux fait de ne pas l'informer de cette affaire.

— Je m'étonne de pouvoir encore t'accueillir ce soir, parce que ces messieurs vont bien finir par savoir que j'étais un des responsables de la chambrée. Il paraît que dans d'autres villages ils mènent une chasse à l'homme et les arrestations continuent. Chaque soir quand je me couche, je me dis que j'ai encore eu une journée de liberté. Je ne sais pas si je passerai à travers, ce qui démontrerait qu'ils font leur travail n'importe comment, mais ça ne m'empêche pas de soutenir ton projet tant que je serai là. On peut espérer qu'en quelques jours ils finiront par se calmer. Ils ne vont tout de même pas nous poursuivre éternellement. Nous allons la faire, cette chambrée !

Le lendemain soir, c'est Marcel qui vint frapper à la porte d'Isabelle. Elle fut aussitôt surprise par l'air de déception qui marquait son visage.

— Je viens de passer devant la mairie. On y a affiché l'arrêté pris par le général Levaillant en tant que commandant l'état de siège. Il a tout simplement interdit les chambrées parce qu'elles ont été - j'ai recopié - « un foyer de désordre dans le département, et que plusieurs d'entre elles ont été le lieu de réunion de tous les anarchistes qui ont levé l'étendard de l'insurrection. » Ton idée était excellente, mais nous sommes bien obligés d'y renoncer. Nous ne trouverions personne pour recommencer la guerre. Trop d'hommes sont découragés, nous avions sous-estimé l'acharnement de Bonaparte.

Il tendit son papier à Isabelle qui prit connaissance de la suite. Il était dit que toute résistance à l'exécution de l'arrêté serait punie « suivant les rigueurs de la loi ».

Ainsi, c'était bien vrai, l'insurrection, s'il fallait une preuve de plus, était écrasée. Et de cette façon s'écroulait ce qu'elle commençait à prendre pour un beau rêve, la mise en place de cette chambrée qui rappellerait à chaque moment l'existence et le passé d'Armand. De rage, elle commença à pleurer. Marcel, décontenancé par le comportement de celle qui lui avait paru si forte aux moments les plus difficiles, restait à distance, embarrassé. Puis elle s'excusa. Marcel essaya alors de retrouver des mots d'encouragement.

— Ce n'est rien, d'une manière ou d'une autre, il faudra bien que nous arrivions à la faire, cette République. Elle va devenir de plus en plus indispensable. Il ne tient qu'à nous qu'il y ait d'autres combats.

— Oui, mais des combats sans Armand, pour moi les choses ne seront plus pareilles. Ce qui me torture, c'est de ne pas encore savoir ce qu'il va devenir.

— En attendant, la réaction relève la tête, reprit Marcel. Elle est comme soulagée après avoir eu très peur. Elle a le sentiment d'avoir échappé à une catastrophe, on dirait qu'elle ne cesse de se délecter de son soulagement. Elle respire, elle reprend ses esprits. Je viens de me procurer le tout dernier numéro du journal de ton père…

Elle l'interrompit.

— Appelle-le comme tu veux, le marquis de Vitalis, par exemple, mais surtout ne parle plus de « mon père », je n'ai plus rien à voir avec cet homme.

— Donc, le marquis s'est empressé de crier victoire dans son journal. Pour lui, nous n'étions que des démagogues et des terroristes. Parfois même, il emploie le terme de barbares. Il est vrai qu'on trouve ce terme dans toute la presse. Et il se réjouit de publier un mandement de l'évêque de Viviers dans l'Ardèche. Là-bas, nos amis aussi ont essayé de se révolter, et l'évêque a fait d'eux une description diabolique que le marquis reprend, explique-t-il, totalement à son compte. Je lis : « *Que vous disaient les chefs sous le drapeau desquels vous marchiez ? Ils se servaient, comme dit l'apôtre Saint-Pierre, du voile de la liberté pour couvrir leurs desseins pervers et pour flatter les mauvaises passions de votre cœur. Sous le prétexte de vous faire connaître vos droits, ils vous prêchaient les maximes d'une licence sans bornes ; et vous n'avez pas compris qu'ils vous engageaient dans une voie pleine de périls, où vous trouveriez le châtiment de votre témérité. Quelles ont été les premières victimes de la mise en pratique de ces principes subversifs ? N'est-ce pas vous, hommes simples et crédules, plus dignes de pitié que de la sévérité des lois, vous qui vous êtes laissé conduire en aveugles à une lutte insensée…* » [1]

— Arrête ! Inutile d'aller plus loin. Après ce que nous avons connu, je ne peux plus entendre un tel discours ! Tant d'obstination bornée, tant d'acharnement à refuser de voir les réalités, c'est insupportable. On nous rejoue la chanson usée des pauvres brebis entraînées par de mauvais bergers, c'est un grand classique de l'Église. Si vouloir le respect de la Constitution et le salut de la République, c'est avoir des desseins pervers, si c'est faire preuve d'une licence sans bornes, si c'est se laisser conduire en aveugles, voilà qui dit bien clairement dans quelle ornière est tombée l'Église. Voilà qui dit bien quels sont les intérêts qu'elle entend servir. C'est elle qui veut faire de nous des aveugles et des muets. Ce monde-là n'est pas le mien, que le marquis de Vitalis continue à l'honorer si ça lui chante. C'est plus confortable, ça lui évite de se poser des questions.

Marcel s'apprêtait à prendre congé.

— J'ai invité ce soir Frédéric et Monette, pour me sentir moins seule. Reste avec nous. Nous parlerons de la « bonne » à venir, comme avant, c'est déjà si loin. L'espoir nous faisait avancer, alors, si nous pouvons retrouver un peu de ces moments-là…

— J'accepte volontiers. J'ai vu Frédéric depuis le retour, mais Monette, comment a-t-elle réagi à la défaite ?

— Avec sérénité, mais la difficulté viendrait plutôt de son père, qui avait donné son accord du bout des lèvres en la voyant s'engager, et qui maintenant le lui reproche. Il y a un peu des tiraillements dans la famille, et elle craint même que Frédéric se fasse chasser de la ferme car le père Robion semble lui reprocher d'avoir entraîné sa fille. Heureusement Eugène et Fernand arrivent à le raisonner. Ils cherchent à lui expliquer que, s'il n'a pas vu d'inconvénient à leur propre départ avec les insurgés, il n'a pas de raison de le reprocher à sa fille.

— Oui, c'est un peu la même attitude que celle des gens qui ne nous regardaient plus quand nous sommes revenus. Nous étions vaincus, donc c'est que nous avions tort.

(1) Texte authentique.

24

Garino avait désigné Marthe Saunier pour permettre à Isabelle de faire ses premiers pas dans l'entreprise. Marthe, la cinquantaine proche, était un pilier de la maison, tant grâce à son expérience qu'à sa gentillesse naturelle qui entretenait la sérénité dans les équipes. Entrée à seize ans dans le métier, alors que le personnel se réduisait presque à la cellule familiale, elle bénéficiait d'une sorte de légitimité.

Isabelle avait jugé utile de la prévenir.

— Tu sais, je ne connais rien au liège, je compte sur ta patience pour m'apprendre. Je vais peut-être faire quelques bêtises.

— Oh, ne vous inquiétez pas, mademoiselle Isabelle, vous vous y ferez vite, je vous aiderai.

Isabelle fut surprise et se sentit gênée, craignant d'avoir choqué sa collègue. Elle croyait que tous les ouvriers se tutoyaient spontanément. Elle venait de vivre des journées terribles avec des combattants qui auraient jugé incongru de se vouvoyer. Elle se dit alors que son étiquette de fille de marquis continuait à lui coller à la peau, au point qu'on ne pouvait pas l'imaginer en ouvrière. Décidément, l'idée même de la République avait du mal à entrer dans les têtes, y compris chez ceux qui auraient dû la désirer le plus ardemment. La victoire était encore bien loin. Il faudrait mener une autre guerre, celle des esprits.

Quand elle insista pour que Marthe accepte de la tutoyer, et cesse de l'appeler « mademoiselle », la femme soupira dans un sourire, comme si elle se trouvait soulagée de pouvoir se comporter selon ses usages habituels. Comme si elle admettait enfin qu'Isabelle était une camarade comme les autres.

Marthe l'emmena dans la salle de bouillissage où se trouvaient en activité deux hommes et une femme qu'elle avait déjà croisés dans Ginestière. Ils la saluèrent d'un hochement de tête. Un feu, dans lequel l'un des hommes venait de jeter du bois, ronflait bruyamment sous une immense cuve de métal d'où sortait une vapeur qui engluait la pièce.

— Ce n'est pas le meilleur endroit pour respirer, lui dit Marthe. Mais de temps en temps tu sortiras prendre l'air, c'est ce que nous faisons tous. Sinon, on ne tient pas longtemps. Le patron ne nous embête pas là-dessus, il connaît les problèmes.

Puis elle désigna au bout de la pièce un tas de bandes de liège.

— Le *camalou*[1] vient de les livrer. Tu en prends un paquet, et avec la *breiadouiro*[2] tu les rends bien lisses. Je te fais voir : tu tiens l'outil comme ça, et tu le passes de haut en bas en appuyant un peu. Une fois que tu en as préparé une bonne quantité, tu jettes les morceaux dans la cuve et tu les laisses bouillir pendant une heure. Comme le liège flotte, tu as cet outil qui ressemble à un gros râteau. Avec, tu appuies sur le paquet de temps en temps pour qu'il s'imprègne bien. C'est surtout à cause de ça que le bouillissage est pénible : on est tout près à la fois de la flamme et de la vapeur.

— Et ensuite, comment sortir le liège de l'eau ?

— Tu ne t'en occupes pas, c'est le travail des hommes parce que c'est très lourd. Garino interdit que les femmes s'en occupent. Tu vois, au fond de la cuve, il y a comme des grosses griffes. Elles sont reliées à la chaîne que tu vois contre le mur, et qui est enroulée sur une poulie. Les hommes tirent sur la chaîne pour sortir tout le liège en même temps. Ils s'y mettent à deux, parce que le liège plein d'eau, c'est lourd. Pour la suite, il faut descendre à la cave.

Isabelle trouva que la cave était loin d'avoir le charme de celles qu'elle avait eu l'occasion de voir chez des viticulteurs. C'était une vaste salle aveugle en sous-sol, éclairée seulement par quelques soupiraux, où étaient disposées d'immenses tables revêtues de métal. Sur certaines des bandes achevaient de sécher.

— Lorsque ton liège sort de la cuve, tu le descends ici. Il va sécher doucement en trois ou quatre jours. Tu poses les bandes sur les tables. Tu vois là un paquet de planches épaisses et un tas de pierres. Tu poses les planches sur le liège et les pierres par-dessus. Avec le poids, les bandes de liège vont se retrouver parfaitement plates en une semaine. On commence par charger les tables de gauche, puis on garnit vers la droite avec les bouillissages suivants. De sorte que les hommes qui viennent chercher le liège pour l'emmener à la taille savent où se trouve le plus ancien.

Le lendemain, dans l'après-midi, alors qu'elle poussait sur le râteau pour enfoncer le liège dans l'eau, elle sentit qu'elle allait perdre connaissance. Exactement la même sensation qui avait été la sienne un matin à Cuers. Elle se laissa glisser à genoux, puis son corps bascula sur le côté. Affolé, un bouchonnier qui se trouvait là la tira à l'écart du feu puis alla chercher le patron.

Quand il lui eut aspergé le visage d'eau fraîche, elle revint à elle.

— J'ai bien peur que vous ne supportiez pas la chaleur, dit Garino.

— Non, rassurez-vous, ce n'est pas ça du tout. C'est parce que je suis enceinte.

Le visage de Garino trahit son embarras.

— Si vous êtes enceinte, ce n'est pas la meilleure place pour vous. Vous auriez dû me le dire. Il faudrait que je trouve une solution.

— Ne vous en faites pas, c'est l'affaire de quelques jours, après je tiendrai.

Le patron s'éloigna alors et revint un moment après avec Noémie Sigurd, une employée de l'expédition.

— J'ai vu avec Noémie, on a peut-être une solution. Il ne faut pas que vous restiez en permanence au bouillissage. Dans la journée, vous vous remplacerez toutes les deux, un moment chacune, ce sera moins difficile.

Isabelle ne savait que faire pour remercier Noémie de sa compréhension. Celle-ci l'emmena à l'expédition et lui expliqua le travail. Il s'agissait de trier les bouchons selon leur format : les petits pour les bouteilles, les gros pour les fûts et les bonbonnes, et des tailles variables pour les parfumeurs, selon leurs exigences. Ensuite, il fallait préparer les colis.

Depuis trois semaines elle s'était installée peu à peu dans sa nouvelle vie, mais se désespérait de ne pas savoir comment Armand vivait sa détention. Pas une information sur le fort Lamalgue ne paraissait dans la presse, en dehors des chiffres des nouveaux internés qui y parvenaient jour après jour. On y trouvait aussi les noms de ceux qu'une décision préfectorale rendait à la liberté quand il s'avérait qu'aucune charge sérieuse ne pesait contre eux. Ce ne serait malheureusement pas le cas d'Armand. On ne brandit pas impunément un fusil sous le nez d'un officier. La presse était tout entière aux ordres du pouvoir, puisque les organes d'opposition avaient disparu avec l'incarcération de leurs responsables. « C'est la nouvelle conception de la liberté de la presse », pensait-elle. Dans certains moments de profonde détresse elle en arrivait à se demander si Armand était toujours vivant. Elle avait pris l'initiative de rendre visite aux autres femmes de prisonniers des environs pour encourager leur solidarité. Or, elles en étaient au même point qu'elle, ce qui la rassurait un peu. Elle se disait que les bonapartistes continuaient dans la voie de l'humiliation. L'interdiction pour les prisonniers de communiquer avec l'extérieur était sans doute un raffinement supplémentaire dans la cruauté, un autre moyen de leur faire payer leur audace.

Effet bénéfique de la nouvelle année ? Le 10 janvier, une lettre d'Armand lui parvint enfin, qu'elle décacheta dans la fièvre.

Ma belle chérie,

Enfin, je peux t'écrire. Jusqu'ici ce droit élémentaire de tout citoyen nous était refusé. Mais nous avons manifesté pour l'obtenir. Hier nous avons fait un vacarme épouvantable avec tout ce qui nous tombait sous la main, et nous avons hurlé pour réclamer du papier et des crayons. Ils ont fini par céder.

Voilà bientôt un mois que j'ai été arraché à toi et à ma vie. Ici, il ne se passe rien. Nous ne savons pas trop ce que nous y faisons. Nous sommes plusieurs, trop nombreux de toute façon, par salle. Nous bavardons et nous essayons de nous remonter le moral. Les gardiens nous disent que nous devrions être bientôt jugés, mais on ne sait pas par qui, ni comment.

Nous ne risquons pas de nous échapper. Les murs sont épais comme dans n'importe quel fort, les fenêtres hautes, et les alentours bien gardés par de nombreux soldats. Nous mangeons une nourriture de guerre, il est vrai que nous n'avons pas de gros appétits puisque nous ne bougeons pas, en dehors de quelques pas dans la cour pendant une heure chaque jour.

Hier nous avons eu une distraction. Figure-toi qu'un prisonnier avait eu l'idée de…

(À partir de là, et sur plusieurs lignes, l'écriture avait été recouverte d'une pâte noire la rendant indéchiffrable. Il lui revint alors qu'elle avait remarqué en se saisissant de la lettre que l'enveloppe avait été grossièrement ouverte et recollée sans aucun soin. Les correspondances étaient donc contrôlées à leur départ, ce qui ne la surprit pas).

J'espère que tu es forte (je suis sûr que c'est le cas) et que nos amis savent t'aider. Je souhaite que tu ailles du mieux possible, c'est important pour toi comme pour notre fille (nous n'avons pas eu le temps d'en parler vraiment mais je suis sûr que ce sera une fille).

Je pense à toi, toujours, toujours, toujours. Je t'aime.

Elle relut la lettre plusieurs fois. Il paraissait aller bien, ou plutôt le moins mal possible. Mais peut-être ne pouvait-il pas tout dire, ou ne le voulait-il pas pour éviter qu'elle s'inquiète. Et, surtout, il serait jugé. C'était déjà un progrès, en comparaison de ces malheureux Panisson et Bidouré. Avec un procès, il pourrait expliquer qu'il n'avait jamais eu l'intention de tirer sur l'officier, qu'il avait eu un accès de colère en voulant la protéger parce qu'il pensait à l'enfant qu'elle portait. On n'allait tout de même pas soupçonner d'intentions meurtrières un homme dont le fusil n'était pas chargé ! Il restait encore quelques juges indépendants, et avec un peu de chance il tomberait sur les bons. Ces juges ne pourraient que constater les évidences et en tirer les conclusions logiques. On ne pourrait que le libérer pour cette peccadille, ou, au pire, lui faire purger une peine symbolique de quelques semaines, et ensuite elle le retrouverait, et ils pourraient rire de cette mésaventure. Déjà, elle envisageait de prendre contact avec un avocat. Heureusement, il n'en manquait pas dans les rangs des républicains.

Elle prit du papier pour lui répondre aussitôt. Mais son ardeur fut freinée par l'idée que si les lettres étaient examinées à leur départ, il devait en être de même pour celles qui arrivaient au fort. Elle ne pouvait donc pas parler de sa tentative de relancer une chambrée, car il risquait d'en subir les représailles. Et peut-être valait-il mieux le laisser ignorant de l'interdiction générale qui ne pourrait qu'affecter son moral. Comme elle ne lui parlerait pas des élections des 20 et 21 décembre, ce plébiscite que Louis Napoléon Bonaparte avait décidé dès le début de l'insurrection pour faire valider son coup d'État. Le résultat en avait été catastrophique, avec 93% de oui dans le département. Il est vrai que tout l'appareil officiel avait été mobilisé pour obtenir la réponse affirmative. Tout au plus, pouvait-on trouver une satisfaction dans le taux très élevé d'abstentions, qui traduisait sans doute le découragement de la population. Justement, le découragement n'était pas une réaction positive et ne lui paraissait pas de nature à mobiliser les républicains. Il était inutile de l'évoquer dans sa lettre. Avec les commentaires dont elle n'aurait su se dispenser, il était certain que ses mots seraient couverts de pâte noire.

Elle s'en tint à des sujets neutres. Elle expliqua en détail son travail à la bouchonnerie, parla du chat qui venait de se réfugier chez eux, conta les promenades qu'elle faisait en compagnie de Frédéric et Monette, donna des nouvelles de leurs amis proches. Elle lui demanda de ne pas s'inquiéter pour elle puisqu'elle bénéficiait d'un énorme avantage, la liberté. Puis elle accorda le plus grand soin au dernier paragraphe.

« Prends patience. Je suis sûre qu'on saura reconnaître ton innocence et que tu sortiras bientôt pour voir naître ton garçon, parce que, moi, je suis certaine que ce sera un garçon. Nous t'aimons ».

Et elle cacheta sa lettre le sourire aux lèvres, avant de se coucher, la missive d'Armand sous l'oreiller.

Le lundi matin, en se rendant à son travail, elle assista à une scène qui au premier abord l'indisposa, puis ensuite la réconforta. À quelques pas de l'entrée de la bouchonnerie, plusieurs rusquiers qui se rendaient en forêt avaient entamé une conversation avec des bouchonniers sortant du café où ils avaient leurs habitudes matinales. À ce moment, elle vit arriver avec un certain déplaisir la voiture du marquis, l'éternel Paulin officiant comme cocher. Parvenu à la hauteur du groupe, Vitalis intima l'ordre de s'arrêter. Puis, se penchant à la portière, il se mit à fixer d'un air hautain les hommes rassemblés. « C'est bien ce que disait Marcel, pensa-t-elle, la réaction relève la tête. Quel besoin a-t-il de les narguer ainsi ? ». Avait-il quelque chose à leur dire ? Ne se comportait-il de la sorte que pour mieux signifier son mépris, et leur rappeler qu'ils avaient perdu ? Elle n'eut pas la réponse car, aussitôt et d'un seul mouvement, les hommes tournèrent le dos à la voiture et entonnèrent « La Marseillaise ». Avec un geste d'agacement, le marquis donna l'ordre à Paulin de partir alors que fusaient des cris « Vive la sociale ! ». Elle se demanda tout d'abord si son père l'avait vue, puis elle estima qu'il ne pouvait pas en être autrement compte tenu de sa proximité avec le groupe, et elle en éprouva une immense satisfaction.

En début d'après-midi, c'est Marcel qui vint livrer les bandes de liège, remplaçant ainsi le *camalou* habituel, un brave garçon dont l'ardeur au travail n'était pas la vertu majeure. C'est le moyen qu'il avait trouvé quand il avait une nouvelle importante à faire passer. Lui l'avait déjà donnée aux rusquiers, elle se chargeait de la retransmettre aux bouchonniers. Garino s'était aperçu de ce manège mais n'y voyait pas d'inconvénient.

Cette fois, elle parla la première pour informer Marcel de la lettre d'Armand reçue le samedi. Il se déclara très heureux et recommanda à Isabelle la prudence dans ses réponses. Puis il dit ce qui l'amenait.

— J'ai reçu le journal *Le Toulonnais* d'hier. Nous n'avons pas fini d'en voir. Il y est écrit que le ministre de l'intérieur a prescrit aux préfets de faire effacer la devise « liberté, égalité, fraternité », de tous les édifices publics.

Il lui tendit le journal en lui désignant l'article.

« En eux-mêmes, ces mots liberté, égalité, fraternité, ont un sens respectable ; mais les mots ne signifient pas seulement ce qu'ils disent, ils signifient encore ce qu'ils rappellent, et c'est précisément parce qu'elle est chère aux démagogues, qui l'ont prise à la source impure de 93, que la devise nous est suspecte et que nous la voyons avec joie disparaître des édifices publics ».[3]

— Voilà, reprit-il. Je ne sais pas où ils s'arrêteront. Il paraît que des préfets zélés, ceux de Lyon, de Marseille et de Moulins avaient pris cette initiative avant même de recevoir l'ordre ministériel.

— Il ne faut pas qu'une chose pareille se fasse ici. Nous ne devons pas laisser insulter la République de cette façon.

— C'est justement pour ça que je viens t'en parler. Il va nous falloir surveiller l'inscription au fronton de la mairie. Si jamais cette ignominie se fait ici, il nous faudra une équipe pour aller réparer cet acte de malveillance.

Comme chaque soir, en rentrant chez elle, elle passait devant la mairie. La surprise et la colère s'emparèrent d'elle quand elle vit que la devise avait déjà été recouverte de peinture blanche, qui tranchait comme une blessure avec le gris de la façade. Comment pouvait-on rejeter ces beaux mots de liberté, d'égalité, de fraternité ? Était-il possible d'en avoir honte ? Ceux qui les refusaient comprenaient-ils au moins quelle réalité ils recouvraient ? Tout comme Marcel, elle avait été persuadée que l'acte scélérat ne se ferait pas avant quelques jours, le temps que le maire reçoive l'ordre du préfet. Mais selon les apparences, ici aussi on avait voulu faire montre de zèle. Dès demain, elle irait le signaler à Marcel, à Frédéric, et à quelques autres. Marcel avait raison : il fallait bien une équipe avec une échelle car la devise était située au niveau de l'étage. Comme on ne pouvait espérer faire disparaître la peinture blanche, il fallait inscrire par-dessus une nouvelle inscription en noir, voire en rouge.

En rentrant chez elle, elle n'eut pas le courage de se préparer un repas. Cette affaire l'avait bouleversée au point de lui nouer l'estomac. Elle se contenta d'un morceau de fromage et de pain. Elle ne cessait de tourner dans sa tête toutes les vexations que le pouvoir faisait subir aux vaincus, et la suppression de la devise était la dernière en date. Que trouveraient-ils demain ? Elle ne pouvait se résoudre à se coucher. Elle bondit de sa chaise pour aller chercher la lanterne qu'elle alluma avec difficulté, puis elle sortit peu rassurée dans la nuit noire. Elle savait où trouver à l'orée du bois le tas d'un charbonnier. Un léger vent agitait les branches provoquant parfois des feulements qui l'inquiétaient, comme des murmures hostiles. Mais elle avait son idée bien en tête, elle ne pouvait pas reculer. Elle ne le devait pas, quoi qu'il en coûte. Le souvenir lui revint à ce moment-là de ces deux compagnons assassinés dans un bosquet sur le chemin du retour, au lendemain du massacre d'Aups. Elle s'empara de deux gros morceaux de charbon de bois et se dirigea vers la mairie. À l'entrée de la place, elle marqua un temps d'arrêt pour s'assurer que personne ne la voyait. Les maisons étaient fermées et aucune fenêtre n'était allumée. « Depuis la défaite nous vivons dans une cité morte, il n'y a plus ici que le courage de se taire et de dormir », pensa-t-elle. Elle reprit sa marche et en trois sauts se trouva sur le perron de la mairie, devant la porte en bois clair. À l'aide du charbon de bois, elle traça la devise dessus, appuyant jusqu'à se faire mal aux doigts pour que la mention soit plus visible.

Puis elle s'en retourna, à la fois heureuse d'avoir rappelé que les idées républicaines étaient toujours vivantes, et triste de ne pouvoir relater cet épisode à Armand dans sa prochaine lettre.

(1) portefaix, transporteur.
(2) outil abrasif permettant le polissage du liège.
(3) texte authentique

25

La lettre qui lui parvint début février était plus longue que les précédentes. Isabelle la trouva d'une tonalité plus triste, révélant une inquiétude qui n'était pas apparue jusque-là. Armand y annonçait son transfert prochain pour un autre lieu d'enfermement.

« Le fort ne permet plus de contenir tous ceux qui y sont envoyés. Malgré les prisons de Draguignan, de Cuers, de Brignoles, et de bien d'autres localités, le nombre des détenus est tel qu'il faut trouver de nouvelles possibilités. En plus, nous continuons à recevoir des personnes arrêtées après coup, et aussi des camarades des Basses-Alpes. Nous nous trouvons bien entassés et…

Suivaient trois lignes masquées par la pâte noire.

Des gardiens m'ont signalé que je pars bientôt avec de nombreux autres pour aller sur Le Généreux, un navire amarré en permanence dans le port de Toulon et qui ne sert que de prison. Drôle de nom pour une prison ! Ce serait presque amusant, car il paraît qu'au début, le bagne de Toulon était seulement un groupe de galères situées à peu près au même endroit. Nous voilà devenus galériens… Je ne regretterai pas le fort. Ici, la nourriture…

Les quatre lignes suivantes étaient occultées, ce qui amena Isabelle à se poser des questions. S'il s'agissait de cacher la mauvaise qualité de la nourriture, pourquoi le fonctionnaire chargé de la censure avait-il laissé subsister le premier mot ? Ainsi, il laissait la porte ouverte à toutes les suppositions, y compris les pires. Était-ce de l'incompétence de sa part, ou alors, exerçait-il sa fonction à regret, ce qui l'aurait amené à laisser passer l'essentiel du message ? Ou pire, ne s'amusait-il pas à attiser ainsi l'angoisse chez les proches des prisonniers ? Tout était possible, l'exemple du machiavélisme venait d'en haut. Elle préféra retenir la première hypothèse. Oui, des gens maintenant devaient accomplir des actes contraires à leur conscience. Mais ils se débrouillaient pour faire savoir qu'ils n'étaient pas d'accord et pour délivrer un message contraire à ce qu'on voulait leur faire dire. L'idée républicaine n'était donc pas tout à fait morte. Des hommes se lèveraient à nouveau un jour pour la défendre.

Un gardien m'a informé que ceux qui partaient en priorité sur Le Généreux seraient les premiers à être jugés. Si c'est vrai, c'est tant mieux, car je suis pressé d'être fixé sur mon sort. Mais personne ne semble savoir quel sera le tribunal qui s'occupera de nous.

Vite, un tribunal, une audience, pour qu'elle aille le soutenir, rencontrer son regard, lui sourire, même de loin, l'aider avec ses yeux, et avec toute la force qui bouillait en elle. Elle se sentait capable de mobiliser toutes les femmes de détenus de Ginestière, du Luc, de Flassans, de Vidauban, de Lorgues et d'ailleurs pour qu'elles marchent toutes ensemble sur le tribunal. Pour qu'elles se fassent entendre de ces juges bornés qui ne faisaient qu'obéir au pouvoir afin de préserver leur carrière. Ce ne serait pas une farandole bruyante et joyeuse, mais une marche résolue et grave. Une marche que rien ne pourrait arrêter. Elle avait déjà dressé dans sa tête la liste des femmes qu'elle essaierait d'enrôler.

Elle reprit sa lecture mais se trouva confortée dans l'idée qu'Armand éprouvait une certaine lassitude, et se sentit profondément triste et seule. Elle retrouva le sourire avec le paragraphe de fin.

Maintenant que je sais que je vais être jugé, je me dis que personne ne saurait me condamner pour avoir brandi un fusil non chargé. Et je vois arriver le jour proche où nous pourrons ensemble promener notre fille. Je vous aime toutes les deux.

C'était devenu un jeu : en fin de lettre, il évoquait « sa » fille, elle évoquait « son » garçon. Tant qu'il aurait le désir de plaisanter ainsi, il conserverait un peu de son moral. Et elle aussi.

Comme elle avait pris l'habitude de le faire, elle fila chez Marcel pour lui faire lire la lettre. Il est vrai que souvent Armand ajoutait un mot pour ses plus proches : Marcel, Frédéric, Monette.

Marcel parcourut toute la lettre en silence, puis donna son avis.

— Il est content d'être bientôt jugé, mais je ne suis pas sûr qu'il y ait lieu de se réjouir. Le gouvernement vient de décider que dans tous les départements concernés, la sanction ne serait pas rendue par un tribunal ordinaire, mais par une commission créée spécialement à cet effet. Je viens d'avoir connaissance de sa composition pour nous : il y a le procureur, que je ne connais pas trop car il est nouveau, le général Levaillant, en tant que commandant militaire du département, et aussi, hélas, le préfet qu'on connaît trop, Pastoureau. Et comme il y a plus de trois mille inculpés dans le département, et que Napoléon veut que les choses soient vite terminées, rien ne paraît avoir été prévu pour assurer la défense. Ce sera un prétendu tribunal sans avocat pour défendre les poursuivis, voilà où nous en sommes. La commission va faire de l'abattage et du rendement. C'est ce qu'on appelle une justice d'exception, et ça n'a plus rien à voir avec la justice. Quand seule l'accusation peut se faire entendre, sans prendre le risque de se confronter à la défense, il ne s'agit plus de justice.

Un verdict rendu par trois personnes dont un seul magistrat, un préfet zélé au point d'appeler publiquement à voter pour les candidats du pouvoir aux prochaines élections législatives, et un militaire de haut rang, qui rendraient leur sentence dans le secret d'un bureau !

Isabelle eut une fois de plus le sentiment que la situation lui échappait. Pas moyen de faire entendre la voix des femmes dans ces conditions. Envolé son projet de les mobiliser pour marcher sur le tribunal. Décidément, la république était bien enterrée...

Pour se réconforter, elle fit un crochet par la mairie en rentrant chez elle. Bien sûr, la devise républicaine qu'elle était venue rétablir une nuit en compagnie de Frédéric, Marcel, Monette et Soulié avait été depuis recouverte d'une nouvelle couche de peinture blanche. Mais ces multiples couches passées de façon approximative donnaient une impression de désordre qui attestait que la volonté des républicains n'était pas morte, et que le pouvoir s'acharnait à tuer une idée qui ne voulait pas mourir. Quant à ses inscriptions au charbon de bois sur la porte, elle avait tellement appuyé en les inscrivant que quelques traces demeuraient incrustées dans le bois malgré le lessivage.

La place portait encore les traces de la fête organisée le dimanche précédent à l'initiative du préfet : tréteaux bien alignés, oriflammes, lampions. On ne semblait pas pressés d'enlever ces témoignages d'une manifestation de nature à humilier les vaincus. Comme dans la plupart des cités s'étant soulevées, le pouvoir avait tenu à organiser des festivités pour célébrer la fin du conflit. Et aussi pour bien faire voir qu'il reprenait la main. L'évêque, lui, avait participé à sa manière en faisant chanter un Te Deum. Elle n'avait pu résister à l'envie de voir comment la démonstration se déroulerait et s'était tenue un peu à l'écart de la place, juste pour observer. Elle n'avait pas été étonnée d'apercevoir au moment du discours les notables habituels, les patrons bouchonniers autres que Garino, la plupart des commerçants. Elle espérait aussi dans le fond rencontrer le marquis, pour lui tenir tête en silence, le regarder en face, mais il n'était pas venu. Sans doute ses sentiments bonapartistes étaient suffisamment notoires pour qu'il puisse de dispenser de se mêler au peuple. Elle avait été profondément déçue de voir des têtes qu'elle n'attendait pas, celles de quelques-uns qui se trouvaient dans la colonne insurrectionnelle, et qui avaient été relâchés très vite pour avoir eu un rôle mineur. Ceux-là étaient en train de tourner avec le vent. Elle pensa alors que, peu de temps avant, des festivités de même nature accueillaient sur cette place comme à Vidauban, Salernes, Aups, la colonne des insurgés. Et que la ferveur des uns ressemblait terriblement à la ferveur des autres. Elle se réjouit toutefois de n'y apercevoir aucun rusquier. Aujourd'hui, les volte-face de quelques-uns lui paraissaient bien secondaires, dignes de gens qui en tout état de cause n'auraient pas été utiles à la république, et son esprit était seulement occupé par le devenir d'Armand.

Quelques jours plus tard, avant même d 'ouvrir une nouvelle lettre, elle eut un pressentiment. Depuis ces derniers temps, plus rien ne paraissait aller comme elle le souhaitait. Malgré la joie qu'elle avait à recevoir ce courrier, quelle mauvaise nouvelle risquait-il de contenir ?

Elle alla s'asseoir, et les larmes ne tardèrent pas à ravager son visage.

« Ma chérie, nous y voilà. Avec quelques autres, nous avons été conduits hier devant la commission départementale. J'ai vu de près la tête ignoble de mépris de Pastoureau, et celle, hostile, de Levaillant. Les choses sont allées rapidement, je pense que cela n'a pas duré plus de dix minutes. Le procureur a commencé par lire ce qu'on me reprochait. Bien sûr, en premier lieu d'avoir participé à une insurrection dirigée contre les pouvoirs établis, et en second lieu d'avoir menacé un officier de gendarmerie avec un fusil de chasse. Puis on m'a donné la parole pour me défendre.

J'ai répondu ce que nous avons toujours soutenu, à savoir que nous ne pouvions pas accepter le viol de la Constitution, et que c'était en vertu des articles 45 et 68 que nous avons agi. Là, j'ai vu ces messieurs sourire comme si j'avais dit une grosse bêtise. Le respect de la constitution ne paraissait pas être leur préoccupation majeure.

Ensuite, j'ai rappelé que mon fusil n'était pas chargé. J'ai dit que je n'avais pas l'intention de tuer, je voulais seulement te protéger. Le général m'a répondu curieusement que c'était là un détail sans importance, et que c'est mon geste qui devait être sanctionné. Il a même prétendu que j'ignorais peut-être que l'arme n'était plus chargée, et qu'en conséquence, c'était mon intention qu'on devait juger.

Après avoir mentionné que j'étais connu comme démagogue, ces messieurs ont donné le verdict sans même en discuter comme s'ils avaient pris la décision à l'avance.

Je suis condamné à la déportation de cinq ans en Algérie.

En me demandant de me retirer, le préfet m'a fait remarquer que je devais m'estimer heureux car la durée aurait été de dix ans si mon fusil avait été chargé.

Nous devons embarquer le 2 mars sur la frégate à vapeur Le Labrador au départ de Toulon. Je suis effondré de me trouver éloigné de toi aussi longtemps, et de ne pas voir naître et grandir notre enfant. Je serai loin mais je ne te quitterai pas. Tout ce que je peux souhaiter, c'est que les affaires évoluent de telle sorte que la justice finisse par triompher.

Sois courageuse et dis toute mon amitié à ceux qui se sont battus avec nous. La république reviendra, plus forte encore. Je t'aime, je vous aime.

Après avoir beaucoup pleuré, Isabelle s'empressa de répondre d'une écriture tremblante en l'assurant qu'elle serait à l'embarcadère le 2 mars.

Marcel croyait savoir que les départs se faisaient tôt le matin. Si on voulait avoir une chance de voir Armand, et si possible de lui dire un mot, il faudrait être sur le quai dès l'aube.

— Il serait préférable de se rendre à Toulon la veille et de coucher sur place.

Le 1er mars, Isabelle, Marcel, Frédéric et Monette arrivèrent avec la diligence au terminus de la place aux Foins. Le cocher Givaudan les embrassa. « Si vous pouvez lui parler, dites-lui bien que je pense à lui ». De là, ils descendirent la rue d'Alger en direction du port. Les magasins d'étoffe, de couleurs, d'alimentation étaient ouverts et animés comme si rien ne s'était passé trois mois plus tôt. Les passants allaient et venaient, insouciants. Chacun vaquait à ses occupations. Il est vrai que la ville avait été rapidement étouffée, paralysée, par l'armée.

— Autrefois, leur expliqua Marcel, ici c'était la rue des Chaudronniers. En 1830, quand Charles X décida de conquérir l'Algérie, c'est dans cette rue qu'on rassemblait les militaires avant l'embarquement, d'où le nom qu'elle a pris ensuite. Décidément, c'était une rue prédestinée pour les départs vers l'Algérie.

En bas de la rue, tout près du port, ils remarquèrent un hôtel qui n'affichait pas un luxe excessif et ils y pénétrèrent. Le patron commenta.

— Heureusement que vous arrivez maintenant. Un peu plus tard, je n'avais plus de chambres libres. Avec tous ces départs de déportés, je suis souvent complet. C'est bien vrai que le malheur des uns fait parfois le bonheur des autres.

Ils goûtèrent peu cette réflexion.

Leurs bagages posés, ils décidèrent de partir à la recherche du *Généreux*. Mais le bateau-prison se trouvait à l'autre bout de la jetée et un cordon de marins empêchait de s'en approcher.

— Il ne nous aurait pas vus de toute façon, dit Marcel. Je suppose qu'ils sont enfermés, on ne voit que des militaires sur le pont.

Ils parcoururent un moment les rues étroites de la ville mais Isabelle ne voyait rien. Son esprit demeurait tourné vers la silhouette affreusement silencieuse du Généreux. Puis ils revinrent sur le port. Frédéric entra dans une grande armurerie pour acheter le couteau qu'un collègue bouchonnier lui avait demandé de rapporter. Le soir tombant, ils allèrent s'installer sur un banc pour prendre le repas que Monette avait confectionné. À travers la brume cotonneuse et bleutée, on voyait se balancer doucement les mâts le long des quais. Isabelle ne pouvait détacher son regard de la masse sombre du bateau-prison qui, avec l'obscurité, lui paraissait de plus en plus hostile.

— Nous nous levons tôt demain matin, dit Marcel. Allons nous coucher.

* *
*

Il n'était guère plus de six heures quand ils revinrent sur le port, et le jour peinait à se lever. Ce qu'ils virent d'abord, c'était une rangée de soldats qui interdisait l'accès au ponton le long duquel était amarré *Le Labrador*. On entendait des ordres criés d'une voix sèche. La poupe du navire se trouvait à une cinquantaine de mètres du bord du quai. Plusieurs personnes étaient déjà massées derrière les soldats à l'entrée du ponton. Isabelle pensa que les choses seraient difficiles, mais qu'elle parviendrait malgré tout à dire un mot à Armand quand les prisonniers passeraient là pour embarquer. Elle s'adressa à un soldat pour lui demander à quelle heure ils arriveraient.

— Mais c'est déjà fait, ils ont été amenés dans la nuit par canots depuis le *Généreux*. Pour le moment ils sont enfermés, mais ils auront le droit de monter sur le pont au moment de l'appareillage. Vous pourrez les voir.

Un violent coup dans l'estomac ne lui aurait pas provoqué pire douleur. Elle qui n'était venue qu'en espérant pouvoir lui parler, et même le toucher, lui rappeler qu'elle pensait à lui, où au moins croiser son regard, voilà qu'on le lui arrachait une nouvelle fois. Fallait-il que les nouveaux maîtres fussent sans pitié, que leur haine soit coriace et à la mesure de la peur qu'ils avaient éprouvée lors de l'insurrection ! Quoi qu'il arrive, elle s'en souviendrait toujours et ne se départirait pas de la violente colère qu'elle ressentait contre ce système, contre son père, et contre tous ceux qui d'une manière ou d'une autre servaient ce régime ou se contentaient de l'accepter.

Marcel aurait bien voulu trouver des mots de consolation mais il se sentait aussi désarmé qu'elle. Il éprouvait en même temps un peu de gêne car il avait l'impression d'être un privilégié. Pourquoi son camarade connaissait-il ce sort pour avoir brandi une arme inoffensive, alors que lui-même, avec son action au sein de la chambrée, avait tout autant défié le pouvoir ?

L'attente était rendue plus difficile à cause du mistral glacé qui maintenant balayait le port. Les jambes d'Isabelle devenaient lourdes et elle piétinait sur place pour se donner l'illusion du mouvement. Derrière eux la foule des familles continuait à grossir. On entendait des commentaires. On parlait de cent cinquante à deux cents embarqués sur le *Labrador*, et on disait que ce n'était qu'un premier convoi. Plusieurs autres devaient suivre. « Et encore, pour eux, au moins ce ne sera pas Cayenne », laissa tomber un vieil homme comme pour se consoler. Frédéric et Monette s'étaient serrés contre leur amie autant pour la réchauffer que pour lui manifester leur solidarité. Un soleil rouge commençait à monter à l'horizon, et elle pensa qu'en d'autres temps, elle aurait apprécié le spectacle. Peut-être un jour reviendrait-elle ici à la même heure avec Armand, et ce serait comme une sorte de revanche. Mais quand ?

Il était huit heures quand l'animation sembla se développer autour du navire. Déjà, le chuintement de la vapeur se faisait plus intense et des jets saccadés sortaient à intervalles réguliers de la cheminée. Des hommes étaient descendus du bateau et se tenaient prêts à proximité des amarres.

Un murmure de satisfaction monta de la foule. On entendit quelques cris « Vive la République ! » On voyait enfin apparaître des silhouettes sur le pont. Chacun essayait de reconnaître un parent, un ami, mais la distance et l'agglutination des prisonniers rendaient leur identification malaisée. Tout autour on criait des prénoms, on agitait des mouchoirs. Elle promenait son regard d'un côté à l'autre du bastingage sans succès. Puis elle vit enfin une silhouette qui lui sembla être celle d'Armand. Il lui parut amaigri. Elle cria son prénom de toutes ses forces sans se rendre compte qu'avec tous les appels jaillissant autour d'elle, il avait peu de chances de l'entendre. Elle détacha son foulard rouge et l'agita au plus haut au-dessus de sa tête. La silhouette leva les bras, mais était-ce vraiment Armand, ou un autre qui répondait à un de ses familiers ? L'incertitude la torturait.

La scène ne dura pas longtemps. Les amarres étaient détachées, un long sifflement de vapeur déchira le port. Elle eut l'impression que ses poumons se trouvaient comprimés. Puis dans un grondement la masse s'éloigna doucement du ponton. Autour d'elle, elle n'entendait que des gémissements et des cris de douleur. À travers ses larmes, son regard troublé percevait *Le Labrador* qui s'éloignait vers l'horizon, emportant ses rêves, ses illusions et son amour, brisant sa vie.

Une première fois, elle se demanda si c'était bien vrai. Puis elle essaya de demeurer attentive, et elle n'eut plus de doute la deuxième fois. C'était bien un coup qu'elle venait de sentir au plus profond de son ventre. Puis un autre, et encore un. Quel insolent signe du destin, au moment où elle perdait l'homme de sa vie, son fils lui rappelait qu'il était là ! Un peu d'Armand survivait en elle, qui venait au bon moment narguer Bonaparte et ses valets. La coïncidence la bouleversa, et elle redoubla de larmes sans plus savoir quelle part revenait à la tristesse et quelle part revenait au bonheur.

*

* *

*

La bataille d'Aups et les incidents intervenus les jours suivants, ont entraîné plusieurs dizaines de morts sans que le chiffre précis ait pu être établi.

3147 arrestations ont été prononcées. Les jugements expéditifs de la commission spéciale ont conduit aux sanctions suivantes :
4 condamnations au bagne de Cayenne ;
744 déportations en Algérie (5 ou 10 ans) ;
132 expulsions définitives du territoire ;
480 internements en dehors du département.

Chez le même éditeur

Le Coquelicot : romans du terroir

Alain Brouste
La Fée des Sables

Michel Courcelaud
D'un Soleil à l'autre

Rémi Depoorter
Le Vent des Loups
Le Chapeau de M. Fabre
Une Mère Ardéchoise
Diableries en Pays Lyonnais
Le Voleur d'Etoiles
Le Maître des Collines

Michel Lacombe
Le Retour au Mas
La Noire Tourmente
La Grimace du Givre
La Brouille
Les Fachines
Le Sans Gueule
La Semaine du Gaga
Les Brûlades
La Boumiane
La Mer à Boire
Le Secret d'Adrienne
Le Douvi
Les Sarments d'Hippocrate
Les Jumeaux de Malatresque
La Cagnotte de Cyprien
Le Mécréant de Saint-Poutouzat
La Sansouïre du Toquadou
Les Charpentiers de Fer Tome 1 et 2
L'Inconnu du Vaccarès
La Campagne de Baptistin
Le Mystère du Mas du Païen
Les Larmes du Désert

Agnès Guerneliane
L'Intruse
Le Bois de la Radegonde
Le Fléau des Moissons
Les Hautes Rivières
Le Secret des Trois Herbes
La Foire aux Veniaux
Le Hamel aux Vieux Garçons

Valérie Satin
Le Chemin du Silence
Les Braises de la Revanche
L'Appel du Risoux

Olivier Zagli
Le Moulin de la Redonde
Le Fugueur de Cabrière

Martine Liad
La Terre des Lentilles

Charles Cieters
Les Fruits de la Maraude
Sur la Route de nulle part

Hubert Loisel
Le Baluchon de terre
Le Pain Blanc et le Pain Noir

Jean Vareillaud
Pour un lopin de terre

Albert Ducloz
Les Dames Blanches

Isabelle Degras
Le vol des Perdrix

Pascal Bacconnier
D'une récolte à l'autre

Bruno Auboiron
Deux Châtaignes en poche

Viviane Auger
Sur un Cahier d'écolier

Katia Valère
Le Destin d'Antoinette

Monique Bergerot
La Promesse du Tanneur

Jérôme Tallon
Une Saison à la Campagne

Collection : Au fil du temps

Daniel Genthialon
Saint Bonnet le Château (Loire)

Christine Navarro
Lagnieu (Ain)

Véronique Guillaume
Saint Just Saint Rambert (Loire)

Annie-Paule et Christian Félix
Le Périgord
La Femme

Robert Luc
La Croix-Rousse (Lyon)

Guénaëlle Le Ny
Clins d'œil en Pays Beaujolais

Michel Lacombe
Barjac (Gard)

Jean-Marie Cuny
Les Rues de Nancy

Cécile Mathias
Brignais (Rhône)
Le Vieux-Lyon (Rhône)

Collection : Au fil des Saisons

Guy Fuinel
Chroniques végérales

Collection : Le Fin Mot

Pierre Basson
La Nuit du Passeur

Nicole Provence
L'Etang de la Mariée

Bernard Gimbernat
Le Seret de la Confession

Michel Lacombe
Les Fourches Ecarlates

Collection : Souvenez-vous

Robert Luc
Lyon, les années 50

Nathalie Roche
Autrefois les Gorges de la Loire

Cécile Mathias
Gerland sur les traces de son passé

Collection : Mots d'une vie

François Tassart
Souvenirs sur Guy de Maupassant
par son valet de chambre

Claude Secondi
Mick Micheyl des planches à l'acier

Collection : Villes et village en Fête

Freddy Tondeur
La Fête des Olive à Nyons

Jacques Teyssier
La Fête de la Lavande

Suzanne Buix
La Fête du Tilleul à Buis-les-Barronies

Prix du Coquelicot : Concours littéraire

Le meilleur manuscrit narrant une histoire romancée mettant en valeur une région, son terroir, ses traditions sera récompensé par l'édition du livre au printemps de chaque année. Les manuscrits présentés doivent être dactylographiés et ne doivent pas comporter plus de 150 pages. (60 caractères par ligne et 40 lignes par page), rédaction à la 3ème personne du singulier.

date limite de réception des manuscrits :
mars de chaque année
Éditions du Mot Passant
83 rue Magenta 69100 Villeurbanne